語言是我們的希望

南方朔 著

【自序】

語言是我們的疼痛

南方朔

時間過得眞快，一眨眼，我的語言之書已出第五冊了。

而我不知道究竟該高興或懊惱，因爲就在過去這幾年裡，台灣早已在不知不覺中進入了一個新的「多口水」（Hyper-saliva）階段。無意義的、荒誕的、自我矛盾的、漂亮但空洞的，甚至像開了帽子店一樣的各種語言到處浸流，於是，「語言——現實」和「語言——行爲」的紐帶開始斷裂。當人們只是爲語言而語言，而不是用語言來談事情，這就是語言的墮落，而語言的墮落也就是人的墮落。這時候關切語言，也就變得格外迫切。語言已成了我們社會的問題，而我那麼鍥而不舍的一直在討論語言，也就彷彿成了一種證驗和預言。

語言是溝通的媒介，爲了求得溝通的效果，因而人們在語詞的設定、溝通的態度，以及表達的方式上，都必須將它們放在一個可以溝通的框架裡。因而古典的修辭學遂要求人們必須言行合一，語詞準確，邏輯連貫，藉以保證最低限度的溝通可能性，這乃是語言上的「互爲主觀性」（Inter-Subjectivity），你的主觀，也是我的主觀，因而始能形成所謂的客觀。當有了最低限度的溝通，始有可能進一步的走向理解、同情、超越等更高一層次的溝通。或者藉著高級的語言文字表達，如文學的詩、散文、小說，來掌握人生和社會裡更複雜的經驗。然而，語言的媒介功能，在現世裡，卻經常會被扭曲，因此，人們會用語言來說謊，用語言來說髒話，用語言來逃避，以及藉著語言來操控別人。當語言被過度的私慾和權力所穿透，語言就被帶到了另一個方向。

因此，分析語言，無論是語詞、語音、語法，或者語言的呈現方式，其實是有大用的。我們可以在分析語言裡察覺到沉澱在它裡面的歷史及人性渣滓，也可以藉著分析語言試圖理解過去和現在的社會條件與思維方式。所謂的除舊布新，有許多事要在語言中完成。

而今我的語言之書已第五冊了。回憶較早的時刻，我探討語言似乎主要是集中在語詞的考古上，其目的乃是要透過這樣的語言考古，尋找出古代的殘餘以及我們被這些殘餘所囚禁，使語言淪爲一種「思想牢籠」的情況。所謂「語言是我們的居所」。

然而，隨著時間的推移，我自己也知道，這種語言的考古雖然仍在持續中，但愈到後來，我的語言探討已開始逐漸往語意學、記號學、語用學，以及當代語言概念的批判等方向傾斜。而這樣的漸變當然是有原因的：

首先，在我們自己的社會裡，由於一切都日益泛政治化與泛工具化，在這種趨勢的穿透與浸潤下，我們的語言當然日益淪爲一種工具，當語言被工具化，其實也就等於它不再是媒介平台，所有古典的判斷準則也告失去。這時的語言也就像是一個鬧劇舞台，無厘頭的插科打諢多於說理，空洞的語言插曲多過論證。每一個語言概念甚至語法，當然也都變得可疑。而可疑之處，即是批判的再出發點。

其次，就全世界這個範圍而言，目前也進入了一個更弱肉強食的階段，因而語言也同樣的日益粗暴化，並變成操控的工具。而除此之外，則是由於媒體的變化，也使得人們更加的個體化，甚至獨我化，它助長了語言的歧義和不可溝通性；而政客的語言則成了所謂的「戰鬥語言」。這是個每個人都在說著「我」的時代，語言溝通所必需的「謙恭義務」（Obligation of civility）業已消失，不再有「公共論證」，因而遂有人說這是「論述死亡」的時代。

而這種趨勢，又和當代思想的「唯語言化」有著密切的關係。大體而言，當一個時代蓬勃向上，由於外在具體的領域有無限拓展的空間，人們在思考上即會傾向於「唯實主義」，「語言—世界」的聯繫關係不會被切斷，而在一個懷疑、混沌，甚至悲觀、頹廢、無力的時代，則思想上的「唯名主義」即會盛行。它將一切「名—實」的關係切割開來，耽迷在「名」——即語言之中。這種趨勢在當代思想中甚爲普遍。人們在脫離實在這個範疇時，最後是在耽迷於語言中，但卻也讓語言變得更混沌。美國馬里蘭藝術學院研究所的人文暨科學部門主任沙特威（Crispin Sartwell）在近著《故事的終結：走向歷史和語言的消滅》中即指出，這種脫離實在，耽迷於語言的當代思想走向乃是時代的疫病。而時代的疫病，當然也是一種心靈之病。

也正因此，在目前的時代裡，對語言和論述進行批判反思已日感迫切。假設人類是一個向進步方向演化的動物，則這個演化的方向應當是更加的溝通、理解、博愛、助人，而不應當是更加的獨我、自閉、支配、貪慾。而這其實也是我長期寫語言的初衷。當代愛爾蘭詩人金賽拉（Thomas Kinsella, 1928-）曾有如下詩句，可供互勉之：

上帝誠然美好但
祂也必須重新出發
從某個地方，在那裡沒有
「我是」這種自我所帶來的疼痛。

這段詩句是在說「我是」乃是一種偏執，它阻礙了人我溝通的關係。當上帝都必須從沒有「我是」的地方重新開始，何況人呢？

我的語言之書已是第五冊了。「五」是個好數字。在早期基督教裡，「救世主」

（Soter），「天父」（Pater）都由五個字母組成。耶穌基督被釘十字架，身上有「五傷」。祂用五個麵包吃飽五千人，基督教裡最重要的先知也是五個人。在伊斯蘭教裡，「古蘭經」（Quran）也是五個字母，穆斯林也相信「信仰五柱」。在中國人社會，「五」也是重要數字，因而有「五行」、「五德」、「五福」、「五穀」、「五經」、「五刑」……等，印度教的Hanuman是個代表了力量的狗首神，也是五個頭。各宗教及不同的神祕信仰裡，皆常把「五」視爲人的心靈之代表。因而前世紀德國詩人席勒（Johann Friedrich von Schiller, 1759-1805）遂有詩句曰：

五是
人類的心靈
正如同人由善與惡組成
五乃是第一個奇偶共生的數字。

對「五」有著神祕的相信，因而對這本語言第五書，我也格外對它有所期許。它是我一部分心靈的縮影。這本書也代表了我對更清晰、更溝通的語言之期待。

是爲序。

卷一：正義

contents

卷二：文明

contents

卷三：權力

卷一：正義

語言是我們的希望

媒體症候群

錯亂的開始

先說一個值得尊敬的美國政治人物的故事。主角是在圈內有名，但一般人卻不太知道的豪頓（Amo Houghton）眾議員。

他是紐約市選出的議員，家族世代經商，算是富家子弟。由於自己家教好，斯文謙虛，認識他的人都對他讚不絕口。但他長年在政治圈，看著其他政客和同僚在那裡胡扯蠻纏，有的動輒驚聲尖叫，有的說一套但卻做一套，而有的則挑撥分化藉以圖利自己，種種敗德劣跡不一而足。對於這種情況他實在痛心疾首。他說，現在這個時代的政治，「祇會讓大聲嚷嚷的小人物變成政治怪物」，「大家爭相在自己的選區咒罵別人，這實在是一種懦夫行徑」，「他們祇懂得用花言巧語和粗暴惡言讓人們興奮刺激，這種風氣會滲透到家裡、學校和電視上。當政治人物祇懂得替老百姓製造敵人，這樣的政治又怎麼會讓人們相信？」

於是，身為共和黨籍的豪頓，遂希望自己政黨的同僚們以身作則，創造出一種比較像成年人的政治。但可以想像得到，他的一切努力最後一定付諸流水。他後來感慨地說：「這裡不適合娓娓道來，這裡是每個人爭著講自己的地方，不是個聽別人講話的地方。」而他的助理則說，他試圖做的乃是最不孚人望的事，當今的政治就好像職業摔角，「如果你不當著電視攝影機向對方摔出一個大耳光，人們拿在手上的選台器就會轉到別的頻道上去了。」

一個對政治仍有良心，不想成爲「大聲嚷嚷的小人物變成政治怪物」的豪頓，當然注定要失敗。他的失敗對他自己是齣悲劇，但就當代政治而言，他的失敗卻是一個證據，證明了媒體時代的政治，早已變成了一種新的異形，對於這種政治，當代許多學者已紛紛給了它各種不同的名稱，如「政治的再白癡化」、「政治的非公民化」、「政治論述的死亡」、「政治的新野蠻化」……等。豪頓自己就說過，他之所以覺得無力，乃是政治人物祇要一想到媒體或者一看到媒體，他們立刻就變成了另一個人。

這就是當代學者所謂的「政治—媒體症候群」。我們不能說當代政治人物、媒體、記者或觀眾讀者都比以前墮落下流，也不能草率地用「世風日下」的觀念來形容這種現象。根據近代媒體理論，人們已愈來愈清楚地知道，這種問題乃是一種體制化的、被建構出來的問題。媒體使得群眾愈來愈不理會公共議題，反而更喜歡從政治上獲得偷窺、嗜血，以及亢奮的樂趣；而有什麼樣的群眾，當然也就會有什麼樣的政治人物和知識分子或媒體機構。你們喜歡血腥，我就用無量級的語言暴力讓你們興奮；你們喜歡偷窺，我們就脫別人褲子裙子讓你們滿足；你們喜歡八卦肥皀劇，喜歡東拉西扯的口水戲，我們就不斷加工製造給你們看。這是新型態的「溝通」，我藉著滿足你們的需求，來換取你們的支持，你們則因我的賣力演出和屈身相就，而覺得大家都是同一個政治家族的成員。新型態的「溝通」已改變了整個政治的遊戲規則，傳統的「高尙」、「卓越的能力」、「人品」等都已不再重要，以前的公眾人物有「立德」、「立功」、「立言」等三達德，現在的公眾人物則祇需要藉著表演而「立名」即可榮華富貴過一生。前代思想家阿多諾（Theodor Adorno）等人早就對媒體時代有所警覺，並認爲其中隱藏著新的集權主義和法西斯的種籽。他們的敏銳不是杞人之憂，因爲他們早已看出了媒體時代的體制性裡，確實有著新型態的政治操控、集體白癡化和同質化的可能。

而現在的台灣選舉，即是印證近代媒體理論所有負面因素的一次大型展示：例如，你們喜歡悲情是吧，我就把這種悲情更進一步的推到極點，讓選舉的政見會變成一種集體亢奮的祭壇。現在的選舉在這樣的背景下，已注定將成爲最大一次的族群動員。族群動員的興奮可以移轉掉經濟惡化所帶來的焦慮，可以將我們今天的一切困難找到另外的替罪者。有些事情之所以廉價，乃是它似乎很有當下的立即安慰作用。

再例如，你們喜歡偷窺是吧，我們就把別人的褲子裙子以各種方式脫給你們看。偷窺是一種色情式的發洩，但它和色情最大的不同，乃是色情會讓人有罪惡感，但偷窺政治人物則不然，它使人在獲得偷窺的滿足後，還具有某種僞形的昇華作用，讓人覺得自己更加理直氣壯，義正辭嚴。今年這段時間，涉及偷窺的事情愈來愈多，估計還會繼續多下去。

再例如，你們喜歡道德是吧，那麼掃黑掃黃的瑣碎道德肥皀劇也不斷推出，至於這種道德劇的適法性究竟如何？是否吻合更大的正義原則？這些問題自然在道德的亢奮下被取消。瑣碎的道德肥皀劇，可以讓挫敗者有了洩悶的對象。

而所有的這些，當然都是媒體時代一切都被「表演化」之後各式各樣表演的一部分。現在的台灣選舉，在萬般皆蕭條中，已更加需要將問題轉移，既然要轉移問題，遂格外要把媒體時代的操控及轉移功能發揮到淋漓盡致的程度。這也注定了今日選舉的整個格局，一切都將往感性而非理性的方向移動，任何現實的問題都將往情緒上誘導。

而這也就是媒體政治學的眞正核心——近代學者、義大利文本理論家莫瑞蒂（Franco Moretti）等早已指出過，由於媒體的發達和畫面圖像思考的侵蝕，近代人的知覺和語言系統已出現了巨大的轉折。那就是語言和它所指的對象間，關係已愈脫愈遠，指涉不確定的空話日益盛行，而塡補語言縫隙的，則是需要更多而且刺激強度不斷增加的畫面、畫面語言和畫面思維。它不著重深思慎慮的推理，愈刺激愈好，如果今天刺激的「閥値」（Threshold）低於昨天，這種刺激的邊際效用即形同負值。由於知覺、思維和語言模式改變，前言不搭後語，自我矛盾，昨天和今天的立場完全錯亂，書的這一頁和下一頁彼此自己否定自己，這些古典的邏輯常規已完全不再重要，自我矛盾，看機會講話，已成了政客的基本特權。媒體時代的「政治—媒體症候群」，如果追究到最後，它的終極結果即是知覺和語言系統的崩塌，一切都成了當下的剎那，祇要那個剎那能獲得如雷的掌聲，能滿足群眾「場合式的興奮」，即是成功。這也是媒體時代的政客已愈來愈必須像《小紅帽》故事裡的大野狼，它要維持不變的本性，卻要懂得變身，在某個時候要變成完全矛盾但卻慈祥的老祖母一樣。

媒體時代的政治，愈來愈個人化，甚至個人崇拜化；而表現上則要日益像表演，滿足偷窺、嗜血、對瑣碎八卦的追逐、廉價的道德肥皂劇。這些都是表象，而深層的，則是媒體與政治互動後，人們的知覺、思維和語言系統已有了極大的改變。這是理性的塌陷。這也是爲什麼愈到近代，後進的新興民主體制，混亂度日增，穩定而有效率的政治愈來愈難以企及的眞正原因。

現在，政客們的出書與賣力演出日盛，而我們深受亢奮之際，或許有必要回過心來，冷靜地想一想，各個政客的語言文字，如果扣除情緒和煽情，它還有什麼東西存在？今天的話和昨天的話，是否邏輯相關。矛盾是一切錯亂的開始。我們錯亂已久，不能再繼續下去了！

吹哨子——鼓勵正義行爲

最近，有兩個女子皆聲名大噪。一個是美國恩隆案裡的雪倫・華金絲（Sherron Watkins），一個是大陸中央財經大學的研究員劉書薇（譯音）。她們都是「吹哨子的人」（Whistle-blower）——這個名稱，目前已成了最當紅的名詞之一，它指的是「吹哨子示警的人」，延伸意義有「舉發者」、「檢舉人」、「告密者」等。

雪倫・華金絲現年四十二歲，爲恩隆公司休士頓總部主管公司發展的副總經理。早在二〇〇一年八月，當她看到公司財務報表，即發現有虛報盈餘等不法情事。於是，她多次向公司董事長雷伊（Kenneth Lay）報告，認爲這種情況將會引爆財務醜聞，使公司因而破產。除了多次向董事長報告外，她也將這種情況向公司的財務長、副總顧問、另一個主管人事的副總經理，以及委託的安達信會計公司和法律顧問提出警告。但她的這些警告並未發生作用。恩隆案爆發後，在清查資料時，才找到她早已在內部示警的紀錄。於是，在後來的國會調查裡，她遂成了最重要的證人。由於她能就事論事的忠於公司，一發現公司內部做出違法之事，立即向老闆及同僚提出警告，因而成了美國企業界的女英雄。她雖然未能阻止這起美國有史以來最大的公司弊案及破產案，但她守法、勇敢、拒絕為了工作而和稀泥的風格，卻贏得人們敬重。

劉書薇的故事沒有雪倫・華金絲那麼重大，但在大陸，卻是了不起的先例。目前大陸雖然民間企業日益發達，但有許多民間企業卻祇不過是打著招牌，用各式各樣的方法，向銀行騙取貸款。有些靠特權，有些靠分贓。這乃是大陸銀行壞帳率偏高的最大原因。

劉書薇在中央財經大學，負責檢視某些上市公司的營運及財務報告。二〇〇一年，她發現一家設於湖北的藍田農漁公司極有問題。該公司乃是大陸首家上市的魚苗育種和蓮花球根培植公司，但她發現該公司的營收卻高得離奇，它雖然申報了許多資產，但政府卻沒有任何它的資產紀錄。而讓她驚訝的是，這麼明顯的紕漏，貸款給該公司的銀行，包括中國建設銀行、中國銀行等，卻都毫無警覺。於是，她遂將自己的發現，撰寫成報告，刊登在祇印一百八十份，僅限於銀行高層主管參考的內部文件裡，她建議各銀行必須對該公司慎重，不宜繼續放款。由於她的警覺和建議，這些銀行果然都停止了繼續放款。

詎料，由此一來，劉書薇卻替自己惹來了大麻煩。該公司顯然有外鬼通內神的本領，查出來是她的建議才造成貸款的停止，於是她不斷被恐嚇電話騷擾，該公司董事長甚至到她的工作地點拜訪，要她道歉。二〇〇一年十二月，該公司甚至在湖北提出誹謗之訴，要傳她於二〇〇二年一月二十三日至湖北出庭。但儘管她本於專業良知惹出這些麻煩，銀行界及她服務的單位，卻都不願介入這些事，認爲這乃是私人糾紛，祇有大陸的《財經雜誌》有過簡單報導。不過，幸好她並非省油的燈，在律師朋友的幫助下，她立即展開自衛。除了向法院要求變更審判地點外，她也將此案公開，俾尋求民意支持。在她強力反擊下，對方終於向她道歉，並聲稱已將十名涉及假造報表的職員開除。由於情況已完全逆轉，媒體遂將此事人幅報導，大陸銀行也開始向該公司追討一千六百萬美元貸款，大陸的證管會同樣對該公司展開調查，以追究是否有官商勾結之弊。在大陸和稀泥的環境下，她這種專業負責，不怕得罪人的風格，已成了新的巾幗英雄。

無論雪倫・華金絲或劉書薇，都是所謂的「內部吹哨子的人」（Inner whistle-blower）。據《美國俚語辭典》，這個詞借自體育競賽，當有人在競賽中做出違規的行爲和動作，裁判就大聲吹哨子警告，因而後來遂被借用來說從事內部和外部檢舉，舉發違法違規事項的人。因而，這個詞遂被稱爲「舉發人」、「檢舉人」、「告密人」等。

而「吹哨子的人」，從更深刻的角度而言，它其實並不祇是講舉發和檢舉而已。這個詞的出現，其實還有更多深刻的東西在後面。正是因爲這些深刻的東西在支撐，「吹哨子的人」

這個詞，才成爲一個具有正面意義的概念，到了近代，並逐漸成爲一個重要的法律概念。例如：

——一九七八年，美國通過〈文官改革法案〉，該法案又被稱爲「吹哨子者法案」，該法案規定，若文官察覺政府之所爲違法，則他將這種事情洩漏出去的行爲，將受到法律之保護。而眞要感謝這樣的法律，正因爲有了這樣的法律，非僅政府的權力有了更大的限制，新聞做爲權力監督者的功能也大大地被提升。而對不願同流合污的文官，則有了選擇不同流合污的機會，所謂的人的自主與尊嚴也更加得以落實。

——一九八三年，美國康涅迪克州，成爲第一個州，承認私人部門的公司和機構，其受僱者當發現僱主有違法之事，可以享有言論自由及提出告訴之權。這也是一項「吹哨子者法案」，它後來被許多州仿效採納。

——在瑞典，這種「吹哨子者法案」的精神更爲長久，它在一九四九年的〈新聞自由法案〉裡卻對新聞來源的保密，採取了近乎絕對保護的原則。新聞自由的訴訟，由發行人負責，法庭上不說記者的名字，不傳喚記者出庭，不詢問記者的消息來源。這乃是新聞自由的「負責任的發行人制」（Responsible Publisher）。在這種近乎絕對的保障之下，媒體做爲監督者的角色更能發揮，公私機構的受僱者更可以大膽舉發不公。不過，瑞典的保障雖然近乎絕對，但仍未絕對。若明顯違反國家安全，或侵犯他人隱私，該負責任的發行人，以及消息來源仍會被追究。據了解，這種「吹哨子者法案」，在許多進步國家如丹麥等，也都有採行。

「吹哨子者法案」，在人類自由史上，乃是一次重大的躍升。無論西方或東方，從古以來，人們在價值上，都被教導著要合作、服從、忠誠、努力等。在西方，儘管從啓蒙時代開始，即在倡導「個體神聖」、「自由」與「自主」等概念，但這種概念除了少數人能享有外，絕大多數人皆與此無緣。在公私機構的受僱者，尤其如此。以英國爲例，由於其社會保守，政治乃是軟性威權，一旦成爲公務員，就祇有聽命的分。軍情五局的職員縱使對外透露他們機構每天喝掉幾杯咖啡這種雞毛小事，也都構成洩密罪。全球絕對多數的國家，公司員工若將公司之事外洩，也必將被老闆和同仁不齒，丟掉飯碗也不會有人同情。這也就是說，人在龐大的體制下，其實都祇不過是快樂或不快樂，但至少是志願的奴隸。在體制下，無所謂的「良知」與「自主」。

於是，遂出現了「邪惡的體制，善良的個人」這種詭異的結局，而最獨特的例子，即是二戰時期的納粹。希特勒下令對猶太人做出「最後解決」，下面的官吏們，一層層的在公文上簽註轉呈，有的造猶太人名冊，有的安排運送的火車時刻表，除了最後管殺人集中營的那幾個人看到屍體外，沒有一個人對自己的所爲有任何感覺，大家都祇不過是奉公敬業的公務員，縱使按下毒氣室按鈕的人，也都可以用「我祇不過是奉命行事而已，責任不在我」而自我原諒。人在邪惡的體制裡，做著邪惡之事，但卻可以原諒自己，下班回家後仍然可以像慈父一樣善待子女，喝著咖啡，抱著小貓，聽古典音樂。這是對人性最大的嘲諷與侮辱。

第二次大戰後，傑出的女性政治思想家漢娜・阿倫特（Hannah Arendt）曾對這個問題有過先驅性的討論，緊接著，非常優秀的密西根大學心理學家米爾格蘭（Stanley Milgram）做了一項心理試驗，後來寫成《對權威之服從》一書，印證了人在群體中會原諒自己的理論。在一九五〇和一九六〇年代有關這個課題的討論，使得西方思想界和運動界，對「自主」、「尊嚴」、「邪惡」等問題有了更深的理解。而以美國爲例，一九六〇到七〇年代，由於政府欺瞞人民，企業界爲非作歹之事層出不窮，而與此相關的新聞自由與監督問題也不斷出現，於是，如何保障政府與企業界裡拒絕同流合污者的自主與尊嚴，使他們敢於根據良知而舉發不法，遂成了新的思考方向，而祇有保障了舉發人，新聞記者和媒體也同樣可以獲得保障。後來成爲美國消費者保護運動之父的芮德（R. Nader）在一九七〇年代初獻身反擊大公司不法行爲的運動。七三年他和格林（M. Green）合編一本消保先驅論著《馴服大公司》（Taming the Giant Corporation），即主張援用美國早期的一項〈河港管理法案〉，鼓勵體制內的良心人當發覺體制不法時，可以提出舉發性的控訴，並代人民向公司要求賠償，而賠償金額他可分到其中的一半。這乃是古羅馬時代的「舉發獎勵」（Qui tam）。這種「舉發獎勵」在當今公司至上的時代當然不可能實現，但也正因爲這樣的主張及社會運動，各項「吹哨子者法案」遂陸續出現。由於有了各種「吹哨子者法案」，美國的壞公司也更加要求員工簽署保密契約以自保。而這種法律上的糾纏，稍早前艾爾帕西諾和羅素克洛合演的《驚爆內幕》，即是例證——壞菸草公司用「保密契約」以反制「吹哨子者法案」。

「吹哨子者法案」，重要的不是吹哨子示警的行爲，而是它背後深刻的義理。它使得人們被體制所埋葬的良知與自尊，有了一扇可以透光的門。人們不必被體制的惡所裹脅，做讓自己不安的事。當一個人在政府裡或在公司裡上班，發現它犯了欺騙、違法、爲非作歹，或者推出有害商品，以及假造業績來矇騙股市投資者，都可以義正辭嚴地公開或私下檢舉。強制性的忠誠，不能大於公共利益。做一個舉發、檢舉，或者向媒體告密的人，不是羞恥，而是英雄。

因此，吹警告的哨子是件值得鼓勵的正義行爲。雪倫．華金絲，以及劉書薇，都因爲是「吹哨子的人」而受到西方媒體的稱讚，也在自己的國家受到尊敬。這兩個女士眞是了不起。

「吹哨子的人」正在當紅，當我們理解了這個詞的源起，它的深層意義，無論媒體界、公務員、公司、職員，可能也應該多一些思考了。如果我們的立委諸公也能把人性的尊嚴與進步放在優先位置，讓我們社會的體制也有受僱者良知的天窗，不必在體制下成爲不愉快的共犯，則我們的社會必將有更大的進步。而這種進步不是普通的物質進步，而是人性的進步！

髒話——讓每張嘴成爲垃圾場

當代女性主義主要思想家蘇珊・桑塔（Susan Sontag）說過：「語言乃是性別歧視最堅強而頑固的堡壘，它粗暴地讓反女性者高高的坐於廟堂之上。」

語言乃是一種權力，人們在廣泛的語言使用中，除了表述自己外，也同時藉著語言的區隔、歸類、排除，而將歧視與偏見建構出一個系統。這就是「語言的暴力系統」。而至今爲止，由於雄性權力始終獨占著語言的使用，辱罵女性的髒話也就層出不窮，而女性回罵，除了「沙豬」這個概念性的語詞外，其他髒話極其稀少。寫《魯賓遜漂流記》的狄福（Daniel Defoe）在十七世紀時說道：「講髒話在女人中尚未成爲一種模式，諸如『天殺的』這樣的字眼也不會從女性舌頭上跑出來，它乃是男性的邪惡，婦女尚未到此境界。」

而這種情況到了十八世紀亦然。當時的大作家史威夫特（J. Swift）在一七三八年也說道：「有司法界的朋友告訴我，他們知道一些女人講髒話罵人的事情，而我要坦白地說，他們所說的確實讓我大吃一驚。因爲在我的經驗裡，我從未在熟悉的女性裡看到過這種事情，至少在過去的二十多年裡。」而縱使到了二十世紀後期，女性主義抬頭，這種髒話傳統亦未改變。西蒙波娃（Simone de Beauvoir）在一九七九年的訪談錄裡說道：「語言承襲自雄性社會，它包含了許多雄性的偏見。女性只要去偷用他們的工具就可以了，沒有必要去打破它，或先驗的想要去創造一種完全不同的髒話系統。」女人祇能而且祇有去竊取男人的髒話，最關鍵的原因，或許乃在於女人還沒有足夠的權力去掌控並發展女性的髒話，也可能女性不認爲有必要去建造另一種女性的髒話體系。但縱使女性有意藉著講髒話來反擊男性的髒話，但當女人講出髒話時，仍會遭到異樣的眼神或指責。

因此，今天人們所用的髒話，都是雄性語言暴力的一部分。從文明的早期開始，由於人們相信語言具有魔力，講髒話來詛咒別人即告出現。除了詛咒和侵犯他人的髒話外，古代社會由於普遍都有禁忌的存在，圍繞著禁忌而展開的髒話也同樣逐漸形成。詛咒和禁忌乃是髒話的兩個源頭，而這兩者又經常合而爲一。詛咒式的髒話如「天殺的」，乃是人們承續了過去的神祕信仰，認爲講了這樣的髒話，「天」就眞的會把對方「殺」掉。而禁忌式的髒話，則是要藉著語言上的侵犯，替對方戴上一頂敗德的帽子，例如「婊子養的」（Son of Bitch）、「妓女」（Whore）等皆屬之。禁忌式的髒話，它的目的乃是在於羞辱，藉以形成一種「我優你劣」的支配秩序，所有的髒話都以宗教、族群、職業、性別等爲主軸。在「性別髒話」裡我們可以說：「男子藉著對女人的髒話而占領著權力，而女性則在髒話的侵犯裡臣服。」人類的髒話本身就有一本長長的歷史。有關褻神的、淫猥的、侵犯的髒話始終未曾間斷。到了近代，其他與宗教和政治等有關的髒話已逐漸地減少或被轉移掉，性別髒話幾乎已成了髒話的最後橋頭堡，而這可能和女性權力意識與社會地位的逐漸提高有關——當女人的存在已威脅到某些男人，那些自認受到威脅的，就會格外地使用髒話來展開侮辱與攻擊。綜合而言，以英語爲例，這些性別髒話計有：

——以女性身體的非法化爲主的，如Cunt、Twat、Tit、Fanny、Merkin、Prat、Punk等。這些髒話所指的都是女性的下體部位。

——將女性比喻爲雌性動物的，如「母豬」（Sow）、「母牛」（Cow）之類。

——將敗德的標籤貼在女性頭上，例如「娼妓」就是一大類。如Whore、Harlot、Strumpet、Bawd、Drab、Trull、Bitch、Bimbo……等。

——使用莫須有的形容詞來辱罵女性，如「淫蕩」（Wanton）、「不貞」（Unchaste）、「下賤」（Filth）……等。

——直接的侵犯式咒罵語如Funk、Prick等。

髒話乃是「語言之癌」，也是語言世界裡的垃圾。它使得人們藉著語言而溝通的可能性降低，甚至造成溝通的切斷。在髒話橫行無忌的社會，咒罵別人的髒話講多了，語言甚至會落實成行動，而變成眞正的暴力。也正因此，無論古今中外，遂都將侵犯式的髒話視爲一種垃圾或罪過。在古代中國，我們藉著士大夫價值體系的建立，而將「惡言」視爲沒有品格。而在西方亦然。以英國爲例，講髒話除了倫理上不容許外，在很長一段時間裡，它甚至以法律方式來規範。西元九〇〇年的《艾爾菲法》（Law of Alfred）即首度明訂不可以說出褻神的髒話。英王亨利一世（1068-1135）時甚至明訂公爵講髒話罰四十先令，伯爵二十先令，子爵十先令，自耕農三先令四便士，而僮僕下人則每說一次髒話即挨一皮鞭。而處罰最重的，乃是法蘭西在聖路易士的時代（1214-1270）。他頒布法令，規定「凡公開講髒話的，即應在臉上以熱鐵烙印，使他學到教訓」。

在西方，對於髒話更有自覺，乃是開始於文藝復興時代。當時的識字階級對人的價值已有了察覺，並對過去那種苟存的生活方式有所不滿。因此，遂對行爲上的「骯髒」和語言上的「骯髒」開始反省。例如，直到文藝復興時代，歐洲人無論王族或平民，都仍然用手抓食物，殘羹碎骨則往桌下丟，而貓狗則在桌下爭食吵鬧，至於油膩的雙手則隨便地往衣服上抹。由於體會到這種行爲實在「礙眼」——即讓眼睛覺得看到「髒」，遂有了刀叉與餐巾制度的發明。因此，古代所謂的「髒」，其實與後來衛生觀念裡的「髒」並無關係，以前的

「髒」指的是感覺上的自在清爽。這種對「髒」的感覺，也反映到了對語言的態度上，下流的、褻瀆的或侵犯的髒話，都會受到指責甚或處罰。在伊莉莎白一世（1533-1603）的時代，有位爵士希德尼（Charles Sedley）即因說了髒話而被罰五百鎊，在那個時代這是不可思議的天價。

在近代文明史上，髒話最氾濫的可能是法國大革命後的巴黎。法國大革命造成階級大翻身，下層翻成了上層，而上層則倒轉爲下層，於是鄉野粗鄙的語言和行爲遂剎那之間都獲得了正當性。穆希爾（Louis Sebostien Mercier）如此寫過一七八一到一七八八年間的巴黎：

——「縱使最簡單的市集或店舖，人們都有本領爲了任何不相干的事情而講成一堆。即使最小額的買賣，也要費掉一堆口水。爲了幾分錢的殺價，大家都要把肺吵到疲累不堪。室內無休無止的說話還不夠，連走道、路邊等也都要繼續。咖啡餐館裡的噪音、咆哮、爭嚷乃是巴黎人所熟悉的。咖啡餐館每個位子都有一堆人在那裡吵鬧。如果只有一個人，他會拉著跑堂小廝、老闆娘或出納大聲講話，如果這些人忙得不理他，他就會大聲嚷嚷，看是否能引起別人注意聽他講話。車夫、送貨員等在這裡大聲叫罵、講髒話，最後相互咒罵並大打出手，打了又罵，罵了又打。而在渡船上，則永遠是大家在此咆哮，甚至水手們都聽不到彼此的划船口令，如果兩艘渡輪擦身而過，則兩艘船上的人都隔空對罵。」

法國大革命之後的巴黎，粗鄙的髒話盛行，暴力也脫離了語言而成爲新的現實。

罵人的髒話盛行，使得那時候莫須有的隨便侮辱人也司空見慣。法國大革命的苦果是，隨著語言暴力的增加和社會暴力的擴大，最後社會倒退、君主復辟，最後是公安部門介入髒話事務——凡以髒話侮辱別人尊嚴的，在被檢舉而有見證人的情況下，都將被捕入獄。警察公安大規模介入平民的語言，這乃是人類歷史上的第一次，後來各式各樣的檢查制度，可以說以此爲濫觴。

在十八世紀，乃是西方髒話盛行的時代，社會的變化加速，使得侵犯式的髒話被推波助瀾般的擴大，這使得「榮譽管理」（Reputation Management）的概念出現。不但社會應管制髒話，每個人也應當管理自己的說髒話，勿侵犯他人的尊嚴。在一八二一年時，英國散文大家及知識分子領袖哈茲立特（William Hozlitt, 1778-1830）對當時侵犯性的髒話盛行，至爲不滿，因而說道：「今天的英國，已成了嘴巴骯髒惡毒的國家。」但過了一百年，英國另一位文論家格雷夫斯（Robert R. Graves）卻於一九三六年說道：「今天的英國，惡毒的髒話已很少了。」

那麼，這一百年到底發生了什麼樣的變化呢？主要的乃是依靠著維多利亞女王時代的教化，它以人品和格調等爲教化之目標，藉以形成新的文明規矩。由許多記載可以知道，那個時代的歐洲中產階級家庭，如果兒童口出惡言髒話，父母多半都會要求他去洗嘴巴以資懲罰。祇有骯髒的嘴才會講出骯髒的話，將「骯髒」的概念抽象化，從而導入「潔淨」的概念，其實乃是文明進步的一個主軸——人應當有一種自我期許，那就是不能讓自己的嘴巴變成思想的垃圾場！

整個十九世紀，乃是人們藉著清理「骯髒」而重塑文明的時代，那個時代當然有「檢查制度」，對各種褻瀆的語言思想加以限制，但就整體結果而言，它終究瑕不掩瑜。由於時代對「髒話」有著限制，許多「髒話」也都被迫或自動地產生一種「掩飾機制」（Disguise Mechanism）——它是一種機制，藉著字和韻的變化，將一句「髒話」裡「骯髒」的部分沖淡或轉移掉，而後讓「髒話」變得不是那麼「骯髒」，甚至把「骯髒」抽離成一種中性的示意性符號。

這種「掩飾機制」，有如下的例證：

——例如一般的「髒話」裡，God damn you，將它簡化成Damn you之後，它的褻瀆特性即大大減低。

——例如有些「髒話」可以藉著字眼的轉移而沖淡，如shit變爲shucks、shoot、sherber；Fuck變爲eff、effing、froth、frig等；Cunt變爲Berkeley Hunt，Fuck變爲Friariuck；

Cook變爲Faucet等。

這種「掩飾機制」，在中文裡亦然。舉例而言，我們的侵犯性「髒話」裡，「操」字被香港人變爲「靠」，即是典型的代表，當人們說「我靠」而非「我操」，其意義在程度上已有了極大的差別！

近代學者曾研究過各國的「髒話」，以英語國家爲例，英國及英國中產移民社區，如美國東岸、南非等的髒話較少，美國的西部和邊疆地區，以及澳大利亞等，則髒話盛行，學者並認爲這是一種「侵犯式國民性」。這當然是一種誤見——喜歡講髒話的國家或地區，並不意味它的人種或品質即比較低劣，這是文明發展的過程，許多國家地區正處於低等階段，侵犯性的性別髒話即是低等階段的表徵。

因此，那個林姓民進黨立委咒罵陳文茜，像他那種出身的人，從小在髒話堆裡長大，現在髒話奪口而出，這其實並沒有什麼好奇怪的，眞正讓人驚訝並失望的乃是：

——當他用髒話罵人，而後又斷了三顆牙齒，民進黨居然對這起髒話風波完全無動於衷；一個社會當政治的效忠與黨派意識已凌駕於文明的客觀標準，這個社會日益加速向下沉淪殆已注定。

——林姓立委摔斷三顆牙齒後，民進黨大老去醫院慰問者有之，而群眾居然還有人送金牌安慰。這樣的反應實在太滑稽了，而就在這種滑稽裡，我們所看到的則是台灣法西斯化的程度正在加深。如果有個民進黨女立委被其他黨辱罵，他們一定藉機廝鬧不休，它旗下的女性主義者也一定大作文章，說不定還會發動什麼群眾運動也說不定，而今被辱罵的是別人，而罵人者是同志，什麼是非公理統統都靠邊站，這點或許才是台灣眞正的悲哀。「團體內效忠」（In-Group Loyalty）超過客觀的公理，這種社會的公理即告蕩然，這乃是今日台灣的寫照。一個社會不怕「骯髒」，而祇怕對「骯髒」失去了自覺，甚至在「政治效忠」下，連「骯髒」也都變成了正當。由林姓立委又被慰問，又被送金牌，我們已可預估到每個嘴巴都是垃圾堆的日子已不再遠了。

邪惡軸心

←至高無上說謊的理由

最近，有兩件事在美國鬧得風風雨雨，它們都和「政治操控」有關。所謂「政治操控」，指的是藉著語言、圖像，以及事實的選擇性解釋或加工製造，甚至於僞造，以圖「操控」（Manipulation）民意，或讓人民蒙受「強制選擇」（Coercion）之謂。

這兩件事分別爲：

其一，乃是二〇〇二年一月底，布希總統發表〈國情咨文〉報告。在報告中，他用了「邪惡軸心」（Axis of Evil）這個詞，於是接下來的這段時間裡，「邪惡軸心」一詞開始全球氾濫。發明這個詞的，乃是白宮「講稿代筆作者小組」成員之一的傅朗（David Frum），他的名字也漸漸被人知曉。但就在這時，傅朗的妻子克莉特登（Danielle Chritenden）卻沉不住氣，她在網路上發出電子信，表達了一個創造歷史性名詞者「妻子的驕傲」，她的電子信裡如此說道：「我知道我這麼做會被認爲是太過華府作風，但我丈夫在〈國情咨文〉裡『邪惡軸心』一詞上有功，很少有句子能發揮如此的影響。因此，對一個看著丈夫句子在到處都變成報紙頭條的妻子，請縱容我做為妻子的驕傲。」

然而，克莉特登的「妻以夫榮」，卻立刻受到了懲罰。CNN的電視評論員諾瓦克（Robert Novak）首先揭露，在電子信出現後，布希大為震怒，立即將傅朗開除。但諾瓦克的報導卻被傅朗否認，他說自己早在〈國情咨文〉報告前五天即提出辭呈，白宮也給了他一個月的離職緩衝期。而白宮方面也表示傅朗說的才是事實。他們都否認傅朗是被開除。

但儘管如此，這種事後自圓其說的解釋，卻很少人相信。人們輾轉從白宮得到各種消息，都指出自布希入主白宮後，白宮即充滿著伴君如伴虎的氣氛。布希不容許白宮職員有「自己」，一切都要聽命辦事。這是他所謂的「團隊精神」，一方面是他權威主義的個性使然，另外也和他從政前擔任球隊老闆，一切要求「團隊精神」的習慣有關。而更重要的，乃是老布希在擔任總統期間，由於作風溫和，使得白宮內部派系林立，父親的失敗教訓，使得小布希開始以威權方式進行內部管理。開除傅朗，即是他殺雞儆猴，做給白宮職員看的下馬威。

有關傅朗被開除的事件，對白宮而言，乃是小事一樁。白宮的「講稿代筆作者小組」，由四、五人組成，擔綱的是保守派文膽葛森（Michael Gerson），傅朗在裡面並非頭牌。傅朗以前出過兩本談保守政治的著作，和一本討論一九七〇年代政治的書，在保守派裡小有名氣，但非主要角色，將他開除，對白宮講稿代筆，並不會有太大的影響。但值得注意的，乃是由傅朗被開除所引發的其他問題卻也不容低估，《倫敦經濟學人》雜誌即指出，當今的白宮在威權主義籠罩下，它的新聞政策祇剩「修理」（Bullying）和「矇混」（Bamboozling）兩招而已。記者問了敏感問題，即會被白宮修理。而白宮發言人傅瑞雪（Ari Fleischer）在答覆記者問話時，總是嘟嘟囔囔的矇混。

而最重要的，乃是由於此案一鬧，原本還虎虎有聲的「邪惡軸心」這個口號，卻彷彿像氣球被針戳到一樣的洩了氣。

熟悉美國兩黨政治語言者都會知道，民主黨傾向於多元論，不太會給別的國家戴帽子、貼標籤，柯林頓時代用了「流氓國家」（Rogue state）一詞，被歐洲一陣指責後，立即在《紐約時報》建議下，改稱「關注的國家」（States of concerned）。但共和黨保守派，尤其是新右派則不然，他們自視爲「戰神」（MARs）——指他們自稱「中產美國激進右派」（Middle American Radicals）。他們的世界觀是善惡二元論，我是善，不同意我的即是邪惡。共和黨用「邪惡」一詞，始於一九八二年年中，當時的雷根總統訪英，在英國下院演說，即稱蘇聯爲「邪惡帝國」（Evil Empire）。雷根的「邪惡帝國」一詞，當時被歐洲嗤之以鼻，在美國也未受到重視，但今天擔任國防部副部長的伍爾夫維茨（Paul Wolfowitz）卻全力支持。

而自從布希上台後，極右的伍爾夫維茨當道，以副總統錢尼和國防部長倫斯斐、副部長伍爾夫維茨爲首的極右派人馬，幾乎壟斷了國防外交的全部要津，而「邪惡軸心」一詞的發明者傅朗，他出身新右派的機關刊物《標準週刊》，乃是伍爾夫維茨的嫡系人馬。他繼承了雷根時代「邪惡帝國」的「邪惡」，又把第二次大戰德國納粹爲首的德義日「軸心國」裡的「軸心」一詞抽離出來，與「邪惡」相連，遂有了「邪惡軸心」這個新詞，就美國極右派的造詞術而論，「邪惡軸心」不能說不是個很好的語言標籤。根據《紐約時報》的報導，布希在做《國情咨文》報告時，副總統錢尼坐在他旁邊的高背椅上，不斷地點頭讚賞，可見這個「邪惡軸心」多麼爲錢尼所喜歡。「九一一」之後，布希先後用過「道德痲瘋病」（Moral Leper）、「惡魔帝國」（Empire of the devil）、「邪惡聯盟」（Alliance of Naughty）等標籤，到了「邪惡軸心」，他的「語言標籤戰略」似乎才算底定。

不過，雖然布希自己將「邪惡軸心」講得很偉大，但自從「邪惡軸心」之說出現後，其他國家卻聽得顯然極爲排斥。法國外長費德林（Hubert Vedrine）說：「布希的口號乃是一種簡化主義，沒有經過妥當的思考。」而英國末任港督、現任歐盟外交專員的彭定康（Chris Patten）則抨擊這是一種「絕對王權思想」在作祟，美國對阿富汗之戰的順利，「已增強了它某種危險的本能，美國依賴自己可做任何事，盟邦乃是多餘。」諸如德國、俄羅斯，以及阿拉伯世界、亞洲等，也都對「邪惡軸心」之詞不滿。南韓甚至認爲這是犧牲南韓人民利益的作法，布希訪韓，抗議標語中就有這樣的句子：「誰是邪惡軸心？就是你，布希先生！」面對來自國際的反彈，布希政府指名伊朗、伊拉克、北韓爲「邪惡軸心」，現在對這三國已放緩了口氣。而就在這樣的國際反彈聲浪裡，卻又出現「邪惡軸心」一詞發明者傳朗被開除之事，於是，剎那間，這個偉大的語言標籤頓失鋒芒。偉大的演說和偉大的警句或標籤，當它是元首本人發自內心所想出來的，即會受到肯定，但若是別人代筆，再怎麼漂亮動人，也都會被懷疑。美國早期的元首，講演多半自寫，但自第三十任總統柯立芝（John Calvin Coolidge, 1872-1933）用了魏立佛（Judson Weliver）當文膽，並給予「文學侍從」（Literary Clerk）的頭銜後，代筆的文章及口號，就愈來愈不受人敬重，再怎麼偉大的口號標籤，也衹會被人認爲是漂亮的辭藻，而不是什麼實在的東西。這也就是說，當布希開除傳朗時，他其實已將「邪惡軸心」這個語言標籤口號開除了一半。因而已有人認爲，在外國反彈及開除風波後，「邪惡軸心」一詞已受到了重傷，極可能會在減少使用中被漸漸地淡化。

因此，由「邪惡軸心」一詞發明者傳朗的被開除，似乎也一定程度顯示出布希對這個替他惹來麻煩的這個詞的羞怒。最近多日以來，布希已很少再用「邪惡軸心」這個詞，這的確顯示出「邪惡軸心」已開始加速在折舊之中。

而除了「邪惡軸心」引發代筆者傅朗被開除，藉著漂亮語言標籤來動員操控民意之事被打了折扣外，最近另一起案件，也同樣惹來一陣風風雨雨。那就是美國國防部暗中設置「策略影響辦公室」（The Office of Strategic Influence）之事。

在美國官方的宣傳裡，有兩種類型，一種是「白宣傳」，是過度吹捧自己；一種是「黑宣傳」（Black Propoganda），則是中傷和造謠以傷害別國。據最近《紐約時報》透露，美國國防部爲了反宣傳，已設置了一個「策略影響辦公室」，將對外國媒體提供不實的消息俾造成誤導。該辦公室計有成員十五人，由陸軍准將伍登（Simon Worden）負責。

這項消息被《紐約時報》率先披露後，在美國國內及國外，立即引發軒然大波。在冷戰時代，美蘇對峙，雙方以謊言謠言相互中傷，許多國家都深受其害。例如，當年美國爲了推翻印尼蘇卡諾政府，即找了一個長得酷似蘇卡諾的人，製造了一卷床上A片在印尼散布。推翻蘇卡諾的結果，乃是數十萬華人皆人頭落地。而這次成立「策略影響辦公室」，決定透過國際媒體以不實消息中傷不友好國家，格外受到美國國內外注意。還有一個更重要原因，那就是根據《紐約時報》透露，「策略影響辦公室」的以假消息來中傷，主要將和一家稱爲Rendon Group的公關公司合作，它是由以前的白宮助理倫東（John Rendon）所創辦。而一提到公關公司負責製造假消息，人們就想到老布希時代之所作所爲。當時美國爲了鼓舞士氣，醜化伊拉克，以達到侵略伊拉克之目的，特別找了一家Hill & Knowlton公關公司設計，而錢則由科威特政府提供。該公司的各種匿造假消息裡，人們印象最深刻的，乃是他們把科威特駐美大使阿爾沙巴（Sheikh al-Sabah）的十五歲女兒找來，讓她冒名是普通科威特少女，到美國眾院人權委員會作證，她說：「我在阿爾亞登醫院當義工，看到伊拉克士兵帶槍進入醫院育嬰室，保溫箱裡有十五個嬰兒，他們把嬰兒從保溫箱拖出來，拿走保溫箱，讓嬰兒們凍死在地上。」這則活靈活現的謊言，當時成了美國的大新聞。類似於此的假新聞，使得美國製造出了使侵略合理化的民意基礎，也合理化了波灣戰事，美國炸死伊拉克軍民逾百萬人的野蠻行爲。後來好萊塢電影《桃色風雲搖擺狗》裡，就有一、兩段情節是在諷刺當時的這個謊言式假新聞。

目前這個媒體時代，藉著假消息來操縱民意業已司空見慣，波灣戰爭時的僞造新聞後來被舉發，但已無法讓百萬以上伊拉克死亡的軍民復活，但它卻無疑地成了近代歷史上最殘酷的謊言。

美國公關公司爲了金錢而不擇手段的製造謊言，也因此而成了超級醜聞。這也是美國國內外一聽又找公關公司製造假消息、立即爲之抓狂的原因。

因此，無論「邪惡軸心」發明人傅朗的被開除事件；或美國五角大廈成立「策略影響辦公室」，與公關公司合作僞造假消息案，它們共同涉及的，都是「民意操控」的課題。那就是在這個媒體時代，由於媒體的體制性日益強大，「語言—事實」間的聯繫已開始脫落，從而古典政治裡所要求的規範，例如「誠實」、「就事論事」等也逐漸被侵蝕殆盡，「手段—目的」必須合宜地規範則蕩然無存。於是，政治的操控性格日益增強。當代一切都以「行銷」觀念來看待，眞假對錯不再重要，如何賣得出去才是關鍵，於是找人編撰漂亮但卻可疑的語言及符號標籤如「邪惡軸心」，找人杜撰明知爲假但卻有用的謊言，遂日益成爲一種常態。最近，《紐約時報》對五角大廈成立「策略影響辦公室」公開說謊之事大肆抨擊，認爲這是五角大廈的權力傲慢。這當然有權力傲慢的成分在其中，但眞正關鍵似乎是：在這個媒體操控已成了常態的時代，「當爲」與「不當爲」的界限早已消逝無蹤。五角大廈一點也不覺得羞愧的決定以假消息來達到策略目的，單單這種態度，就已不言自明的說出了許多値得注意、但也令人擔憂的事情。

語言、符號圖像皆爲表達、呈現及溝通的媒介，但到了近代，它們卻都成了工具。「工具化思維」使得說謊也都儼然有了至高無上的理由。《桃色風雲搖擺狗》電影裡所敘述的世界，早已成眞！

陰謀理論←

多少罪惡靠著長大！

「陰謀理論」（conspiracy theory）乃是一九二〇年代「大蕭條」時出現於美國的新詞，但到了一九九七年才被收進《牛津英語辭典》中。

然而，儘管這個詞的出現甚晚，但它所指涉的心態和現象，卻日益普遍，據曼徹斯特大學教授賴特（Peter Knight）所述，這個詞到了現在早已不再祇是一個詞而已，它已變成一種「陰謀文化」，對有些人，「陰謀理論」甚至成了一個應付一切問題的萬靈丹。就以眼前的台灣爲例，自從國安局弊案被揭露後，台聯黨的一干人等，二話不說的立即就祭出「陰謀理論」；這起事件的被揭露乃是某黨某人的陰謀。「陰謀理論」可眞是好用，當任何問題一發生，祇要祭出「陰謀理論」，該問題的本身似乎就已消失或不再重要，原來的問題已被轉移到了「陰謀理論」的頭上。因而賴特教授遂說，當「陰謀理論」一出，即等於「討論停止」。當代女性主義思想家修瓦特（Elaine Showalter）遂在《歷史：歇斯底里流行病及現代文化》一書裡指出：「陰謀理論摧毀了對證據和眞相的尊重。」

因此，戴維斯（David B. Davis）的《恐懼陰謀》一書裡遂指出，「陰謀理論」之有用，乃是它鼓動著一種情緒，善良的「我們」正受到邪惡的「他們」之威脅，當有了這種情緒，即可用來合理化自己尋找替罪羔羊的行爲，而對那原本沒什麼好指責的人加以攻擊。「陰謀理論」乃是近代政治與社會日益重要的一種現象，或者說是一種策略，一種論述公式，一種語言表述的系統，最可以被當做例證來討論的，或許就是一九九七年梅爾吉勃遜和茱莉亞・羅伯茲聯合主演的《絕命大反擊》這部當時還算賣座的好萊塢影片，在這部電影裡，梅爾吉勃遜飾演一個曾經做過殺手，但腦筋被人弄壞的計程車司機，他認爲任何事情都有關聯，都被一個龐大的邪惡勢力所操控，這部電影指出了「陰謀理論」的幾個重要元素：

其一，「陰謀理論」與其說是一種策略，倒毋寧可以說是一種「妄想症」（paranoid）和「妄想修辭」（Rhetoric of paranoia）。相信「陰謀理論」的，都認爲自己是善良的化身，不可能做出邪惡的事件，因而自己若有任何事情被人揭露與批評，那就意味著一定有個邪惡的勢力在進行某種以我爲對象的陰謀。前述的修瓦特認爲，這種「妄想症」，乃是一種自己由於「著魔」（Obsession）因而覺得受苦，祇有藉著指責別人的「陰謀理論」，始能讓自己的情緒獲得緩和的「精神混亂」（psychological disturbance）。

其二，「陰謀理論」由於是妄想，是精神混亂，因而它同時當然也就是一種「認知標示圖」（Cognitive mapping）。他把自己沒有能力去辨識的複雜世界及自己所造成的複雜問題，企圖用很簡單的「認知標示圖」來定位與解釋，而這個標示圖即是「陰謀理論」。因此，這張圖與現實之間遂有著極大的脫離，他把很大一張圖裡的自己故意渺小化，而後將整個世界都認爲是某個人的版圖，藉著自己找不到路的自虐來讓自己的存在變得有意義和偉大。「被迫害妄想」的深層邏輯裡，都具有自我偉大的成分，「陰謀理論」所印證的即是這種自我偉大。

其三，「陰謀理論」通常都出現在極左極右這兩種人之中。這兩種人乃是一個圓圈相遇的那個點，一個順時針由右到左，一個反向而行，終於相遇。它們都是心靈的集體主義者，相信世界上的所有事務都被人蓄意操控。他們藉此取得攻擊別人的權力，而避免掉世界失敗也和我有關的指責。「陰謀理論」在現實上的另一最佳例證，乃是最近布希的「邪惡軸心」論點。他爲了取得攻擊別人的權利，而將別人誇大爲可怕的陰謀集團。

由於「陰謀理論」有著這些可怕而離譜的元素，因此，它經常都有著左右兩股法西斯主義的陰影潛存其中。昔日納粹的興起，所仰仗的，即是「陰謀理論」；也正因一九二〇及三〇年代美國右翼「紅色陰謀理論」，才出現一九四〇年代的麥卡錫白色恐怖。最近，派普士（Daniel Pipes）在《陰謀：妄想症的昌盛和起源》一書即指出：「在第一和第二次世界大戰期間，俄德兩國領袖都駕著陰謀理論而走向權力高峰，並用來合理化它擴張領土的侵略行動。」

「陰謀理論」一詞初現於一九二〇年代，到了近代已成了新的普遍現象。而最早對「陰謀理論」有所警惕的，乃是開放大師卡爾波柏（Karl Popper），他曾如此定義「陰謀理論」：

——「它是社會中形成的一種觀點，將人們不喜歡的事情如戰爭、失業、貧窮、匱乏等，都歸咎於某些有權力的個人或組織。」

但卡爾波柏也指出，「陰謀理論」基本上乃是一種錯誤的認知，因為：

——「社會裡的陰謀理論不可能是眞的。他們認爲社會上所有的事情，都是某些人的陰謀所致，但許多他們所說的，一眼就看得出乃是完全不相干。」

正因「陰謀理論」是一種邪惡、卸責、轉移、扭曲的認知與修辭，因而柏內特（Chip Berlet）遂提醒世人注意：「陰謀理論並不是沒有受害人的犯罪。」在普通時候，「陰謀理論」祇是一陣風式的語言夾纏，但當某些條件湊合，「陰謀理論」則可能像昔日的德俄以及白色恐怖下的美國，逸出常軌，而讓許多人人頭落地。「陰謀理論」的爲害，和它的變形——「國家安全」相同，都必須時時不忘警戒。「國家安全」乃是相信某種「陰謀理論」存在而做的對策，當它把「陰謀理論」極大化，「國家安全」也就成了無限上綱。特務會用「國家安全」掩護非法，其道理和用「陰謀理論」進行羅織迫害或精神騷擾可謂完全相同。

賴特教授最近著作《陰謀文化》一書，該書指出，近代由於世界更趨複雜，不但政爭激烈造成「陰謀理論」大盛，由於人們的不安定感日深，對掌控自己命運的能力也日益薄弱，因而使得「陰謀理論」不但在政治中，也蔓延到了社會現象中。美國人有許多相信愛滋病毒乃是美國政府實驗室所製，美國街頭毒品氾濫，也是美國政府的陰謀。「陰謀理論」的氾濫，所注解的乃是長期以來西方人文精神的淪喪，這個世界已沒有什麼可堪信賴，政府不值得信賴，各種體制也不值得信賴，因而事事都用「陰謀理論」來看待，所顯露的乃是一種新犬儒主義時代的到來。

而在台灣，我們的「陰謀理論」尚未氾濫到社會事務上，但在政治事務上，我們的「陰謀理論」則遠較其他國家爲甚。我們的政府犯錯，永遠在自行檢討之前，就以「陰謀理論」來合理化錯誤，而後藉著「陰謀理論」將牽涉證據與眞假的問題，扭轉爲衹涉及好惡的立場問題，這是用好惡來取代是非對錯、用政治權術來取代司法正義，無所不用其極的「陰謀理論」，不但在蛀蝕台灣的制度，也在摧毀著台灣人民的心靈。

在目前國安局醜聞正如火如荼之際，台聯黨又再大搞「陰謀理論」，他們看不見自己主子的非法濫權，卻看得見別人的「陰謀」，而後用「陰謀理論」意圖塗抹掉非法濫權的事實。「陰謀理論」在台灣眞是再好不過的萬靈丹了。稍早前，柯林頓因爲性醜聞而受抨擊，當時的第一夫人希拉蕊在電視訪問中祭出「陰謀理論」說：「有一個巨大的右派陰謀在整我的丈夫，從他宣誓就職那天就已開始了。」

希拉蕊罔顧事實而談「陰謀」，結果受到全國媒體的噓聲和奚落，後來她再也不敢信口胡言。人家社會對「陰謀理論」能夠警覺，但我們社會卻「陰謀理論」大行其道，讓人夫復何言。

「陰謀理論」是一種政治性的精神錯亂，是一種邪惡的狡猾。它藉著猜測與羅織別人的動機，而製造出一種修辭與論述，然後政治最基本的分寸、責任、尊嚴等盡皆拋棄。「陰謀理論」是一種獨特的語言修辭學，它讓邪惡在語言所造成的簡化和盲點中得以棲息。昔日羅蘭夫人曰：「自由，自由，多少罪惡假汝之名而行！」到了今天，這句話已可改爲：「陰謀、陰謀，多少罪惡都靠你而長大！」

起源崇拜←用來保護自己

近年來，不但國際，甚至個別國家的內部，都秩序日益凌亂，而各種宗教的、族群的，甚至膚色的極端主義大盛。

當代法國女性思想家克莉絲蒂娃（Julia Kristeva）指出，在這個意識型態面具業已失去的時候，人們已愈來愈傾向於用「起源的盾牌」（shield of origins）來保護自己。「價值的危機和個人的碎片化，業已到了這樣的程度，它使人不知道自己是什麼，以及如何找到更好的公分母來庇護自己。於是，人們就像莎士比亞筆下的哈姆雷特一樣，在狂譫下如此說道：我不知道我是誰，甚至不知道自己還算不算存在。但我屬於自己國族和宗教的根，我將隨它而去。」

克莉絲蒂娃指出，近年來以前曾長期深信並努力不懈的進步思想，如對個人自由的保護與容忍，對人類可以在進化中變得更好等，早已逐漸凋逝，而將信念逐漸往「起源」的認同這個方向退縮。她指出：

——「起源的崇拜乃是一種恨的反應。一種對別人的恨，恨他沒有和我分享同樣的起源；恨他在個人、經濟和文化上使我羞辱。於是，我遂向『我們自己』這個方向退了回去，眷戀釘著於古老而原始的公分母。它是我脆弱兒時之所有，是我最親密的家人，我希望他們會比這些外人對我更值得信賴。儘管在這個共同起源的小家族裡也從不缺少衝突，但現在我卻寧願將這些忘掉。在恨別人之中，……他們撤退到了一個陰沉但卻狂熱的世界，不可名狀，但卻生物性，它飽含著一種怪誕天堂的冷漠感。」

克莉絲蒂娃的這些見解，對試著要知道當今政治極端主義的興起，有著極大的參考價值。當今的世界，雖然啓蒙時代的語言，如「進步」、「容忍」、「尊重」、「自由」等，仍像屍體通電般在那裡兀自顫動，但這些語言的口頭禪，其實早已成了退化的遺跡，不再有任何功能，而眞正登場的，則是「起源崇拜」（Cult of origins）——部落、宗族、地域、膚色、種族等。這是近代政治上罕見的「返祖現象」——指人類祖先們的許多遺傳品質，在消失一段時間後，又再度重現。

對於這種「起源崇拜」的「返祖現象」，有著許多不同的解釋觀點。克莉絲蒂娃認爲這是冷戰意識型態終結後的一種轉移，當人們找不到看似崇高的意識型態來作庇護，遂祇好到次級並低階的「起源」問題上尋找慰安。而當代德國思想家貝克（Ulrich Beck）則認爲，民主政治經常都必須藉著敵人的尋找以化解其內部危機。在西方民主發展的過程中，有一大段時間都用於尋找和製造敵人。藉著「起源崇拜」而區別敵我，不過是那種古代殘餘的另一種變形。

貝克教授與克莉絲蒂娃的觀點，可以相互印證發明。當今全球各國，各種「起源崇拜」的狂飆不絕。非洲的部族仇恨與戰爭，那是一種比較低階的，接近生物性的反應；正發生在馬其頓的斯拉夫人與阿爾巴尼亞裔之衝突亦近似之。這種型態的「起源崇拜」和所造成的衝突，或許可歸爲「原始型」。而眞正值得研究的，乃是許多號稱的「民主國家」，如歐美、如亞洲的新興民主體制，爲什麼也在這樣的時刻，或者出現激暴的「新納粹組織」，或者出現各式各樣的排外和「起源崇拜」政黨或政圈？這些號稱的「民主國家」，它們的民主信念與價值，爲何竟然如此脆弱得擋不住「起源崇拜」的迷思？爲何會有許多所謂的「知識分子」，也變成了「起源崇拜」的乩童和先鋒隊？

這已不是個生物學或政治學的問題，而是個語言哲學的問題了。近年來，它已被西方哲學家和語言哲學家所廣泛討論。值得注意的是兩種論點：一是知識與社會發展的虛無主義，另一則是語言哲學裡的虛無主義。

早在十九世紀之末，大哲學家尼采即已注意到「虛無主義的到來」。他指出，隨著人類權力與能力的自我擅專，人類行爲的道德限制將趨於崩解，於是，一個「任何事都是被允許的」的時刻即將到來。在他的思考邏輯裡，這是啓蒙理性的最終結果。人類的進步之夢，隨著人的自主與科技理性開展，最後是讓人走完「人—神—獸」這一段路程。虛無主義是一切的道德限制，對進步的願景，都在權力所帶來的獸性中被瓦解。

而這種虛無性，其實並不是祇被尼采所提到而已。在整個西方思想史裡，自由個人主義的傳統中，「虛無」即一直是個理論上的破綻，祇是未曾發作而已。但這些早先祇存在於哲學思想裡的破綻，到了近代已日益凸顯。而價值與政治行爲上的虛無，讓理想消失，讓新野蠻重現，則當然又和語言論述有著密切的關係。美國歐本大學政治教授嘉定（Murray Jardine）即在《語言和政治實踐：恢復人類責任的域場》中，如此說道：

——「任何政治秩序的願景，皆不可避免的將政治現實的結構，以及人們如何獲致有關結構的知識，做了某些具體化的假設。由於他們型塑了社會實踐的語言詞彙，這些假設遂相當程度的決定了內在於人類社會裡的可能性。因此，當一個政治社群瓦解，它自然也意味著整個政治宇宙論完全崩潰。因此，任何要重建已死政治秩序的意圖，終極的都必須去重新檢視該秩序的知識論與本體論假設。蓋祇有如此，新的政治願景，始有可能理解造成舊秩序崩潰的原因。」

因此，一個政治解體了，它眞正造成的，乃是由語言堆疊出來的那個政治論域，也全面崩潰。什麼是對或錯？什麼可以或不可以？都全沒有了標準。有良心的人還勉強維持住一點有所爲、有所不爲的格調；品質低劣的則到了任何胡作非爲都可以有理由的黃金時代，並相信祇要有權力，再大的惡質或惡行都可以被權力所美化或抹掉。

因此，觀察政治秩序解體的社會，乃是最佳的語言學實習場。我們看到了權雄人物今天這樣說，明天就換了完全相反的腔調；也看到了權雄人物硬將無理扯成有理，以及說一套但卻做另外的一套。政治秩序崩解的時代，言語已成了一種工具，或者用於化妝，或者用來挑釁，或者用來煽動，而眞正重要的，則是人們並不一定可以看得見的行爲。由於「語言—行爲」已失去了聯繫，並被權力穿過，於是，在這樣的時刻，權力已成了唯一的主宰，再也沒有什麼「客觀」、「分寸」或「是非」。

政治秩序瓦解，造成政治語言氾濫，語言和行爲無關，語言本身無論定義，指涉與內涵也都混亂如泥。這種情況在古代政治秩序崩潰時早已有之。而今日尤烈，這又和當代知識分子的思維方式與學風有著密切的關係。

近代學者已有許多人指出，晚近以來，世界的知識分子已出現了一種新的觀念論。知識分子們已對現實的良窳日益無所用心，甚至變成一種新的冷漠。而在知識態度上，則耽於一種新的語言遊戲哲學中：不再追究語言和現實的聯繫關係，而將知識變成一種遊戲式的美學，這即是所謂的「解構」。其中涉及的學術討論在此不贅。而值得強調的，這是一種新的唯心哲學，它已不再追究語言，世界和行爲的聯繫關係，因而它在價值標準上遂告棄權。它祇相信人被語言所塑造，但卻拒絕對此做出判斷。因而紐約州立大學教授狄隆（M.C. Dillon）遂曰：在當代的知識遊戲中，所呈現出來的是另一種「任意的」（Arbitrary）的世界，無所謂「正義」，無所謂「邪惡」或「善良」。這種虛無主義式的態度就讓人想到另一個故事：十八世紀歐洲懷疑主義大盛，有一派學說認爲人用語言概念思考世界，因而世界祇存在於語言和人的心中，而不存在於現實上，於是遂有了一個趣事：有人用踢痛的腳，來證明石頭的存在！

而「用踢痛的腳，來證明石頭的存在」，這個好譬喻，其實也可以用來談當今極端主義盛行的政治。政治舊秩序瓦解，語言瓦解，一切有效的判斷標準也告蕩然。面對這樣的混亂變局，知識分子或者搶搭權力列車，或者緘默以對，拒絕成爲權力擠壓下的犧牲。在混沌之中，「起源崇拜」必然被絡繹於途的權力追逐者抬起。它像不斷加速的快車，無人能擋。但也不必擔心，這種快車一定會自己撞到牆，而牆不會是語言，而會是實實在在的銅牆鐵壁。此刻的台灣，「起源崇拜」又告開始，新的語言及價值混沌及快車加速也在形成。讓我們等著看它的下一章！

諺語

政客的最愛

有些人可能知道，但多數人並不了然，那就是「鐵幕」（Iron Curtain）這個詞的發明人，乃是邱吉爾。由他會發明這個詞，顯示出他對語言高度的敏感。因而後來有個學者說他一輩子都在「和句子談戀愛」。

邱吉爾首次使用「鐵幕」這個詞，是一九四六年三月五日他在美國密蘇里州西敏寺學院演講的時候。他說：「從巴爾的海的史特汀，到亞得里亞海的崔斯特，一個鐵幕已落到了歐洲大陸。」

但邱吉爾會用「鐵幕」這個詞來形容第二次大戰後的蘇聯陣營，並非有什麼特殊的靈感。他當然知道，「鐵幕」是歐洲主要劇院裡舞台上的一種裝置，設若劇院的後台失火，舞台的後面就會降下一個鐵閘，將火勢和觀眾席隔離。但這個舞台專有名詞並不普遍。它首次出現於一般讀物上，乃是始於一九〇四年，當時的英國文豪威爾斯（H. G. Wells）在小說《諸神的糧食》裡有這樣的句子：「一個鐵幕已落在他（指小說裡的科學家）和外在世界之間。」

而可能眞正影響到邱吉爾的，則可能來自他的敵國德國。一九四五年二月二十五日納粹第二號人物弋貝爾（Joseph Goebbels），他在德國報紙上發表談話說納粹拒絕投降的理由：「如果德國人民放下武器，整個東歐與東南歐，再加上第三帝國，就會被俄羅斯占領，關在鐵屏風裡。」他的德文原文是 eiserner Vorhang，但德國自己發出來的英譯，則是「鐵屏風」（Iron Screen）。學者認爲，同時也嫻熟德文的邱吉爾，可能察覺到德國英譯的失誤，它應譯爲英語的「鐵幕」，而非「鐵屏風」，於是，他遂由「鐵屏風」，根據他的理解與想像，而發明了後來被使用超過半世紀的「鐵幕」一詞。

在此舉出邱吉爾發明「鐵幕」這個詞，眞正要表示的是，由這個例子已可舉一反三地證明他對語言的敏銳能力。由於語言能力超卓，後來的學者們，遂有人說他「進行英語的動員，而後將它的力量送上戰場」，也有人說他是個「修辭機器」和「句子製造家」。他用他的聰明、能力、寬廣的心胸，讓英國人團結到了一起。他是近代幾乎算得上最正面而傑出的語言政治家，把語言的正面功能發揮到了極致。

而由邱吉爾，則必然要提到與他同時的希特勒。希特勒乃是和邱吉爾同樣傑出的語言政治家，他嫻熟語言的操弄，但他那傑出的能力，卻都被他那邪惡的意念所左右，於是他的語言遂成了剛硬、暴烈、仇恨、排他的寄棲之地。希特勒和邱吉爾是二十世紀兩個完全相反的語言魔法師。

不久前，美國佛蒙特大學的語言專家，教授德語和德國民間故事，專長諺語研究的密德（Wolfgang Mieder），出版了一本有趣的著作《諺語政治學》（The Politics of Proverbs）。這本著作的核心論旨是：語言的建造與操弄，乃是政治的主要成分，而藉著諺語和俗語來操控，則又是其中最有趣而值得研究的部分，有的政治領袖藉著操控，而將整個國家的心靈完全摧毀，最後是邪惡由語言中跳了出來，成爲眞實，在陽光照到的世界，營造出一個地獄。而有的政治領袖則藉著語言的操弄而讓國家團結，心靈向上。惡與善之間，決定一切的乃是語言後面的心靈。也正因此，該書遂以兩個專章，對希特勒和邱吉爾做了比較研究。

有關希特勒的語言，近代學者早已做了許多深刻的研究。奧地利學者克勞斯（Karl Kraus）即指出他透過語言，對德國人民撒下了一個「欺騙的政治煙幕」，而「絕大多數德國人都無法察覺到隱藏其後的實體」；而德國學者雅可布（Hans Jacob）則藉由分析而指出他的語言乃是「對語言精神的強暴」；另外的學者格里士威利（Detlev Grieswelle）則特別注意到希特勒話語裡，有著一種他自稱的「棒槌策略」（Hammerschlagtaktit），那就是他的話都不會有論證——因爲論證是蛋頭學者們的事，因而他的話衹有定義、分類，以及兩極化的或此即彼。近代有許多學者對他那本一共發行了九百八十四萬冊的《我的奮鬥》（Mein Kampf）做了各種角度的分析，在他的語言表述方式及邏輯裡有許多發現。

例如他的剛性指令：「對猶太人沒有條約，祇有堅強的這樣或那樣。」「祇有今天會服從的人，明天才可以指揮。」「一個領袖，一種群眾，一個國家。」「說話是銀，沉默是金。」「時間已經來到，所有時刻全世界最邪惡的猶太敵人，至少要讓他們停止角色一千年。」

例如，他很善於從《聖經》裡找諺語，而後賦予它另外的脈絡意義。〈出埃及記〉和〈馬太福音〉都有「以眼還眼，以牙還牙」這個諺語，他即用來說：「歷史上第一次，『以眼還眼，以牙還牙』這個猶太法律將付諸實現。」學者們指出，希特勒乃是「很清楚地以意識到的原始夾槓（即口水）來統治人民」，由於一般人民的思辨能力不足，他們喜歡聽能夠懂得的話語，因而從諺語裡找句子，挑動出人們的原始喜怒情緒，遂成了希特勒語法裡最大的特色。諺語乃是人民傳統經驗的總集，它有許多是人民素樸的智慧，但也有很多是舊價值與舊偏見的集合，而希特勒最善於操弄後者以獲得俗民的擁戴。人們不能忘了，希特勒在他的黃金時刻，可是頂有人氣的。當他說道：「人民在哪裡，勝利就在哪裡。」人民怎麼可能不著魔得歡欣鼓舞！

再例如，希特勒使用諺語，非常講究正反、對偶，俾藉此形成一種「全稱性」及「整體性」的印象，從而讓所有的論證都變得模糊與不可能。他同時也喜歡用充滿權威的口氣，責罵人民「笨頭笨腦」、「容易被騙」等，俾激起人民自歎不如的卑順感和對領袖的崇拜。而像諸如給他「重重的一擊」（mit einem schlage）等暴力語言更是不斷出現。

希特勒的《我的奮鬥》，乃是語言學的一個範本。它可以讓人瞭解獨裁語言的語法，可以知道二分法對群眾是多麼的有號召力，也可以讓人理解到如何藉著卸責而將人民的憤怒拋給替罪的羔羊。從今天的角度回頭去讀，它當然已成了諷刺的證據，但誠如學者們所說的，它那種假先知、僞神諭的語言操控技術，卻仍然令人歎服。他藉著諺語的活用和轉殖，創造出一種剛性、暴力的語言氛圍，思想在其中被解消，而仇恨則在裡面被種下。希特勒證明了「邪惡在語言中」的道理。

也正因此，由此也證明了去探索語言背後的思想與邏輯是如何的重要了。祇是他那個時代的德國人缺乏了這樣的能力與自覺，因而在希特勒自掘墳墓的過程中，許多德國人民也就一併的成了陪葬。

希特勒是語言魔法師，邪惡的那一種。邱吉爾也是語言魔法師，但不邪惡。他靠著六大冊的《第二次大戰史》獲得一九五三年諾貝爾文學獎，文學家們當然爲之譁然，但語言和修辭學家則認爲他乃是二十世紀最傑出的修辭大師，並在修辭中維繫了人類的價值。有位他的友人說他的一生「有如一篇長長的語言，但他不是說說而已，他是在宣道」。

邱吉爾和希特勒相同，都喜歡使用百姓能懂的諺語。有學者研究他所寫的六大冊《第二次大戰史》，即發現它的諺語在全書四四〇五頁裡多達四百一十則，平均十・七頁有一則。另外有人遍查他全部的出版品計三萬七千頁，諺語則出現三千三百次。這也就是說，使用諺語乃是他的嗜好，也是他認爲的最好溝通工具。希特勒的《我的奮鬥》，七九二頁裡用了五百次諺語，就頻率而言，邱吉爾似乎少了一大截。但最大的不同，乃是希特勒藉語言散播仇恨，而邱吉爾則要藉語言創造團結。

因此，對邱吉爾的語言研究也同樣多。他喜歡使用各種隱喻與轉喻，喜歡用「我們」這樣的字眼，有關航海、氣候、自然的各種比喻乃是他最喜歡使用的諺語類型。由於他的語言和使用的諺語比較乾淨，因而他的語言表述遂不至於有太多的後遺症。他在語言中所創造的，乃是一種捍衛自由的價值信念。邱吉爾不會使用承載了舊價值的諺語。

由希特勒和邱吉爾的諺語使用比較研究，它證明了諺語學上的一個重要論點：諺語乃是一個社會平常百姓的經驗累積，諺語的庫房裡，既藏著智慧，但也藏著偏見或古代的狹隘，因此，心靈光明的政客或知識分子，遂必須對諺語加以思辨，多闡發智慧的諺語，而批判及少用隱藏著偏見的諺語。密德教授在《諺語政治學》裡另外用了兩章，分別討論兩則美國的惡劣諺語，一則是歧視及仇視印第安人的諺語：「唯一的好印第安人，乃是死印第安人」（The Only good Indian is a dead Indian）；另外一則乃是歧視華人移民的惡劣諺語：「No tickee, no washee」，這句話的意思應該是「請勿賒帳，否則拒洗」，它主要是藉著這個文法及發音都不對的破英文，來諷刺中國人洗衣店的小氣吝嗇，英文不好，衹會做這種低下的洗衣行業。美國家教不好的兒童，到了今天還會用一些破英文如workee, thinkee, ricee, gettee, smokee, drinkee 等來諷刺中國移民的英語發音不好。

以上兩句美國諺語，皆爲十九世紀所出現，它們都反映出那個時代美國一般人對印第安人及華裔的偏見，而這種偏見所凝聚而成的諺語，當然應予批判揚棄。由這兩句諺語也反映出，政治人物在使用諺語時，對諺語內所隱藏的價值必須格外敏銳。希特勒善於使用舊價值或壞價值的諺語，邱吉爾則反是。在選用諺語中，我們也就看到了政治人物的高尚或低劣，甚或邪惡。

邱吉爾和希特勒使用諺語的善與惡，對我們社會也喜歡使用俗諺的政客們，應有什麼樣的警惕和啓發性呢？

Maverick──一個人改變了全世界

最近，美國媒體上，出現頻率最高的乃是Maverick這個字，將它譯爲中文，有「非主流」、「特立獨行」、「獨立心靈之士」等意涵。這個字被用來指稱公開宣布脫離共和黨的聯邦參議員傑佛斯（James Jeffords）。他以一個人的去留，不僅改變了美國的政治生態，也一定程度影響了全球政治的時間表。一個人而在關鍵時刻發揮如此巨大的作用，盱衡人類政治史，亦不多見。

因此，傑佛斯參議員的「特立獨行」，其意義非凡。綜合而言，有如下數端：其一，目前的美國，聯邦參議院兩黨各占五十席，共和黨加上當然議長副總統，因而成了參院的多數黨。而今傑佛斯脫黨，雖稱變爲獨立人士，實質上則是和民主黨結盟，於是，他一人的去留，使得共和黨由參院的多數黨變成了少數黨，而民主黨則由少數黨變成了多數黨。共和黨全權掌控白宮、參眾兩院以及最高法院的局面，開始在參院出現破洞。布希政府爲所欲爲的權力配置結構已告晃動。而對民主黨來說，大選失利後的混亂局面已因重掌參院而告結束。

民主黨可藉著參院而推出本身的政治議程，並對布希政府展開有效的制衡。這對民主黨士氣的穩定和鞏固，無疑的，乃是一個新起點。

其二，乃是過去十餘年來，共和黨的主流以西岸和南方爲基地，其意識型態日益右傾，甚至不無某種法西斯的特性。布希上台後，由於掌控了行政、立法和司法三權，使得他忘了自己祇不過是個全國選票少於高爾，選舉人票方面則僥倖勝利的弱勢總統，於是他上台的百日內，遂一意孤行地以強勢推動保守派的政治議程，不但使得美國和國際社會間的摩擦增大，美國內政的右傾化，也使得其內部的不滿之聲逐漸浮現而凝聚。共和黨參議員裡，溫和派的傑佛斯、羅德島選出的恰飛（Lincoln Chafee）、亞里桑那州選出的麥坎（John McCain）、緬因州選出的斯洛葳（Olympia Snowe）等，均公開抨擊過布希政府的政策取向。共和黨內保守右派與溫和改革派之間的摩擦對立開始表面化，而對於黨內的不滿，保守右派並不思政策路線的調整，反而企圖以各式各樣的「孤立」、「懲罰」與「圍剿」使這些人馴服。以傑佛斯爲例，他在布希上台百日內，對新政府的右傾諸多不滿，所謂的「白宮三頭馬車」——指布希的政治顧問兼槍手羅夫（Karl Rove）、白宮幕僚長卡德（Andrew Card）、白宮顧問休斯（Karen Hughes），即多方報復。例如白宮的年度優良教師表揚會，由於有一位佛蒙特州教師入選，慣例上，表揚會均應邀請該州參眾議員列席，但白宮卻故意將傑佛斯漏列，以示羞辱；另外，像好戰的極右保守刊物《國家評論》，也對傑佛斯圍剿。這些小動作終於惹毛了傑佛斯，用脫黨以示抗議。《紐約時報》在社論中指出，共和黨若繼續右傾化，將使它的溫和派群眾轉向。由目前共和黨東北部及中西部群眾與政治人物的普遍不滿，必將對共和黨造成壓力。大約一百年前，共和黨的塔虎脫總統（William Howard Taft, 1857-1930）執政，他是第二十七任總統，任期由一九〇九至一九一三年。當時即因太右傾，而造成許多黨內菁英的脫離，進而促成共和黨改革派的抬頭。因此，傑佛斯的脫黨，除了有眼前這種參院變天的效果外，可能更重要的，乃是它有可能促成共和黨的意識型態之改變。

其三，乃是布希執政百日，對內對外皆自恃其力而一意孤行，因而使得內外關係都漸趨惡化。但一般而言，在過去的百日內，各方對此皆以「聽其言，觀其行」的態度，密切地加以注意，並用鴨子划水的方式，暗中摸索並展開結盟。以美國內部而言，面對布希政府的一意孤行，民主黨方面從四月中旬開始，其內部會議即已增多，同時也開始和共和黨參議員裡的溫和派接觸探測，這是美國內部反布希政府聯合陣線的形成；而在國際社會方面，由於美國的撕毀京都協議，反對禁止地雷條約，一直到最近的反對「稅務天堂」及反對生物戰武器條約，已使得歐美之間漸行漸遠。最近，北約召開理事會，儘管美國國務卿鮑爾會前施壓遊說，但在「全國飛彈防禦系統」（NMD）問題上，最後的聲明卻顯示出它業已用一種委婉的修辭，表達了對NMD的不予支持。決議文裡祇歡迎「持續展開實質性諮商」，卻未列入美國希望的「共同威脅」等顯示大家立場一致的字眼。雖然會後美國爲了面子而宣稱聲明中沒有肯定「反彈道飛彈條約」的用辭，因而美國仍有斬獲。但由聲明的文字，卻已明顯看出北約盟國對NMD的冷淡。由北約和俄國等的態度，一個新的「反NMD聯盟」可謂已在胎動之中。

而在美國的「中國政策」上亦然。而這種外部效應，當然也影響到了美國內部，掌握了參院的民主黨，如多數黨領袖達希爾（Tom Daschle）、參院外交委員會主席拜登、軍備委員會主席李文等，也都公開地表示了對布希政府NMD和「中國政策」的反對。這種內外因素相連，對未來世界的走向，不能說沒有極大的影響。

因此，傑佛斯一人之去留，雖然還不能說是「一個人改變了全世界」，但他的確爲改變世界做出了極關鍵的貢獻。二十一世紀一開始，即出現如此「特立獨行」之士，確屬不易。

任何社會的公眾人物裡，都會有一些特立獨行之士，而其名稱則各有其異；但在美國，從十九世紀後半期開始，這種人即被稱爲Maverick。

對於這個字，語言專欄作家卡佛（Graig M. Carver）在《大西洋月刊》一九九〇年七月的〈字的歷史〉一文裡，有過詳細的討論。十九世紀美國德州有個名人麥佛瑞克（Samuel A. Maverick, 1801-1870）。他是個律師兼土地投機客，算是地方名流，因而當時德州脫離墨西哥，他也在簽署獨立聲明的名單之列。

一八四五年，麥佛瑞克借給一個窮牧場主的一千二百美元被倒帳，對方祇得以一頭牛三美元的價格。賠償他四百頭牛。但因他不搞畜牧，遂將這四百頭牛交給另一個窮人代管，而這個人自己都忙不過來，當然不可能好好地代爲飼牧，遂讓這群牛在野地自行覓食生存。於是，當地的人遂將這一群沒有烙過印，又到處亂跑的牛，稱爲「麥佛瑞克」。到了大約一八七〇年左右，「麥佛瑞克」這個有特定指稱對象的字開始普遍化，成了一個「類名」——凡是任何走失了的，或離群漫遊的牲畜，或是未被烙印的牛，都被稱爲「麥佛瑞克」。緊接著，這個字又繼續分化：有一種增加進去的意義，凡是任何與大夥不同的牛或人，都被稱爲「麥佛瑞克」，用來形容牠或他們的特立獨行、不盲從、不隨俗，甚或怪胎行爲。這個新義並很快地跨過大西洋，到了英國。例如，英國重要作家吉卜林（Rudyard Kipling, 1865-1936）在《生命的障礙》裡即有如下之句：「那個喝得醉醺醺的Maverick，一拳打向他班長的鼻子。」不過，一般而言，這個字的貶義並不大，反而是有一點誇讚的意味。

另一種新義，則是將這個字變成動詞來使用，凡是偷或獵殺失群牛隻的行爲，皆可用此字稱之。例如，一八八九年一份懷俄明州的地方報紙即報導說：「最近，傳出許多牛隻被割斷喉嚨的消息。因此，牛的Mavericking變得更容易。」

而進入二十世紀後，這個字已日益普遍地被用來當做正面意義而使用。《牛津英語辭典》即將「非正統的」、「具有獨立心靈的人」、「個人主義者」、「不附和政黨之政治人物」等當做它的主要意義。由這個字會被賦予正面的意義，其實也顯示出十九和二十世紀初期的這段時間裡，美國那種鼓勵人們不隨俗、特立獨行的個人主義文化之強勁。稍早前，好萊塢有部由茱蒂佛斯特和梅爾吉勃遜主演的《超級王牌》（Maverick），講幾個行徑怪異的賭徒之喜鬧故事，那幾個人怪而可愛，或許即是這個字的眞正內涵。

因此，最近這段期間，美國媒體皆稱傑佛斯爲「特立獨行之士」（Maverick），甚至還在猜亞里桑那州選出的共和黨改革派參議員麥坎，會不會是下一個新的「特立獨行之士」。麥坎上次大選參加共和黨黨內初選，在新罕布什爾州以明顯差距領先小布希。但因他並非世家與主流，接下來即雄風難繼。後來小布希找競選夥伴，一度有人建議他和麥坎配對，形成共和黨新主流，但在共和黨急速右傾的時刻，黨內溫和改革派已注定被排擠。麥坎參議員繼傑佛斯參議員之後再度加入脫黨之列，這種可能性已愈來愈增。

傑佛斯參議員在關鍵時刻，成爲關鍵性的「特立獨行之士」，這和一般政客的倒戈不同，而是具有歷史意義的選擇。因而他的脫離共和黨，遂受到讚賞多於指責，甚至他的選區居民，也都對他聲援支持。他的「特立獨行」不是一己之行爲，而是有著歷史、政治和地緣政治的諸多因素。

今日的美國發源於早期的新英格蘭地區。該地區以早期新教移民爲主，崇尚自由開放與反抗精神。這種老自由主義的傳統，使得佛蒙特州這個蕞爾小州一向專出「特立獨行」、風骨卓爾不群之士。美國獨立戰爭的第一場戰役，於一七七五年五月十日開始，即是由佛蒙特州的民兵組織「格林山兄弟會」（Green Mountain Boys）統兵攻打的。在近代美國史上，第一個黑人大學生即畢業於佛蒙特州。一九五〇年代極右的麥卡錫主義興起，實施白色恐怖迫害，美國舉國噤若寒蟬，該州的聯邦參議員佛蘭德（Ralph Flander）即率先加以批判。越戰期間，該州聯邦參議員艾肯（George Aiken）也是最早的反戰要人之一。佛蒙特州乃是繼承了美國早期自由主義傳統的地方。該州的共和黨，所相信的乃是「林肯式的共和黨」，而非後來那種極端保守好戰的「雷根式的共和黨」。美國的東北部和中西部的共和黨所代表的即是前者，他們和西岸及南部所顯示的後者，雖然都掛著同樣的共和黨招牌，但思想卻完全不同，形同兩個政黨。雖然近年來這些共和黨溫和改革派一直企圖扭轉共和黨的走向，重回「林肯式的共和黨」的傳統，但因西岸及南部的主流保守勢力太過強大，他們不但無法改革對方，反而是落得自己愈來愈邊緣化的下場。這意味著傑佛斯或其他人的退黨，都不是孤立事件，而是共和黨內部的歷史與結構事件。傑佛斯在退黨聲明裡清楚指出，他和布希政府的每一項政策看法都完全不同，由此亦可看出共和黨溫和改革派與右傾保守派之間的差距是多麼大了。

由於共和黨溫和改革派與右傾保守派完全不和，今年四月中旬起，溫和改革派與民主黨的參院再結盟即告暗中運作。傑佛斯在內華達州選出的民主黨參議員瑞德（Harry Reid），中介下，多次與民主黨的參院領袖達希爾以及愛德華．甘迺迪等人晤談，並確定了結盟之事。及至白宮察覺事機不妙，臨時想要策反喬治亞州選出的民主黨參議員米勒（Zell Miller），一切都已來不及了。

隨著民主黨重掌參院，共和黨失去了壟斷行政、立法、司法三權於一黨的局面。已有人說，「布希政府高興了前一百天，往後將日益難堪」，這和柯林頓「頭痛了前一百天，往後則日益輕鬆」將成鮮明的對比。往後一段時間裡，共和黨的幾位參院老人，如南卡州的梭孟德（Strom Thurmond）、北卡州的赫姆斯（Jesse Helms）均將因太老而退休或無法參與許多事務，而共和黨的溫和改革派將更加敢於向白宮挑戰，整個參院的生態將不祇是一票之差而已。往後，參院在多數黨領袖達希爾、外交委員會主席拜登、軍備委員會主席李文、財政委員會主席傑佛斯等人的領軍下，幾乎沒有一項政策和布希政府相同。布希政府高興了一百天，往後內外的反對聲浪日益集結，其艱苦已可預見。民主黨要人卡維爾（James Carville）和狄派拉（Paul Depala）甚至主張民主黨參院應更加有爲，藉著凸顯布希政府的保守性，讓民主黨在未來的期中選舉更有表現。

因此，傑佛斯一人之所爲，可以說已攪翻了共和黨的全局。最近，除了民主黨參院將對NMD、中國政策、以巴問題、能源問題等關鍵課題陸續聽證外，最足以讓布希政府頭痛且難堪的，或許乃是在人事同意權的部分。布希政府的新人事裡，冷戰鬥士和資格堪疑、純屬爲了回報政治獻金金主者占了相當大的比重。例如布希內定的駐英大使法瑞希（Will Farish）乃是馬匹配種商；駐法大使李區（Howard Leach）是農產大亨；駐歐盟總部大使布勞爾（Stephen Brauer）是球隊所有主；駐丹麥大使伯恩斯坦（Stuart Bernstein）是地產商；預定出任國務院拉丁美洲事務主管的瑞奇（Otto Rich）和駐聯合國大使尼格羅龐特（John Negroponte）這兩人都是雷根時代搞地下宣傳及活動之人物。金主與鬥士當道，這許許多多人事案，還有得糾纏的！

一個人，在關鍵的情況和關鍵的時刻裡，可以造成關鍵性的重大影響。一個出身於人口祇有六十萬的小州佛蒙特的參議員傑佛斯，這次眞的將Maverick這個字的意義，發揮到了最大限度！

自從傑佛斯脫黨以來，將近兩個星期，美國內部的政潮不斷起伏。共和黨原來的參院領袖，密西西比州選出的洛特（Trent Lott）不甘淪爲少數，最近向黨內同僚發出一份備忘錄，要求大家對以後的參院民主黨展開「更積極而攻擊性的作爲」。共和黨參院的保守派固然支持，但殘餘的溫和派如亞里桑那選出的麥坎，以及羅德島選出的恰飛，以及共和黨的實用派，如賓州選出的史派克特（Arlen Specter）、緬因州選出的考琳絲（Susan Collins）及斯諾葳等則不以爲然，這顯示出面對衝擊，共和黨的參院重整，可能還需一段時間。最近，麥坎參議員已宣稱不排除脫黨，逕行組織第三黨。在共和黨參院重整過程中，他的動向値得注意。

知的權利←

請知識分子重新來搶救

尼采曾經說過：「在大海裡渴死，是非常可怕的事。」

這實在是非常精妙的語句和譬喻。人在大海裡被海水環繞，但此水非彼水，救不了人的乾渴，最後祇得在海水中渴裂而死。這種「在大海裡渴死」的譬喻很像此刻的媒體世界，人們被媒體的訊息所圍繞，但儘管訊息多得難以窮盡，但人們卻找不到意義，於是祇得深陷在失去意義的饑渴中。由這樣的處境，遂讓人想起二十世紀法國聖女思想家西蒙・威爾（Simone Weil）所說的：「我們的思想自由已愈來愈增加，但卻已沒有了思想！」

無論是「在大海裡渴死」、「在訊息裡失去了意義」，或「有了思想自由卻失去了思想」，它們所指的都是同樣的事情，那就是在最近已淪爲笑柄的「知的權利」（Right to Know）這句話。「知的權利」這句話及其概念，在過去漫長的時間裡，曾是人類所宣示的最重要的原則之一，簡直可以說是近代文明得以實現的「聖言」。但我們也都知道，所有的語言都有孔隙，它的裡面躲藏著會使它被蛀壞的細菌；除此之外，所有的語言當它被形成後，它也就會被覬覦者窺探、偷竊，甚至占用。而毫無疑問地，圍繞著「知的權利」這句話，它的被蛀蝕、竊取和占用，不但是現實政治與社會上的一大課題，也是當代思想上的重要障礙。「知的權利」淪爲笑柄，不祇台灣如此，它也有著世界性的普遍背景。

我們都知道，自理性時代以來，人們普遍地皆相信，理性乃是世界的本質，理性的終極目標即是自由，而專制制度則是反理性與反自由的。因此，如果能保障人們的言論及表達自由，增進資訊獲得與分享，以及被告知的權利，即可促進公共利益，並使理性決策得以實現，這是一組龐大的公共領域論述系統，人們所熟知的「理性」、「權利」、「自由」、「公共領域」、「公民社會」等語言概念都被包裹到了其中。

因此，無論是一七九一年美國憲法第一條增修條文、一九四八年聯合國人權宣言第十九條、一九七六年民權及政治權利國際公約第十九條、一九八七年非洲人權憲章第九條、一九五〇年美洲人權公約第十三條……等，這些宣言、憲章和公約裡，都將言論及表達的自由，再加上接近和被告知的權利列爲主要權利事項。所有的這些條文，可以說都是理性時代價值觀的具體顯露。

及至進入一九六〇和一九七〇年代後，由於戰後公私部門擴張，隨著政府及企業權力擴大，尤其是隱藏性權力的濫用亦告增加，於是，原本在前述宣言公約裡還祇是隱含而未明言的「知的權利」遂開始被正式凝聚和提出。美國最高法院法官道格拉斯（William O. Douglas）指出：

——「在我們的憲法架構下，新聞有一種優先的位置，它不在於以賺錢爲目的，也不在於使新聞人成爲一種優越的階級，而是在於對公眾實現知的權利。」因此，「知的權利」（Right to Know），乃是前述各種憲法、宣言及公約裡，「接收」（Receive）、「尋求」（Seek）、以及「告知」（Impart）各種訊息的權利之延長與更加深刻化。「知的權利」的提出，在權利事務上創造出另一個進步主義的高峰，以美國爲例，各種「陽光法案」、「資訊自由流通法案」，以及廠商必須向消費者告知有關公共利益與公共健康之訊息，以及一度風行，起源於德國，但在美國大盛的調查報導的新聞形式等皆因而出現。「知的權利」是個新時代的新標籤、新語言、新口號，它呼喚出了一個新時代。

在美國近代制度史上，有兩位最高法院的法官先後創造出極爲重要的「司法隱喻」，一個是赫姆士法官（Oliver W. Holmes），他是「意見市場」這個概念的發明人，另一個則是提出「知的權利」的道格拉斯法官。他們所繼承的都是啓蒙時代以來的理性主義精神，相信理性主宰的世界可以確保自由與秩序；他們也都相信有著一個由理性統御的公共討論空間，也正因此，他們遂無所瞻顧的要將權利事務往極大化的方向推動。

不過，兩位知名的法律及文化評論家柯林斯（Ronald K. L. Collins）及史可佛（David M. Skover）最近在合著的《論述之死亡》（The Death of Discourse）卻指出，赫美士法官的「意見市場」，終究敵不過「市場」；而道格拉斯法官的「知的權利」，在這個市場傳播掌控了一切的時代，卻發現它完全沒有現金可以做爲資本。因而他們遂指出：「這是個已沒有了知的權利的新時代。」

而爲什麼「知的權利」在一九七〇年代開創出新的進步主義高峰後，很快地就失去了戰果呢？對此，當代語言及媒體批判大師杭士基（Noam Chomsky）在《製造同意》（Manufacturing Consent）及《必要的幻象》（Necessary Illusion）裡倒是做了很仔細的實證研究與分析。他指出，從一九七〇年代後期開始，美國的支配階級有懔於媒體的批判力量，遂展開了有史以來最大規模且深刻化的「去知識分子化」。它以股權交換、企業聯姻等方式拔掉了媒體的利齒，於是，就在這樣的過程中，它以往藉著「知的權利」呼喚出的進步力量與戰果，遂告自動地棄守。美國前代社會思想家米爾斯（C. Wright Mills）曾說過：「自由不可能存在，除非人類的理性能在人間事務上被持續地擴大。」這也就是，如果在一九七〇年代「知的權利」在開創出更大的權利及自由空間後，媒體能夠更進一步的藉著這些戰果，強化媒體的深入報導與監督，更深入的爲合理社會鋪磚疊石，則社會將不可能失去意義，體制性的偏見與爲惡也會減少，任何問題的公共理性討論也將持續。

但米爾斯所謂的「理性被持續地擴大」，卻在一九八〇年代之後失去了。媒體的被「去知識分子化」，使得媒體已不再以意義的尋找和探討爲主要目標，而既有的政治體制也日益理解到媒體操控技巧，而企業也同樣的學習到媒體公關的操作方式，於是，媒體做爲「公共領域」的功能遂告失去，媒體開始扮演另外一種與過去理性主義以來的傳統完全不一樣的角色。

在政治上，政治日益成爲一種演藝事業。政客們在媒體公關與民調專家的顧問下，非議題式的、過多形容詞的、瑣碎的動作和語言不斷。這些頻頻變換，但閃爍且不連貫的動作和語言，造成了一種幻象，使人們以爲「資訊爆炸」，而理論家則藉此而宣稱這是一個已沒有了「整體性」的時代。對此，當代加拿大思想家諾瑞士（Christopher Norris）稍早前即做過針砭：現在的人，自己沒有去努力地尋找意義，遂以爲世界無意義，這乃是一種墮落。當代媒體評論家伯嘉（Leo Bogart）認爲，現在的媒體資訊高速公路上，橫衝直撞的都是那些胡言亂語做秀的人，「它已變成一條沒有去處的路」。這種情況所造成的，乃是媒體的「去公共化」，政治人物的講話已不再有架構與邏輯，俾便於隨時換軌，當然也不再有任何脈絡（context）。當政治變成如此模樣，它其實已等於宣告公共討論的死亡，以及政治回歸原始的感性，而這通常又都是政治走向法西斯化的前兆。赫胥黎（Ardous Huxley）曾說過：「所有的人都必須是娛樂候選人，講話最多五分鐘，最好一分鐘內。」CBS主播克朗凱（Victor Crookite）則說：「任何有意義的話，都必須在九・八秒內講完。」這怎麼可能還有公共討論？

而企業方面亦然，一位企業公關亨利（Jules Henry）即指出：現在是「錢的眞理」（Pecuniary Truth）的時代，「眞理是我們所賣的，是要別人相信的，是在法律上不假的。」爲了達到這樣的目標，影像語言，尤其是具有性意涵的影像語言遂告大盛，而具體語言裡的閃爍、口號化、空洞化也自然隨之而來。

至於影響最大的，則可能仍在於軟硬色情及政治色情化的展開。媒體在娛樂化與「去知識分子化」之後，這已成了它的不歸路。它必須餵飽永遠不會滿足的消費者的胃納，尤其是電視和更新興的網路媒體，色情化更成爲優先目標，連帶所及，整個媒體世界也都往「刺激，不斷刺激」的方向發展。這是「消費者民主」，已非「自由民主」。爲了合理化「消費者民主」，許多媒體已開始用另一種方式來說「知的權利」——所謂的「知的權利」，它的起源和對象都是公共議題，而到了現在，它已變成了任何可以販賣的議題。捷克總統哈維爾即指出：「知識分子們必須提高警覺，是否一種廣告的、消費主義的、鬧劇式的電視故事全球新暴君，將支配世界，並使人徹底地白癡化。」

柯林斯及史可佛指出，這是個已沒有了「知的權利」的時代，以往創造出進步的「知的權利」，現在已被占用者帶到了一個違反它原來意義的方向。他們疑惑地說，世界往這個方向演變，是不是意味著以往的人所相信的「理性」、「自由」、「公共討論」、「理性決策」那一套邏輯祇不過是一種謊言或迷執呢？答案當然不是這樣的。現在的時代正走在「反挫」的方向上。「知的權利」在時代的「反挫」裡被占用，成爲某些人賺錢的工具；「知的權利」甚至也被某些媒體從事惡德政治鬥爭的手段，狡猾的甚至可以遊走法律邊緣。而我們應相信，「知的權利」並不會蒙塵太久，但卻需要知識分子們來重新搶救！

Jihad──人類要更文明有待努力

「九一一」以來，全球出現得最頻繁的字眼是Jihad，一般媒體皆譯爲「聖戰」。但這樣的翻譯是否恰當，則大可商榷。

《牛津外來字語辭典》稱：「Jihad又可寫爲Jehad，十九世紀中葉引進之阿拉伯語。字面意義指『奮鬥』（Effort）。用來說明宗教戰爭，以及爲了宣揚或保衛伊斯蘭的戰爭；也被轉用來指爲了某種原因而展開的激烈運動。」

而當代伊斯蘭問題權威，曾在劍橋、哈佛及普林斯頓高等研究所執教的巴基斯坦學者阿梅德（Akbar Ahmed）在一九八八年出版的名著《發現伊斯蘭：理解穆斯林的歷史與社會》一書裡則指出，阿拉伯語裡有兩個關鍵字，一是「逃遷」（Hijra），另一則是「戰鬥」（Jihad）。在整個伊斯蘭的發展過程中，由於來自宗教與非宗教的迫害過多，由七世紀先知們從麥加「逃遷」至麥地那，即有了「逃遷」以及逃無可逃，即奮而「戰鬥」的傳統。而這種「戰鬥」，又使得他們深信可以藉著「群眾運動」（Mahdis）而接近或達到教義所倡導的理想。這乃是伊斯蘭世界裡各種千禧年式群眾狂飆運動不絕如縷的主因。十九世紀末，伊斯蘭世界著名的反抗領袖，反抗成功後改而修行的丹福底歐（Usman Dan Fodio）更說過：「逃遷是爲了戰鬥。」因此，阿梅德教授遂指出：「伊斯蘭的Jihad，不祇是對不信者戰鬥而已，它是爲了存活而戰鬥。」他在《發現伊斯蘭》裡以一整章的篇幅析論「逃遷」與「戰鬥」這兩個核心概念，他所謂的「戰鬥」，其實是一種以宗教心爲基礎的「抵抗」。

因此，Jihad一詞，譯爲「聖戰」、「戰鬥」或「抵抗」，其實是差別很大的。「聖戰」這種譯法，在目前的論述氛圍裡，會予人和「宗教狂熱」掛鉤的聯想，在翻譯中即不明言地加進去了歧視性的密碼。「戰鬥」這個翻譯即很中性。設若翻譯爲「抵抗」，則有了更多同情的意味。由於Jihad這個詞的翻譯在「九一一」後已被污名化，這時候，我們可能已必須從《古蘭經》裡去找回它的本義。《古蘭經》及其翻譯，都遠在「九一一」之前即已出現，它們都未受到污染。

在《古蘭經》裡，有關Jihad的記載，散見於各章，但足以統攝一切者，厥爲第二章第一九〇至一九三節。今據已故馬堅教授譯本將其擷出。馬堅教授留學埃及，一九三〇年代即已將《論語》譯爲阿拉伯文。他的《古蘭經》譯本，未將Jihad譯爲有些版本的「戰爭」，而譯爲「抵抗」，這和阿梅德教授的觀點實在足以對照。馬堅教授的譯文如下：

——「你們當爲主道而抵抗進攻你們的人。你們不要過分，因爲眞主必定不喜愛過分者。你們在哪裡發現他們，就在哪裡殺戮他們，並將他們逐出境外，猶如他們從前驅逐你們一樣。迫害是比殺戮更殘酷的。你們不要在禁寺附近和他們戰鬥，直到他們在那裡進攻你們。如果他們進攻你們，你們就應當殺戮他們，不信道者的報酬是這樣的。如果他們停戰，那麼，眞主確是至赦的，確是至慈的。你們當反抗他們，直到迫害消除，而宗教專爲眞主，如果他們停戰，那麼，除不義者外，你們絕不要侵犯任何人。」

而除了Jihad的解釋外，《古蘭經》在第二章第二一八節亦將「逃遷」與「戰鬥」間的關係做了解說：「信道的人，離別故鄉並且爲主道而奮鬥的人，這等人他們的確希望眞主的慈恩，眞主是至赦的，是至慈的。」

因此，由《古蘭經》的本義，Jihad的本義爲「抵抗」或「抗戰」，殆無疑義，一九七九年俄軍入侵阿富汗，美國中情局、英國軍事祕密情報局、沙烏地阿拉伯軍情局、巴基斯坦情報局等四大情報祕密勤務機構，支持賓拉登發動Jihad，當時的阿富汗游擊隊即被稱「反抗軍」。

而値得注意的，乃是《古蘭經》有全體穆斯林離開家鄉、團結抵抗的教誨，而在歷史上，尤其是現代歷史上，以前也的確有過大規模泛伊斯蘭主義的Jihad，而非常獨特的，乃是這種Jihad都發生在印度、巴基斯坦與阿富汗。最主要的爲瓦利烏拉（Shah Walliullah）及其家族於一八三〇年初在印度西北邊境所發動的反英Jihad，但很快即被撲滅，而後他們這一派遂轉而在狄歐班（Deoband）開設學院，闡述理念，這乃是目前所謂的「狄歐班主義」，它直接影響到了巴基斯坦與阿富汗。

除了印度穆斯林的Jihad之外，更重要的乃是阿富汗尼（Jamaludin Afqhani, 1839-1897）所擬發起的泛伊斯蘭Jihad。阿富汗尼乃是近代阿富汗之奇人，他出身貧家，專心向學，後來做到阿富汗的首相。他在伊斯蘭世界裡的地位，相當於中國戰國時代的蘇秦。他周遊伊斯蘭列國之間，鼓吹泛伊斯蘭主義，主張聯合抗英。周遊列國期間，他在埃及當過大學教授，出任過伊朗戰爭部長和首相，但也被許多國家視爲危險人物而驅逐。除了在伊斯蘭世界周遊外，他也長期流亡過巴黎、莫斯科與聖彼得堡，最後客死於土耳其，對土耳其啓蒙有過重要影響。他有個未曾實現的夢想，就是以泛伊斯蘭主義爲核心，對帝國主義展開Jihad。他甚至還成立過一個祕密組織，但因時移勢變，卒未能正式開展。

然而，儘管阿富汗尼的泛伊斯蘭Jihad未能實現，但他和印度的「狄歐班主義」，卻無疑地都影響到了賓拉登，甚至有人認爲他即是阿富汗尼的再現。巴基斯坦的專家拉希德（Ahmed Rashid）估計，從一九八二至一九九二年的十年間，賓拉登的Jihad，即從伊斯蘭世界的四十多國裡，號召了至少三萬五千人到阿富汗。而其他受到他影響的人，至少在十萬人以上。

賓拉登以抗俄為核心的泛伊斯蘭主義，就政治反抗的角度而言，乃是泛伊斯蘭運動的重大進展。但經過波灣戰爭，這位昔日四國情治系統支持起來的Jihad英雄，卻將他抵抗的目標轉成了美國。一九九八年二月二十三日，他在倫敦所出版的阿拉伯文報紙Al-Quds al-Arabi發表了一篇〈全球伊斯蘭Jihad陣線反猶太及十字軍宣言〉。這篇具有劃時代意義的宣言，後來被知名的美國學者路易士（Bernard Lewis）摘要翻成英文。由於這是一篇重要的文獻，特將其重點譯出——

「自從眞主創造了阿拉伯半島，其中的沙漠，並圍繞以海洋，沒有什麼事情比十字軍帶給這個地方更大的悲慘。他們如蝗蟲般蔓延，擠滿了大地，吃掉它的水果，毀滅了大地的翠綠。他們對穆斯林的劫奪，如同一堆吃飯的人搶著一碗糧食。」

「在過去七年多裡，美國占領了伊斯蘭最神聖的地方，掠奪它的財富，壓倒了它的律法，羞辱它的人民，脅迫它的鄰居，並用它在半島上的軍事基地，當做攻打它鄰居的矛槍。在過去，仍有人為它占領的本質而爭辯，但到了今天，已無人還有懷疑。而最好的證明，即是美國從阿拉伯展開對伊拉克人民持續的攻擊，儘管領土上的統治者都反對，但他們的聲音卻都被壓掉。」

「其次，儘管十字軍與猶太人的聯盟，帶給了伊拉克人民無比的毀滅；儘管他們已造成伊拉克人民超過百萬的死亡，但他們卻仍然一再地要繼續他們可怕的屠戮。顯然他們對酷烈戰爭後的長期封鎖、肢解與毀滅還不滿意，因而他們遂要對殘存者繼續毀滅，並藉以羞辱各穆斯林鄰居。」

「第三，美國的這些戰爭，除了是爲了宗教和經濟，它同時也是在爲猶太小國服務，俾轉移猶太人占領耶路撒冷及殺害其上的穆斯林之焦點。他們處心積慮要摧毀伊拉克，乃是最好的證明。伊拉克乃是阿拉伯鄰國裡最強的一個。他們要把這個地區所有的國家，如伊拉克、沙烏地阿拉伯、埃及、蘇丹都全部肢解，使大家全都變成弱小國家，從而能讓以色列長存，也能讓十字軍對阿拉伯土地的悲慘占領能夠永久。」

「因此，殺美國人及它的同盟，無論軍或民，乃是每個穆斯林的職責，祇要他能夠，或者在任何可能的國家，除非等到耶路撒冷的聖殿，以及麥加的哈蘭聖廟都擺脱束縛；直到他們的軍隊被擊潰如破碎的翅膀，離開所有伊斯蘭的土地，而且再也不能威脅到任何穆斯林。」

「奉眞主之許可，我們希望每一個崇信眞主而且願服膺眞主之命的穆斯林，去殺美國人和摧毀他們所擁有的，無論何地，祇要看到；無論何時，祇要他能。同時，我們也要求穆斯林的教會、政府領袖、青年，以及士兵，對美國的邪惡軍隊發起攻擊，以及他們那些有如撒旦助手的盟友。」

這就是賓拉登於一九九八年繼反抗俄國Jihad之後的第二次Jihad，除了對象由俄國變爲美國外，其爲Jihad則相同。

因此，Jihad這個字要怎麼翻譯，其實並無定論，亦不可能有定論。具有「行動」內涵的字詞，翻譯本身即已是一種立場的選擇。如同「恐怖分子」換了一個立場就變成了「自由鬥士」。祇是由賓拉登這個昔日的「自由鬥士」變成今天的「恐怖分子」，徒然讓人對政治依舊停留在這種「相對主義」的困境中覺得悲傷而已。同樣的道理，Jihad可以譯爲「聖戰」、「戰鬥」、「抵抗」，也隨人的立場而改變。

人類的文明，在道德上應有一些絕對的準則，如果沒有這種準則，就難免出現「你的恐怖分子是我的自由鬥士」的弔詭困境。由「恐怖分子」、「自由鬥士」，以及Jihad可以翻爲「聖戰」、「戰鬥」或「抵抗」，顯示出人類要更文明，仍有很長的路待走！

伊斯蘭教

改變以前的不關心

雖然中國遠自東漢開始，即和阿拉伯人來往；雖然自七、八世紀開始，伊斯蘭信仰即已進入中國，但縱使直到今天，人們對阿拉伯人以及伊斯蘭信仰的認識，卻依然極其貧乏。

我們不知道遠自唐代開始，即有大批來自阿拉伯、中亞、波斯的伊斯蘭信徒，到了中國各地定居，並在歷史的變動中形成了一個「種族」來源複雜，但宗教及生活方式卻相近的「民族」，它就是所謂的「回族」。

我們不知道所謂的「回族」，在中國歷史上曾扮演過多麼重要的角色：我們是從他們那裡學到阿拉伯數字的；元代以北京為大都，都城的規劃改進，即有許多出自阿拉伯建築匠師之手；我們不知道元代的泉州，由於來自海上的阿拉伯人大舉通商，使得這個港口城市成了當時全球最大的商港；我們當然也不會知道，明朝朱元璋的江山，一半以上都是回族幫他打下的，他的開國功臣如常遇春、胡大海、藍玉、沐英，個個都是回族，當然更別說後來下西洋的鄭和了。而在文化藝術方面，我們當然也不會知道，著名的「海瑞罷官」這個故事裡的海瑞，即是定居海南島的阿拉伯人後代；《聊齋志異》的作者施耐庵，似乎也是泉州阿拉伯人的後代，後來因泉州戰亂而搬到了山東。我們甚至可以猜想，今天台灣有許多祖先來自泉州的人，說不定有些也有阿拉伯人的血統。當然，小說家白先勇是回族，知道的人可能就比較多了。

回族和伊斯蘭信仰，在古代曾扮演過重要角色。可惜的是，自清代以後，由於清朝政府的種種錯誤，未曾妥善處理回族及其信仰問題，遂使得「回亂」不斷發生，而回族也就在不斷的抗爭與鎮壓下日益地邊緣化，而人們對回族及其宗教信仰，也就愈變愈陌生。也正因此，遂使得我們縱使到了今天，無論學者或媒體，都還在將他們的宗教稱爲「回教」，而不能與時俱進的改稱「伊斯蘭」或「伊斯蘭教」；當時更不懂得稱他們的教友爲「穆斯林」，而祇因循地稱爲「回教徒」。由對別人的稱呼裡，可以看出對別人是否關心，在「回教」這樣的稱呼裡，顯露出了我們的不關心。在這個「九一一」後的動亂裡，或許我們已有必要改變以前的不關心，而第一步可能即是別再用明代以來所稱的「回回教」或「回教」，而改稱更符合現代稱呼的「伊斯蘭」或「伊斯蘭教」。

一般而言，在語言的實用上，當人們對某件事物命名時，都會根據該事物當時被認知到的屬性爲主要的參考點。例如當清末西方宗教大舉進入，一般百姓遂普遍稱之爲「洋教」，指它是洋人的宗教。後來隨著人們的理解略增，遂又有了諸如「上帝教」、「耶穌教」之類的稱呼。比較現代的稱呼如「天主教」、「基督教」等，都要到了更晚的時候始告出現。

這就是「命名」（Naming）的邏輯，也是「命名」經常顯露出認知不足的原因。以「回教」和「回回教」爲名，大體開始於明代，當時稱「回族」爲「回回」，因而遂將他們的宗教稱爲「回回教」或「回教」。這樣的命名當然不能算錯，因爲它的確是「回回」的宗教。但這樣的命名卻有著極大的盲點，那就是信「回教」的人，並不是祇有中國的「回回」而已，對廣大的也信這種宗教的外國人，「回教」之名顯然就錯了。因此，「回教」或「回回教」之名，乃是古代中國根據自己的眼睛看世界所造成的盲點，它已不符現在的需要。據知，早在一九二〇年代，北京各大學的回族學生即已有鑑於此，因而成立了他們的組織「伊斯蘭學友會」，「伊斯蘭」之譯名開始出現，這是個比「回教」或「回回教」更好的名字。

「伊斯蘭」或「伊斯蘭教」，優於並不準確的「回教」和「回回教」，有許多值得辨證的理由：

首先就所謂的「回族」這個概念而言，由它的發展即可看出這個「民族」的稱呼並不嚴謹。遠自唐代開始，由於「絲路」及「海上絲路」發達，古大食、古波斯，以及中亞的穆斯林，遂相繼抵達中國，其一是由波斯經阿富汗、新疆天山南北路，而到青海、甘肅、長安；

其二則是由波斯灣、阿拉伯海、孟加拉灣，再經麻六甲海峽、南中國海，到廣州、泉州、杭州；其三則是由波灣出海抵達印度，而後再由安南抵達雲南，這條路因較漫長艱難，較少人採行。這些異質但又同宗教的人，在當時稱爲「蕃」及「蕃客」，他們的禮拜之所，稱爲「清淨寺」。

除了商人之外，唐代爲了平定安史之亂，曾向中亞西域各國借兵，亂平之後亦對這些友軍極爲優容，讓他們到中原地區定居。龐大的伊斯蘭人口遂告形成。這種局面到了宋代更甚，宋代周密在《癸辛雜識續集》中即稱：「今回回皆以中原爲家，江南尤多。」及至到了元代，其軍隊中有大量來自波斯和中亞之人，屬於比蒙古人低，但卻較漢人等爲高的「色目人」，他們被編爲「探馬赤軍」，分散在中國各地，後來的《明史》中遂曰：「元時回回遍天下。」除了中原各大城市與港口外，諸如西北的新疆、甘肅、寧夏等亦多，甚至遙遠的雲南亦不例外。他們的宗教，當時被稱「清教」或「眞教」。到了明代，由於開國有功，聲勢更盛，「回回」無論人口及範圍也都擴大，甚至漢人也都藉通婚等方式成了它的宗教成員，所謂的「回回教」與「回教」之名亦告形成。明末清初，由於《清眞大學》、《清眞指南》等著作的出現，強調「清淨無染」，「至清至眞」、「眞主萬有獨尊，謂之清眞」等概念，因而又有了「清眞教」和「清眞寺」等名稱。

由上述發展，可以看出將「回回」視爲一個「民族」，其實是相當鬆散的。「回回」的種族成員複雜。但因宗教相同，其實乃是一個「宗教社群」，將它視爲漢滿蒙回藏的五族之一，除了有政治號召的意義外，在種族與民族的概念上並不一定能站得住腳。因此，將這種宗教稱爲「回教」，也就更可商榷了。「回族」是一個多種族但卻同宗教的群體，但因它在歷史的發展過程中，有許多中亞甚或更西的外國人，在保留宗教，但許多生活方式則漢化，甚至姓名也漢化，其中以馬姓最多，因而有「十個回回九個馬」之說。合理的推斷是，今日所稱的「穆罕默德」，以前被稱「馬罕默德」，因而在姓名漢化的過程中，遂以「馬」爲姓，此外，若干特殊的賜姓如鄭、李、王、張；以及根據中亞姓名而簡化出來的姓，如賽、薩、哈、海、鐵、沫、丁、翦……等，也多被回族選用。

將這種宗教稱爲「回教」，因而並不準確，也不能用於其他信仰這個宗教的外國人。這個宗教，其阿拉伯文名稱爲 **El Islam**，字源爲**selam**，意爲「平安」、「和平」、「安寧」，它具有：(一) 皈依、服從。(二) 使人和平、安寧。(三) 接受此宗教成爲信眾等三重意義。根據一般習慣，稱之爲「伊斯蘭」，或許更爲恰當。這也是近代比較嚴格的宗教及知識討論，已少用「回教」或「回民」，而逕稱「伊斯蘭」與「穆斯林」之原因，可惜的是，在絕大多數媒體上依然根據舊習慣而稱「回教」。

阿拉伯人以及伊斯蘭文化，儘管曾和中國文化有過密切的關係，而且做出過極大的貢獻，但到了近代，由於回族的邊陲化，而伊斯蘭文化也在西方強勢的擠壓下被不斷歪曲，遂使得我們也對它們更加陌生且不關心，經過「九一一」之後，或許我們已該有所改變了！

槍手↓

代替「恐怖主義」

最近，《紐約時報》的語言專欄，談到人們如何將偏見隱藏在語言的使用中，非常有啓發性。

其一，乃是它指出，最近這段期間，西方媒體在報導科索夫游擊隊、北愛爾蘭新教徒激進武裝活動，以及巴勒斯坦武裝人士時，使用「槍手」（Gunmen）來稱呼的比例已大大增高，而用「恐怖主義者」（Terrorists）這稱呼的比例則明顯減少。除了「槍手」之外，取代「恐怖主義者」這個稱呼的，還有「游擊隊」（Guerrilla）、「交戰人士」（Militant）、「民兵」（Para-military）等。專欄中指出，在一九九九年的時候，媒體在以巴問題上，每使用五次「恐怖主義者」，祇有一次使用「槍手」。到了今天，比例已由五對一減爲二對一。

其二，則是專欄裡指出，西方媒體在報導以巴問題時，已有對巴勒斯坦傾斜之勢。例如，媒體對爭執的約旦河西岸地區，凡以色列人的村落，都一律稱爲「屯墾聚落」（Settlement），意思是指它是一個入侵所造成的占領地；而巴勒斯坦人的聚落，儘管它建造沒有多久，卻一律稱爲「村落」（Village），意思是指它乃是一個定居已久的地方。作者筆下之意，顯然是在替以色列人打抱不平。

《紐約時報》語言專欄的作者沙斐爾（William Safire），乃是著名的右派。因此，他在文章中所舉的第二個例子，乃是一種誤導，不值得注意。以色列對約旦河西岸地區的占領與移民屯墾，原本即是入侵行爲。巴勒斯坦人在自己的土地上建立村鎮，乃是他們的權利，縱使該村鎮祇成立一天，它的合法地位仍無人能夠懷疑。因此，就這部分而言，沙斐爾的打抱不平，是有點打錯了對象。不過，他能注意到媒體在報導新聞事件時，藉著詞彙與標籤的選擇，而達到將偏見散布出去的目的，這一點能從右派人士口中說出，總算是相當不容易的事了。

誠如法國哲學家暨數學家巴斯噶（Blaise Pascal, 1623-1662）在《沉思錄》裡所說的：

「正義缺乏了武力，將成爲無能；而武力沒有了正義，則將淪爲暴政。」

於是，正義與武力的不相稱裡，遂使得暴力成了一個永恆的難題。很自然地，在人類社會裡，小自社區，大至國際，長期以來遂一直存在著一種僞善現象——那就是強者的暴力即是正義，而弱者的暴力則是恐怖主義和犯罪。歐洲當代主要法哲學家和倫理學家布比歐（Norberto Bobbio）在近著《讚美循良：倫理及政治學論文集》（In Praise of Meekness: Essays on Ethics and Politics）裡即指出，無論社會或國際，原本即有優劣之分，如果優的不以自己的優來欺侮劣的，而是提攜之、幫助之，那麼那些由於種種條件而變爲劣的，一定樂於承認自己的劣，並努力上進。但若自認優的，卻反而以其優而強的特性，動輒欺侮劣而弱的，那麼對方的所有抵抗遂都變得有了理由。這也就是說，當「欺侮—抵抗」這樣的關係出現，人類社會進化的一切軌跡和是非道理，即注定將會完全被解消。除了武力或暴力的競爭外，就再也沒有其他。因而布比歐遂主張，當代所服膺的強者道德，必須被一種「循良道德」（Meekness）所取代，強者必須學會諸如謙卑、溫和、羞澀、謹慎、憐憫、節制、端正、嚴謹等。蓋祇有如此，始能免於像德國哲學家黑格爾曾說過的，「世界不過是個大型屠宰場」的命運。

然而，讓人懊惱的是，儘管布比歐讚美循良，但在現實世界上，眞正在掛帥的，仍然是強者道德。強者以其強大而追求軍備不斷擴張，而對所有不服或抵抗的弱者，則以不端正也不嚴謹的手段，藉著媒體的語言操弄，而意圖剝奪別人的正當身分。

而歷年來的以巴衝突，以及最近國際媒體逐漸在媒體的語言操弄上轉向。美國主要媒體已不願再使用「恐怖主義者」來說巴勒斯坦人士。《合眾社》的總編輯哥斯坦（Norm Goldstein）表示：「諸如槍手、分離主義者、反抗者等字眼，都比恐怖主義者這個名稱更精確。我們現在已更加注意，要在精確的原則下選用字眼。」而英國《泰晤士報》在發給記者的工作指南手冊裡，也要求記者們，「必須選擇準確而無偏見的字眼，對於有爭議的事件，尤需特別注意。」所有的這些轉變，所代表的乃是一種好趨勢，而這種趨勢的形成，當然有著深層的理由。

首先就以巴問題而論，長期以來，西方媒體皆不經反省，即習慣性地將巴勒斯坦武裝反抗人士稱爲「恐怖主義者」，這當然是美歐主流媒體不言自明的偏見所致。它們期望看到的是縱使被欺侮也必須卑順認命的巴勒斯坦人。但儘管西方媒體一直希望藉著媒體操控而使巴勒斯坦人的反抗權被剝奪，而我們也知道，弱者的反抗乃是最具正義性的反抗，它終究會在有一天逐漸獲得補償。

造成以巴關係扭轉的根本性改變，乃是一九九三年雙方在奧斯陸所簽的和平協定。根據該協定，以色列承諾了「以土地換和平」的原則，以五年爲過渡期。詎料，自協定簽訂後，以色列非但未減少在占領區的屯墾，反而不斷擴張，而它同時將約旦河西岸全面重劃，所有的交通要衝、高地、水源地，皆由以色列掌握，巴勒斯坦形同一片被肢解得雞零狗碎的土地，使得奧斯陸和平協定已變得毫無意義。整個中東和平進程遂祇得一拖再拖，美國前總統柯林頓在任滿下台前，曾意圖解決此事，亦告無功而退。反倒是由於以色列右派的挑釁，從去年九月起，以巴關係即告惡化，並衝突至今。從二〇〇〇年九二八以巴暴亂迄今，已造成六百五十人死亡，絕大多數皆爲巴勒斯坦人。由於以色列的拒絕履行和平協議，而且動輒以武裝部隊對巴勒斯坦人展開報復式攻擊。人們由電視螢光幕看到以色列的暴行，這時候，媒體想要再扭曲事實，業已不再可能。以色列的暴行，已使得媒體不可能再以「恐怖主義者」來稱呼巴勒斯坦人，它們已必須尋找更客觀的辭語，用以拯救自己的良心。

除了以巴情勢的演變，使得以往那種貼標籤的新聞報導方式難以爲繼外，美國的政策在這個問題上也造成了一定程度的影響。以前，美國積極介入以巴問題，美國對以色列的偏袒，使得它對巴勒斯坦的激進派無法容忍，這樣的政策影響到美國媒體，它們動輒將激進的巴勒斯坦人稱爲「恐怖主義者」，可以說乃是媒體與官方的合作與共謀。而今，反而是以色列人更加野蠻殘酷，而布希政府也無意介入以巴問題。當美國政府不強勢主導，媒體也就受到較少的壓力，這時候，媒體的自主性遂能發揮。

以巴問題的變化，使得西方媒體理解到他們以前稱爲「恐怖主義」的，反而是「受害者」；而他們以前認爲是「受害者」的，反而更像是「恐怖主義」。這樣的倒錯，使得媒體對標籤名詞的內涵與指涉漸趨敏感。中立而準確，因而逐漸成爲媒體的新標準。

而除了以巴問題的刺激外，最近這半年多以來，美國布希政府在各類國際問題上，都赤裸裸地以自己的利益爲別人的利益。一意孤行的結果，使得歐洲的反對批判聲浪日甚。而我們都知道，在現實世界裡，「眞理」、「正義」是可以藉著「權力」而壟斷的。然而，一旦這種壟斷破局，眞正的「眞理」、「正義」，即會在新的多元論述中逐漸出現。最近，《國際前鋒論壇報》與多個機構合作，進行了一項大規模的歐美民調，即發現英法德義四國，差不多有將近八成的人，不同意美國在國際上的作爲。這顯示出美國已無法再壟斷國際上的是非曲直。在這樣的背景下，往後的美國媒體如果還想獲得世人的尊敬，顯然在新聞與評論的敘述上，已必須更加精準與公正，否則動輒就想「妖魔化」別人的結果，最後是自己被別人看成是妖魔。

從今年以來，世界上的媒體論述已漸改變。媒體已理解到，過分意識型態化的語言和稱呼，都有兩面性。因此，它稱呼某些人是「恐怖主義」時，它其實也隱含著該「恐怖主義」乃是另一脈絡下的「神聖鬥士」。稱呼某國爲「流氓國家」時，則可能隱含著自己才是更大的「流氓國家」。標籤式的語言，在本質上乃是「戰鬥語言」的一種，經常使用這種語言的，本身即有著頑強的好戰性格，目前的國際媒體已逐漸少用「恐怖主義」這個高度意識型態化的稱呼，而改用更精確的其他稱呼，這是個値得嘉許的新現象。但願在可見的未來，其他有著「目的性」的語言，也能在媒體上逐漸消失！

✡六角星形—古老符號成爲政治圖騰

最近，美國爲了替入侵伊拉克做準備，必須拉攏阿拉伯國家，因而階段性的調整其中東政策，要求以色列軍隊撤出新占領的巴勒斯坦地區。當以色列軍隊撤出，每個地方的牆壁上，都可看到以色列軍人所塗鴉的六角形猶太人標誌。

兩個等邊三角形，一上一下連鎖成六角星形，這乃是人們普遍知道的猶太人標誌。凡是猶太人所到之處，都可看到這種標誌。根據後來的解釋，這個六角星形被認爲是「大衛王之盾」（Magen David）：大衛王打敗巨人戈里亞時所持的即是六角形的盾。《珍氏記號及符號百科全書》也坦率指出，這個六角星形的起源極爲模糊，一八九七年「世界錫安組織」在瑞士的巴賽爾召開第一屆大會，即選擇了藍色的六角星形爲徽誌，藍星白底，藍代表了天，白則意謂著純淨。一九三三年的第十八屆大會，正式通過將此徽誌做爲全體猶太人的共同標誌。

由於猶太人以六角星形爲標誌，在納粹德國橫掃歐洲期間，德國占領的波希米亞及莫拉維亞保護國總督法蘭克（Hans Frank）遂首創讓每個猶太人都佩戴識別標誌，上書「猶太人」（Jude），並附六角星。他的這項建議於一九四一年八月提出後，當年九月五日即被希特勒核准實施，稱爲「恥辱名牌」（schandband），而後所有的德國占領區都全面實施，一九四四年，當時在巴勒斯坦的猶太人組織了「猶太師團」，隸屬於英國軍隊之下，也以六角星爲標誌，獲得邱吉爾承認。一九四八年五月，猶太人獨立復國，選擇六角星形的藍白標誌爲國旗之徽。六角星形代表了猶太人，從此遂告確定。

根據當代英國史學家霍布士鮑（Eric Hobsbawm）及藍傑（Terence Ranger）所合編的《傳統的發明》一書所述，從十九世紀中葉開始，一直到二十世紀初，乃是國族主義鼎盛的時代。爲了強化國族精神，幾乎所有的國家都努力於創世英雄的神話製造、慶典的設定、國旗的設置，其他還有國家紀念郵票的發行、國家紀念名柱的樹立……等，俾藉著「發明」這些國族的「傳統」，以達到建造國族神話，演繹國族精神之目的。因此，由這樣的脈絡，人們遂可以說，猶太人選擇將六角星形做爲自我定位的標誌，這乃是他們的「傳統的發明」之過程。

而從符號語言學的觀點而言，它則是一種「意義重編」的過程。將六角星形附會成「大衛王之盾」，將藍色視爲天，將白色視爲純潔，即是將符號的元素賦予它選擇性的認同意義，藉著這樣的「意義重編」，猶太人遂有了認同得以棲息的溫床。猶太人選擇六角星形爲標誌，與伊斯蘭選擇把一彎月芽加上一顆五角星爲標誌，其內在的邏輯可謂完全相同。到今天爲止，以月芽和五角星爲國徽的，計有阿爾及利亞、馬來西亞、茅利塔里亞、巴基斯坦、突尼西亞、北賽浦路斯等國。根據現在的解釋和意義賦予，彎月代表的是月神阿特米絲、戴安娜、聖母瑪利亞，意義爲成長及繁盛，而五角星則指主權或權柄。

不過，誠如《傳統的發明》所述，十九世紀中葉之後，全世界在符號的意義上有過一次爲了國族主義需要而做的重編，這是符號的被政治化。而當它的政治意義被凸顯，必然地，許多其他意義就會被拋棄。

對此，二十世紀初的英格蘭語言及符號學家貝雷（Harold Bayley）在《失去的符號語言》（The Lost Language of Symbolism）中，倒是做了許多發人深思的探討。該書指出，在西方世界，從十三世紀開始，各式各樣的符號大行。許多被呈現在造紙的浮水印裡，許多被當做裝飾，或在煉金術裡，它組成了一個龐大的符號世界，它的語言象徵在教會的擠壓下變得十分隱晦。貝雷認爲，這些隱晦的符號，其實都是當時各種異端，尤其是受了東方宗教影響而出現的異端所留下的痕跡。因而該書遂努力於要尋找這些符號裡所失去的語言意義。舉例而言，伊斯蘭標誌的彎月和星、彎月符號有許多另外的證據顯示出它曾和公牛角重疊呈現。

因此，彎月的早期意義究竟是否應視爲月神的意象？或衹不過是代表了造物主雄性創造者的象徵？遂大可爭論。另外，星形的五角與六角，在許多圖形裡並不截然劃分，而衹被概括爲是讚揚造物主榮光的符號。而有的五角星，則被認爲是代表了「有」、「同」、「異」、「動」、「靜」等五種意義。早期的月形和星形，它所代表的意義，與今日相差極大，這是否意謂著古代祕教或異端所創始的符號語言，都已在後人不斷的竄改中逐漸地消失？

基於這樣的道理，由早期的符號來檢證今日猶太人所使用的六角星形，它究竟是否有「大衛王之盾」的意義也大可懷疑。西方在中古後期，經過西班牙的中介，開始將東方的煉金術引進，東方印度教、拜火教等信仰元素，諸如善惡二元論等也被帶了進去。而人們由神祕主義的研究業已得知，在印度教裡有所謂的「具」（Yantra）——它指的是印度教和佛教密宗坐禪時的一種符號圖案，主要用於禮拜沙克蒂女神（Shakti），因而又稱「吉祥輪」或「吉祥具」，它的圖案裡即由各種正三角形及倒三角形所組成。這兩種符號經常也被解釋爲正三角形代表了印度教主神濕婆，或稱大自在天；而倒三角形則代表了沙克蒂女神，兩個三角形交叉，即代表了自然的合一。

而這種東方的符號到了西方後廣泛地被煉金師所使用。他們將太陽神阿波羅視爲純金，另外的其他元素則視爲六個繆司女神。正三角形代表了火，倒三角形則代表了水，兩者重疊交纏而成的六角星，則代表了六項元素輪轉後所造成的永恆琉璃。

而十七世紀初，由製鞋匠變爲主要煉金師的波梅（Jacob Böhme），則對這個六角星形有更詳細的解釋。波梅乃是煉金師時代的主要人物之一。根據他的弟子替他寫的傳記，他曾以短短十五分鐘的時間遍歷天人魔三界，並往返於死生之間。由於具有如此無上視野，他聲稱世界最高的神祕乃是一個圓裡的六角星形，六個角代表了六種最基本的力量，六個角的總和即是上帝之名ADONAI，也是永遠的合一，而六角星裡的那個六面體，則代表了聖母與聖嬰。由於他認爲六角星形代表了上帝，因而它遂能藉著它打開地獄之門，應了《舊約》〈彌伽書〉二章十三節所稱的：「破城的在他們前面上去，他們直闖過城門，從城門出去。他們的王在前面行。耶和華引導他們。」六角星形在波梅的開創下，成了所謂的「所羅門封印」（Solomon's seal）。除了六角星代表了上帝外，波梅也認爲六角形的正三角形也代表了耶穌的靈魂，倒三角形則代表了萬物之水，神靈行走水上，乃是一切智慧的總合。

而除了波梅之外，十七世紀另一主要煉金師吉克泰（G. Gichtel）也指出，六角星形乃是可以打開地獄門的鑰匙，因此，它又稱爲「封印星」（Signet Star），同時它也如同東方博士一樣，具有導向眞知之意。

因此，在現代之前的煉金術階段，六角星形所被賦予的，乃是另一種神祕意義。西方人在東方的啓發下，將六角星移植成另一個與基督教神話相混的新符號語言，它被賦予神聖的力量，可以打開地獄門，可以驅除邪魔，可以導向智慧。人們都知道，物理學之父牛頓，它出身於煉金師，在他的《數學原理》著作裡，他深受波梅的影響，關於六角星形所代表的宇宙力之討論，即是主要內容之一。與牛頓同時的歌德，同樣也受到波梅極大的影響，他在《事實與虛構》中即指出：「三角形乃是重要的範疇，許多事情都可以從它推演出來，色彩學即是其中之一。經由三角形的重疊，那古老、神祕而具有力量的六角星形即可達到。」

綜上所述，有關猶太人的六角星形，它的符號語言起源爲何，可能極具爭議性。今日所謂的「大衛王之盾」，乃是現代猶太人在將這個符號政治化的過程中所加上去的意義，而在現代初期的煉金術階段，它則被稱爲「所羅門封印」，而在更早之前，它則似乎衹不過是各種祕教信仰裡代表了上帝榮光的標誌。

也正因此，盧步（Alexander Roob）在《煉金術與神祕主義》裡遂指出，所有煉金術及神祕主義的語言系統，充斥著各式各樣「破碎的片語」和「語言謎題」。在煉金術當道的時代，即有許多煉金師指出：「當我們有時候公開地在說什麼時，我們事實上卻是什麼也沒有說，而當我們用密碼或圖案符號來表示時，我們其實是遮掩掉了眞理。」

上述這些話，對理解符號語言，乃是一種重要的指標。由近代語言學的研究，我們早已知道試著使用語言文字來指涉、表述，以及論證事物，它乃是一個不完整的過程，而這種不完全性或不完整性，當發生在符號層次時，其程度自然格外的過之。使用符號來指涉，本質上形同使用這個不可知來指涉另一個不可知，因而它除了閃爍著片段的意象外，即難以有整體精確的意涵，因而它遂成了一種「幽晦的藝術」（Arcane Art）。它的意義極不確定，因而非常容易被篡奪、占用、修改。由六角星形在古代祕教、煉金術，以迄近代被猶太人加以政治化而占用的過程，即可做爲印證。貝雷教授在《失去的符號語言》中，蒐集了大量的符號圖形，以及不同語言系統對每個事物的稱呼，加以比較對照，並展開考古式的探索，希望能找回它們失去的意義。他指出衹有透過這樣的研究，我們始有可能理解不同時代的思維方式。而由六角星形從古而今所顯示的不同意義，恰恰好正印證了今天這個時代，宗教與神話其實都已逐漸凋謝，政治則成了主流思考方式，而古老的符號，則變成了新的政治圖騰。

Shanghai Accord
上海多邊協議

近年來，國與國之間的互動頻繁，小自國與國交往，大到國際的集團行爲，都需要各式各樣的文件加以確認。由於這些文件的名稱太過雜多，從而也就難免造成人們在翻譯和理解時的障礙。

就以二〇〇一年亞太經合會部長會議及領袖峰會爲例。它在最後共同署名發表的宣言裡，附帶了一項稱爲Shanghai Accord的決議文件。這項文件其實乃是此次大會最重要的實質成就。根據各國討論後的結論，亞太國家決定要求在卡達舉行的世貿組織大會，就貿易自由化問題展開新回合談判，以完成當年「關貿總協」烏拉圭回合未竟之業。十月初七大工業國財長會議在華府集會，也做了同樣的決議，這意味著歐、亞、美皆主張貿易自由化持續進行，顯示出整個全球化的走向，並未受到任何阻礙。除此之外，這份文件也宣示了亞洲本身爲配合此目標，決定將加速自由化，並根據一九九五年《茂物宣言》中所提示的「茂物目標」（Bogar Goal）及一九九六年的《大阪宣言》，讓此區域的已開發國家於二〇一〇年完成自由化，開發中國家則於二〇二〇年達到此目標。

因此，Shanghai Accord是重要的，它的重要程度一點也不輸給《反恐怖宣言》。問題是這項文件究竟要如何翻譯呢？台灣的報紙有的譯爲《上海共識》，有的稱之爲《上海約章》，究竟哪個較準確？

近代由於國際事務的類型日多，在當事國對某問題達成一致見解時，對簽署的文件，有許許多多名稱，其犖犖大者有：

「協議」（Agreement）：指口頭或書面獲致共識，它也可稱「協定」，民間使用這個字時，可稱「契約」。

「了解書」（Understanding）：也指口頭或書面的獲致共識。

「同意書」（Concurrence）：意思與前相近。

「盟約」（Pact, Compact）：多半用來指建立軍事盟國關係的文件。例如，第二次大戰後，以蘇聯爲首的東歐社會主義集團即簽訂了《華沙盟約》（Warsaw Pact），但一般卻譯爲「華沙公約」。這個概念所指涉的當事國，必須超過兩個以上。

「定案書」（Settlement）：它所指涉的，乃是極爲複雜而艱難的問題，終於獲致解決的文件。例如，印度與巴基斯坦的「喀什米爾衝突」複雜萬端，因而國際政論界長期以來一直希望各方能將此問題解決，簽署《喀什米爾定案書》（Kashmir Settlement）。

「條約」（Treaty）：這乃是最古典的用法，也最正式。無論兩國或多國，也無論就任何問題簽下正式文件，皆可用這個稱呼。例如，《美日安保條約》（Japan-U.S. Security Treaty）、《北大西洋公約》（North Atlantic Treaty）、《反彈道飛彈條約》（Anti-Ballistic Missile Treaty），以及一九九一年爲歐洲貨幣統一奠基的《馬斯垂克條約》（Maastricht Treaty）等。

「多邊協議」（Accord）：將這個詞譯爲「多邊協議」，主因在於這個詞的常識性定義，乃是將各種不諧和之聲音或主張，使之諧和。因而它的指涉範圍已不明言的爲超過兩個國家。一九九五年，聯合國爲解決波士尼亞的內戰問題，邀請各方商討，達成了所謂的《戴頓協議》（Dayton Accord），即是最典型的例證。

因此，上述所有的名稱，儘管在程度上有強弱之別，但皆可視爲同義詞，它們對簽字國，都有必需的「約束性義務」（Binding obligation）。祇是在所有的名稱裡，「條約」最爲具體而已。

祇是近年來我們在譯名上日益鬆散且不講究，例如「條約」之名，早年我們將多國的條約稱爲「公約」，照這樣的邏輯，像歐盟十二國簽字的《馬斯垂克條約》，若以《馬斯垂克公約》稱之，可能更爲貼切，像《北大西洋公約》和《華沙公約》，則可能稱《北大西洋盟約》和《華沙盟約》，才更爲精準。

而除了上述比較正式的名稱外，近年來還有若干與條約或約定相關的名稱，也頗引起討論：

例如「誓約」（Covenant），這是個起源於神學的名稱。人與上帝立約，以及盛放十誡的「約櫃」，都用這個字。後來它被移用到政治上，因而聯合國遂制訂出了《公民權及政治權利國際公約》（The International Covenant on Civil and Political Rights），但將Covenant譯爲「公約」實在有欠妥當，因爲神學上的「誓約」，乃是一種人對上帝的宣示性承諾，聯合國的該項文件，因而也宣示性大過實質性，它希望簽字國能努力以赴地去達成該文件裡所宣示的標準，但簽字國卻沒有「約束性的義務」。也正因此，此項文件若譯爲中文，仍以「誓約」爲佳，將它譯爲「公約」，即難免和眞正有約束力的「公約」混淆。

再例如，今年美國布希總統就職後，悍然撕毀了限制溫室氣體排放的《京都議定書》（Kyoto Protocol），這項文件幾乎全球所有國家都簽了字。所謂「議定書」（Protocol），也可稱「草約」，但這種「草約」其實已具有準條約的效力，也正因此，有些評論文章遂直接將它寫成《京都條約》或《京都協定》，美國撕毀該議定書而引起極大指責和反彈。法國甚至公開抨擊稱「自私的美國」，由此也可看出Protocol仍以譯爲「議定書」較爲妥當。以「草約」稱之，難免造成混淆。

也正因此，當我們面對愈來愈多的各種國際約定文件，在翻譯時遂需要格外愼重，這種名稱的翻譯，一點點的差誤，即可能將它的形式條件混淆，「誓約」譯爲「公約」，即是例證。

而追根究柢，Shanghai Accord究竟如何翻譯才比較妥當呢？Shanghai Accord乃是亞太經合會部長會議討論的核心課題。部長會議所獲致的決議，最後再交由領袖峰會認可，而其內容除了有態度的宣示外，各國對努力的目標及減少貿易成本等問題上，也都規定得極爲明確，從這樣的角度看，它其實已具有「多邊協議」的要件，將它譯爲《上海多邊協議》，應屬恰當，若將它譯爲《上海約章》，雖然奇怪，但仍可通。但若逕稱之爲「上海共識」，由於它已將文件的形式要件取消，可能就錯得多了一點！

彭吉詭計←老鼠會的前身

最近這段期間，國際財經媒體上出現得極頻繁的字眼，乃是Ponzi Scheme，將它譯為漢文，可以是「彭吉詭計」，如果要說得白話一點，它就是後來「老鼠會」的前身。

對於「彭吉詭計」，美國當代財經學者敏斯基（Hyman P. Minsky）在論文《脆弱金融環境下的金融資源》裡，為它做了如此的定義：「彭吉詭計是一種金融活動，它的利息支出超過了該活動的現金流入。」

彭吉（Charles Carlo Ponzi），乃是義大利西西里裔的美國人。他在一九一九年至一九二〇年間，在波士頓虛設公司，展開大規模的吸金活動。凡參加他的活動者，四十五天即可獲得五十％的利息。他在遊說客戶時宣稱，當時美元在國際市場貶值，由於不能直接從事匯率價差的買賣套利，他遂設計出一種套利模式，以購買匯價較穩定的國際郵資券，來間接套利。雖然他的說法似通而不通，但升斗小民卻都信以為真，於是，在很短的時間裡，他遂騙得七百九十萬美元，這在當時乃是天文數字。但這種吸金活動，由於很快地就找不到新老鼠來養舊老鼠，整個詭計即再也無法延續下去。一九二〇年他被捕時，身上祇有六十一元的郵票和國際郵資券。

彭吉所設計的這起騙案，在二十世紀新興中產階級史犯罪史上，乃是罕有的先例。從此以後，「彭吉詭計」遂成了專有名詞，舉凡任何金融活動，祇要它的特性是藉著成員不斷增加，以新債養舊債的，都可稱爲「彭吉詭計」。

麻省理工學院前教授金德柏格（Charles P. Kindleberger）在經典名著《瘋狂．恐慌及崩盤——金融危機史》（Manias, Panics And Crashes:A History of Financial Crisis）裡指出，「彭吉詭計」在金融騙術上，雖然有推陳出新，手法高明之處，但並非史無前例。它和許多社會都有過的「連鎖信活動」（Chain Letter）極爲酷似，也和一七二〇年英國著名的「南海泡沫騙案」（South Sea Bubble）極爲相同。

所謂「連鎖信」，乃是一種以等比級數的速度，不斷增加的寫信活動，隨信附上小額金錢，最後過了好幾次輪轉，一封信就會跑出來好幾萬封信，做爲組頭的那個人，即可因此而致富。「連鎖信」這種活動，可以說乃是「老鼠會」最原始的類型。

至於所謂的「南海泡沫騙案」，則是金融史上另一個古老的重大公案。一七一一年，英國的蘇格蘭出現了一家「南海公司」，以向北美洲販售奴隸爲主要營業項目，保證股息爲六

%，因而股票推出後，銷售情況甚爲良好。一七一七年該公司販奴船首次啓程，但業績不佳，就在公司可能出狀況前，英王喬治一世接收該公司，並出任董事長，於是該公司信用大增，不久立即付出所有積欠的股息。一七二〇年該公司接收英國全部國債，氣勢更漲，而英國內閣至少有三名閣員又介入以牽人頭的方式，找人入股。當年一月，股票市值仍僅爲票面的一．二八五倍，八月已達到十倍以上。到了七月，由於人頭涸竭，股票立即狂瀉，到了十二月已跌回一．二四倍。由此一來，許多蘇格蘭的投資者遂告傾家蕩產，英國國會對該公司的炒作股票以及拉人頭展開調查。該公司從此一蹶不振，一七五〇年賣給了西班牙政府。

「南海泡沫騙案」乃是最早的「老鼠會」。當時的英國學者卡斯威（John Carswell）即指出：「股票市價的不斷增高，祇不過是種幻想。無論用通俗算術如何來計算，一加一將永遠不會變成三．五，反而是這種虛構的價值將使某些人受損。唯一避免受害的方法，乃是及早將它賣掉，讓惡人衹能逮到落在最後的人。」卡斯威的這段話，乃是對任何具有「老鼠會」特性的金融活動參加者最好的建言。「最後一名遭殃」（Sauve qui peut）這句拉丁名言，從此和「彭吉詭計」掛上了鉤。

從「南海泡沫騙案」、「連鎖信」，到「彭吉詭計」，它們都是後來泛稱「老鼠會」的某種變型。在《瘋狂．恐慌及崩盤——金融危機史》裡，金德柏格教授說道，無論任何時代，金融詐騙都是一種「需求決定」的騙案。每當人心貪婪，「彭吉詭計」即有了呼風喚雨的機會。

類似於「彭吉詭計」的金融案件，金德柏格指出，它們是否均爲詐騙，的確值得爭論。有些金融案件確屬詐騙，有些則祇不過是由於知識不完全所造成的無知。無知固然傷害到金融案件的投資者或投機客，但那些由於知識不完全而始作俑者，他們可能確實有貪利之嫌，但若他們也相信自己的金融活動有效，他們的貪利可能就難說是「詐騙」。有關此類案件，一九七〇年代初又在美日復熾，其中有些純屬集資活動，有些則將老鼠會式的算術用來進行「多層次行銷」。集資活動由於利息高得匪夷所思，因而縱使原意不在詐騙，最後也必然變成詐騙，這也是一九七三至一九七五年間，美日對此類案件皆以違背倫理爲由，加以取締的原因，日本並稱之爲「惡德商法」。而有關「多層次行銷」部分，儘管有些有點惡劣，但並不必然違法或詐騙，因而留存了下來。這種集資與行銷方法，一九八〇年代初進入台灣，乃是當時轟動的「老鼠會」事件。許多以這種方式集資者，由於都面臨了無法以新債養舊債的困局，在難以爲繼之後，成了詐騙案，並陸續被判刑。

因此，「彭吉詭計」乃是金融史上的重要公案。而它到了二十一世紀的此刻，卻又重新躍進了歷史的舞台，則和當今的國際經濟和金融結構密切相關。現在的世界並不是有什麼人仍在搞「彭吉詭計」，而是整個結構就是「彭吉詭計」的結構！

以「彭吉詭計」的觀念來談論當今的全球經濟與金融情勢，最早的厥爲美國主流的《商業週刊》，它從一九九九年開始，就已使用了「彭吉詭計」這樣的字眼與概念。

在許多篇論著裡並明言或不明言的指出，當今的世界即已是一個「彭吉詭計」的結構。它的許多預見，到了二〇〇〇開始實現。因而世界已成了「彭吉詭計」的結構，這種說法並非全部虛妄。該刊的論點指出：

(一)從一九九四年起，美國的強勢美元政策確定。強勢的美元使得各國資金源源不絕地進入美國，不但挹注了美國國際收支的赤字，也支撐了美國擴張所需的資金。以股市爲例，從一九九五到一九九八年，每年股市獲利百分比皆在兩位數以上。如此高的獲利，在當今的世界已極罕見，自然格外加速資金的進入，後來的資金支持著先來的資金，交替著將股市推到最高點。問題是，這種彷彿「老鼠會」式的股市遊戲，總有到頭的時候，屆時它將如何爲繼？

(二)強勢美元支持出了美國的股市與債市。到目前爲止，美國股市的外國資金占十一%，公司債占二十%，政府債券則占四十六%。至於高達五・一兆美元的房貸，外資也同樣占了極大比例。這些金錢除了支撐出美國的投資外，也造成了消費的不斷擴張與公司個人債務的持續增加。一九九〇年，美國家庭的債務爲可支配所得的九十五%，二〇〇〇年的第四季，已增加到可支配所得的一二四%。目前美國百業蕭條，單單上半年，被解僱的新增員工即達七十八萬人以上，但個人消費仍有成長之關鍵，即在於房市裡，有屋者將五千億市值的房產，貸款貼現，以三百三十億美元的價差投入消費所致。葛林斯潘也在最近直承「消費仍熱的主因在於房市」。問題是，以房市價差支撐消費，這和以股市上漲的價差支撐消費一樣，也都有到頭的時候。股市難以爲繼而崩盤之後，房市是否也會崩盤？屆時整個體制又將如何維繫？

(三)在強勢美元之下，美國的消費與擴張獲得支撐，也使得美國成了全球「最後的購買者」（Buyer of the last resort）。它固然可以藉著美元不斷地升值而抑低物價，減少物價及工資上漲的壓力，問題在於，這樣的過程也同樣有到頭的時候，屆時又將何以爲繼？

(四)綜合上述三項論證，可以說當今的全球經濟和金融情勢，本身就已成了一個「彭吉詭計」的結構，它像「老鼠會」一樣，依靠著源源流入的外國資金而維繫。外國資金流向美國，使得其他國家的擴張與消費被減緩，於是，一個「全球皆窮我獨富」的結構遂告形成，而這種情況也同樣有到頭的時候，它會使美國成爲全球沉淪中最後才沉下去的一國，但這卻無益於全球的復甦。

由「彭吉詭計」的結構看世界，或許即會發現到，爲何到了現在，儘管全球信心喊話不斷，但信心卻硬是呼喚不出來的原因了。此刻的美元，持續的強勢之後，已走到了難以爲繼的程度。全球皆窮而貨幣弱勢的結果，已使它們購買美國貨的能力減退，美國出口遂告銳減，第二季出口負成長九%。而公司利潤率則減少十七・三%。由於前景不樂觀，公司擴張當然也告停頓。七月份美國汽車銷售負成長九%，相對應的則是歐洲車由於匯差較大，反而在美國快速增加。強勢美元的無法持續已可概見。

然而，儘管全球從美國製造、勞工團體、其他工業國，甚至國際貨幣基金都在唱衰美元，但強勢美元的棄守，將意味著強勢美元所帶來的好處將會逐漸失去。美國財長奧尼爾並稱「強勢美元易放難收」。他的話所顯示的，即是擔心一放之下，資金流出失控，從而讓被支撐出來的這個結構出現崩解的風險。而問題是，當今全球經濟的問題乃是這個結構所致，當結構不容更動，所謂的復甦又怎麼可能？難道眞的會像有些預言者所說的那樣，陸續地向漩渦裡沉落，美國祇不過沉落得最晚而已？最近，著名評論家伊拉內圖斯（David Zgnatuis）警告說，全球未嘗沒有所有負面因素撞合到了一起，出現「完全風暴」的可能。這種論點不能一笑置之。

因此，在這樣的時刻，「彭吉詭計」這個古老的辭語重新復活，並被用來當做描述世界經濟和金融結構的述詞，實在有它獨特的寫實意義。「彭吉詭計」是「老鼠會」的原始型態，所有的「老鼠會」都有致命傷，就是它無法一直持續下去。而當今這個有若「彭吉詭計」的世界結構，又還有多久可走？

Enron↓注定遺臭萬年

在新語言形成的眾多方式裡，有一種叫做「借名成字」（Eponym）。當一個政商名人做了某種特別荒唐離譜或怪異之事，他就成了「借名成字主角」（Eponymous Hero），他的名字從此以後就會成為專指那類事情的「通名」，搞不好還會因此而「遺糗萬年」。由「借名成字」的普遍，有名的人豈能不更加注意自己的品行與言行？

最近，美國能源公司恩隆（Enron）宣稱破產，並提出破產保護之聲請。此案在陸續發展中一點點揭露眞相。原來恩隆公司眞是本事通大，它政商勾結之廣，所涉弊端之大，簡直已開美國有史以來從未曾見的最高紀錄。於是，「恩隆」這個公司的名稱遂不再衹指該公司而已，它成了一個「通名」。

例如，美國參議院多數黨領袖達雪（Tom Dashle），最近在開會討論美國的經濟和預算問題時，即說道：「我認為，我們已漸漸地Enronizing 我們的經濟，以及Enronizing 我們的預算。」他將Enron 當成動詞在用，意思指「使它破產」。

再例如，美國紐約著名的女文化人蒂娜·布朗（Tina Brown）不久前才辦了一份《Talk雜誌》，但卻因定位不明，加上經濟衰退的影響，銷路和廣告兩皆不佳，最近宣告停刊。《紐約時報》在分析報導它停刊的消息時說道：「該刊關門，不是普通的失敗，她什麼都想搞，遂致出局。她是有一點小號的Enronish。」在這裡Enron被當成形容詞在用，指的是「有一點像Enron那樣亂搞」。

另外根據《美國商業週刊》報導，一月四日，有七個新聞文化人創刊了一份類似《讀者文摘》的網路科技文摘雜誌，每日發行，一年訂戶費用五十美元。它創刊第一天的頭號標題即是：「Cheer up! At least you're not Enron」，翻譯成中文，意思是：「高興一點嘛，別氣餒！至少你還沒有被唬弄得傾家蕩產。」在這裡它將Enron公司帳面造假，使得許多投資人受害這一點特別突出。

因此，隨著恩隆案的繼續發展，在曠日費時的政商新扒糞過程裡，更多的醜聞將會被公開，而Enron這個字也將被更廣泛地使用，恩隆公司這個名字，可能已不僅是「遺糗萬年」，而是「遺臭萬年」了。它已注定將成爲「借名成字」裡的最佳證據。

隨著媒體的日益發達，以及政商名人言行的日益脫線離譜，還有荒誕不經行爲的不斷出現，近年來這方面「借名成字」的趨勢已日益加快，它跟著新聞鬧劇而出現，被人們口耳相傳的使用，而後電視及報紙也為了方便和傳神而使用這種新字，最後，這些字就會被編進《年度新字》之中，從此成為正規新字的一部分。

這些新字並不保證一定能夠長久流傳，但醜聞愈大，而該醜聞也最具「類型化」之特性，則長久流傳的可能性愈高。由於恩隆案集政商勾結、利益輸送、資料造假、銷毀證據等一切惡行，影響至為深遠，與它有關的「借名成字」，大概已不可能被隨便遺忘。而這種情況恩隆案其實並非什麼新事，近年來早已有兩件事所造成的「借名成字」，那些新字就已成了人們的新口頭禪。

稍早前，美國體育明星辛普森（O. J. Simpson）涉嫌弒妻案，儘管諸如血跡和襪子等證物看起來十分確鑿，但因辛普森極為富裕，請到了全美最厲害的律師，硬是將它拗成了刑事無罪，但卻付出極大的民事賠償。此案非常戲劇化的將美國司法的荒唐離譜具體而微地顯露了出來，於是，遂由此而出現了一句新話：「Doing an O. J.」，它的意思是指「犯了法卻逃過制裁」。

再如，前幾年柯林頓和白宮女練習生柳文斯基（Monica Lewinsky）的緋聞鬧劇舉世轟動，許多具體的場面也被描繪得活靈活現，尤其是柯林頓與柳文斯基在白宮圓廳大辦公室裡的性胡鬧，最為膾炙人口。於是，遂有了這樣的新口頭禪：「Getting Lewinskyed」，它的意思是指「性胡鬧一通」。

名人因爲做了離譜荒唐的事，而在「借名成字」裡留名千古，這種例子實在太多了。這幾天我花了許多時間翻查新字譜，現在仍活著的政商名人裡，被「借名成字」就有好多個。

例如，來自德拉瓦州的聯邦參議員拜登（Joseph Biden），在一九八八年參加民主黨總統提名的初選，在一場政見辯論會上，他在結辯時如此神采飛揚地說道：

「爲什麼我拜登是我們家族裡面念了大學的第一人？爲什麼我的妻子也是她家族裡讀過專科學院的第一人？難道是我們的父兄們不夠聰明嗎？我不但進了大學，而且還拿了碩士學位，是因爲我在家族歷代之中最聰明嗎？我的祖先們來自賓州東北部的煤礦區，他們每天挖礦十二小時，踢足球四小時。他們沒有念書，乃是因爲他們沒有可以站在那裡發言的講壇……」

他的這一席話，以自己祖先和家族的經驗，喚起窮人對角色和權益的自覺，可以說是非常好的演講。但沒過兩天，卻被揭發他的這段話乃是抄襲，因爲當時英國工黨主席金諾克（Neil Kinnock）不久之前在一次演講中如此說道：

「爲什麼我金諾克是我們家族千百代以來第一個能夠上大學的？爲什麼我的妻子也是她們家族千百代以來第一個上大學的？難道是因爲他們比較差嗎？難道是他們每天在礦坑底下工作八小時又踢足球四小時後即無力再求學嗎？原因是沒有一個可以讓他們站在那裡發言的

講壇。」

拜登的演講抄襲被舉發後，他滿臉全豆花，被記者追問時，他甚至說不出自己祖先到底有哪個人曾做過煤礦工人。因此，他不但抄襲，甚至還說謊。於是，在一片指責聲中，他祇得宣布退出初選。但Bidenize這個字卻因此而留了下來。它指的是「離譜的抄襲，甚至忘了自己是誰」。美國資深參議員傑西・赫姆斯（Jesse Helms），在意識型態上乃是極右派，而且是那種很可怕的右，但他卻總是將那種極端的立場包裹在「愛國」的僞裝下。因此，美國人遂為他發明了一個字Helmsouflage，由Helms加「僞裝」（Comouflage）而成。指的是「邪惡的意涵包裝在漂亮的口號裡」。例如，雷根時的共和黨副總統奎爾（Dan Quayle），乃是美國歷史上少見的政治白癡，他四年任期裡沒有講對任何一句話，每次他講話，共和黨就捏著冷汗，而且最後一定會擔心成眞，而把冷汗流出來。他講話，別的人忙著澄清消毒，使得美國人替這種現象取了一個新字「Dandaid」，指的是「急忙幫著消毒」。

雷根時代除了奎爾這個寶貝「借名成字」外，當時的諾斯上校（Oliver L. North）涉及「尼游門」和「伊朗門」等醜聞，在國會公然撒謊，而且臉不紅，氣不喘，於是遂有了一個新字「Ollyism」，指的是「一個人自以為是，而且認為撒謊也是對的那種撒謊」。

再例如，一九八〇年代，美國經濟蕭條，克萊斯勒汽車公司瀕臨破產倒閉邊緣，當時的負責人艾科卡（Lee Iacoca）靠著聯邦政府紓困始度過難關，但他在《艾科卡自傳》裡卻恬不知恥地把自己吹捧得好像經營之神一樣偉大。於是，美國企業界和財經媒體爲他發明了一個特別的新字「Iacotion」，指的是「沒本領的私人公司，靠著政府幫忙和同業忍耐始得以存活」。

直到如今，美國專欄作家包可華（Art Buchwald）仍相當有票房，但Buchwald這個字被當做動詞使用，一般人可能不甚知道它的意義。它的典故是，當包可華初興之時，由於極具人氣，派拉蒙公司遂找了包可華簽約，看起來條件異常優厚，因而人們遂認爲他有上億美元身價，但後來的發展則是他眞正到手的根本沒有幾元，因爲在那份厚厚一疊的契約書裡，處處都是詭計，包可華的上當故事，使得人們「借名成字」，凡是「用漂亮但陰險契約讓人上當」，皆可稱Buchwald。例如，我們可以這樣說：「Hollywood buchwald idealistic young writers」，譯爲中文即是：「好萊塢專門用華而不實的契約害有理想的青年作家上當。」

再如，黛安・索耶（Diane Sawyer）乃是漂亮的電視女主播，低胸上衣乃是她的招牌，讓人一面聽新聞，一面眼睛瞄著她的胸口，巴不得能多看到裡面一點。於是，「索耶」（Sawyer）加「窺淫狂」（Voyeurism）而成的sawyerism遂告出現，指的是「盯著胸口看，希望多看一點的心情」。

因此，「借名成字」，在這個媒體發達、通俗文化當道的時代，的確已成了新語言誕生的溫床。名人做了糗事或鬧出大醜聞，他就會被變成字而留名後世。「好事不出門，惡名傳千里」的時代早已過去，未來的壞事不待歷史學家去評論，它早就被記錄到了語言中。

而「借名成字」，並非始於今日，祇是於今爲烈而已。根據名人的行爲而造詞造句，在每個國家都是新語言產生的自然方式之一。這種情況在中文裡即不勝枚舉，在美語裡，也同樣有極多前例。例如，現在早已成爲普通名詞的「特立獨行之士」或「與眾不同之怪胎」（Maverick），以前我們即曾討論過。這個字由十九世紀德州名人麥佛瑞克的名字而來。他曾經借錢給別人，對方無法還債，遂以四百頭牛作抵，由於他是律師而非牧場老闆，遂將這些牛託人飼牧，但對方並不好好養，任出這些牛到處亂跑，於是，由到處亂跑的牛，遂衍生出以他的名字來指「特立獨行」和「與眾不同」之意。這個字到了現在，早已成爲普通名詞。

再例如，本世紀早期有個拳手叫派普（Willie Pep），他打拳老是盯著對方閃躲，因而他的拳賽非常耗時間。於是，Willie Pep這個字遂成了一個普通的動詞，如果有人有約會，但在路上碰到熟人，一陣寒暄糾纏而遲到，他就可以說：「我被Willie Pep了。」指的是「碰到別人而耽擱了」。

再例如，以前紐約有個州長麥爾坎・威爾遜（Malcolm Wilson），他任期很短，沒有政績，但卻做了一件絕事，那就是他讓道路收費站的收費員荷槍實彈，由於這種作法看起來很神勇，當時的民調還極獲好評。於是，「Malcolm」這個字遂在紐約出現並擴散，指的是「烏龍民調所顯示的烏龍民意」。

每個國家由名人醜聞和糗事所產生的「借名成字」都多得說不完。由Enron成爲最新的「借名成字」，做爲名人的，豈能不格外的自尊自重呢？

姓名
一生的守護

日本王儲德仁太子暨太子妃雅子添女，取名愛子，號敬宮，取義《孟子・離婁下》的「愛人者，人恆愛之。敬人者，人恆敬之。」

日本王室家族成員的命名，一向敬慎嚴謹，先由碩學鴻儒從中國及日本的漢學古籍裡選取多組名字供參，而後再由天皇及生父母定奪。這些名號必須高雅又有倫範意義，俾和平民有所區隔；同時又可藉著名號所顯示的意義，讓這個孩子的一生有遵循的目標。當今王儲德仁，號爲浩宮，取義於《中庸》；太子文仁，號秋篠宮，取義《論語》；而公主清子，號紀宮，取義於《萬葉集》。日本王室的命名，可以說已將「姓名語言學」的運用發揮到了極致。

凡是人對別人、地方或各種事物取名，皆稱爲「命名」。當事物有了「名」，它就會被記得，會被用來展開論述，甚至於當它的實體已告消失後，仍然可以留存爲記憶。我們每個人想必都有過一種經驗，那就是某個久遠的朋友，我們還記得他或她的名字，但不管怎麼想，卻就是記不起其臉孔和長相。由此也顯示出，「名」有著一種多於它所指的東西的性質。因此，「名」是重要的。早在蘇格拉底的時代，他就和學生們討論過「名」的問題。「名」是一個單純的記號標籤嗎？或者它有多過符號標籤的意義？蘇格拉底的答覆是，「名」既是一個單純的標籤，但同時也有多過標籤之外的意義。

其實，由近代神話人類學的研究，早已證明了「名」不祇是一個單純的記號而已。當人類發明了語言和文字，這時候，我們即可藉著語言文字來替萬事萬物定「名」，並可以敘述它和討論它。

因此，「命名」乃是人類掌控萬事萬物奧祕的起源。正因爲「命名」的發生有著如此重要的意義，許多遠古的文明，都將神聖事物的「名」當做是一種奧祕，不能輕易示人。早期希伯來宗教的上帝有「名」，但那個「名」祇有最高階層的僧侶始能稱呼之，它就是希伯來宗教裡以四個子音所稱的神名「亞衛」（YHWH）及「耶和華」（JHVH）。由於一般人不能直呼神名，因而祇能用其他方式來形容，如「至高之主」、「神聖的大一」、「無限的一」、「造物主」、「最高的主宰」等。古埃及的神話裡，太陽神將自己的名字告訴給了女神艾希絲，遂使得艾希絲有了破解其神力並將他推翻的機會。

因此，「名」是神聖不可侵犯的。人類學大師福萊塞（James Frazer）在《金枝》裡即指出，許多文明都有一種巫術，可以把人的名字寫下來而加以施咒，使其受害，因此人不可以隨便將自己的名字示人。有理由相信，帝王時代的君主們，通常皆另取一個帝號，眞名卻不向平民公開。在古代中國，任何書籍與文件若有和皇帝名字一樣的名字出現，也都要設法避開，這就是古代所謂的「避諱」。由這些記載和文化的殘跡，都顯示出人的姓名不祇是單純的記號或標籤，「姓名」裡有著獨特的魔力。

因此，佛洛伊德遂在《圖騰與禁忌》中說道：「姓名是一個人的主要組成分，甚於還可以說它是靈魂的一片。」十八世紀小說家史登耐（Laurence Sterne）也說道：「它有一種魔力，無論好或壞的名字，都不可避免地影響著我們的個性與行爲。」美國詩聖惠特曼（Walt Whitman）非常愛惜自己的名字，他就寫過如下的詩句：

我終究祇是個孩子嗎？快樂地聽著
我名字的聲音，一再地重複重複
我站著聽，不知道疲倦。
你們的名字對你們亦然
你是否眞的以爲它不過是兩三個音節

此外即無意義？

答案當然是「不」。惠特曼知道名字不祇是名字，因而他爲了求音韻鏗鏘，把本來的Walter改爲更顯出自信，音階更短而強的Walt。在西方，長期以來人們都相信「姓名即命運」（Name-as-destiny）。有位詩人希爾佛斯坦（Shel Silverstein）寫過一首敘事謠，有個孩子被取名爲Sue，這是個女孩名字，他氣得發狂：

我老爸在我三歲時離家
沒有什麼給我和老媽
祇有一個破酒瓶和一把老吉他
因爲他躲了起來我沒什麼可罵
而眞正他媽
的是他留給我Sue這個爛名字
如果能我一定把他抓來殺。

綜上所述，「姓名」有著大過它本身之外的意義。遠古之人相信知道了神名，就等於有了可以打通人神界線的祕密口令。許多部落都相信，取名不要和別人重複，以免死亡天使抓錯人。有些部落的人快死之前會趕快換個名字，以爲這樣就可以誑得住死亡天使，讓祂的生死簿找不到，由於姓名顯露出自己，同時也是別人認識自己的媒介，難聽的名字，難記的名字，當然也就成了壞名字。古往今來，有太多名人都因而換過名字。例如法國文豪莫里哀的原名是Jean-Baptiste Poquelin，法國啓蒙巨人伏爾泰本名爲Francois-Marie Arouet，德蕾莎修女本名爲 Agnes Gonxha Bojaxhiu，俄國文豪高爾基本名爲 Aleksey Maksimovich Peshkov；美國的洛克斐勒家族原來姓 Roggenfelder，美國著名的潘興家族，後來的「潘興飛彈」即以潘興上將爲名，他們原來姓 Pfoersching……這種改名改姓，或另以藝名行走人間的例子多得難以窮盡。而這種情況在中國亦然：大畫家徐悲鴻原名徐壽康，金聖嘆原名金喟，取字聖嘆後遂以字行，此等例子尚多。我們可以想像，徐悲鴻如果仍然以徐壽康爲名作畫，名與畫完全不能相符，他的畫名一定不會像改名後那麼顯赫。普西尼的歌劇《蝴蝶夫人》裡有一段唱詞：

「啊，蝴蝶小姐，多好的名字，眞是人如其名，名如其人。」

有個好名字眞的太重要了。古代中國士大夫盛行「連姓成意」的命名方法——即是姓和名加起來有著一個總體的意義，如「馬致遠」、「戴天仇」、「史可法」等即可稱代表。士大夫可以藉著這種命名，表達其忠君愛國的態度，有這種名字的人參加考試，高中的機會就比較多。因而清代學問家顧炎武在《日知錄》裡遂曰：

——「古人取名，連姓爲義者絕多。近代人命名，如陳王道、張四維、呂調陽、馬負圖之類，榜目一出，則此等姓名幾居其半。」

姓名有著多重意義，它顯露出父母這個命名者對子女的態度和期望，但姓名本身是一種社會的產物，人們對姓名也因而經常有著許多被制約下的認知。曾有英國心理學家做過調查，即發現到人們普遍認爲John 仁慈並値得信賴，Robin則年輕活潑，Tony善於社交，Ann比較溫和，Agnes 則代表老成，Matilda即平庸；以Michael、James、Wendy 爲名者較積極，Afreda、Percival、Isadore 爲名者即消極。這樣的刻板印象，使得兒童從就學開始，即背負著名字的重量。有好名字的，比較容易和老師同輩發展出好關係，而名字不討好的，則容易被奚落或被冷淡待遇。這種名字的重量，遂使得父母這種命名者，在替子女命名時必須格外愼重周詳，以免讓小孩從幼年起就掉入「自我實現的預言」之中——如果一個人有著被人認爲代表了孤僻的名字，大家就會對他冷淡，最後使他自然而然地變成孤僻。

由於命名具有社會性的意義，近代美國人命名遂有集中之勢。一九九四至九五年間做過調查，發現父母替子女命名的排行榜依序爲：

男孩：Michael, Kevin, Christopher, Joshua, Matthew, Brandon, Andrew。

女孩：Ashley, Stephanie, Brittany, Jessica, Amanda, Sarah, Emily。

而値得注意的，乃是Jeffrey、Jennifer這兩個以前被認爲很好的名字，現在卻愈來愈缺乏人氣。

而在德國方面則是：

西德方面，男孩命名的排行依序爲 Alexander, Daniel, Maximilian；女孩則是 Julia, Katharina, Maria。

東德方面，男孩命名排行爲 Philipp, Maximilian, Paul；女孩爲 Lisa, Maria, Julia。

另據美國對學校兒童所做的調查，取名 Karen, Lisa, David, Michael 者較易受同輩歡迎，而取 Elmer, Adele, Bertha, Hubert等名字者卻可能較吃虧。

因此，「姓名學」無論對任何社會，都是一項大學問。以英美爲例，它每年賣得最多的出版品，或許不是什麼暢銷的小說或非小說，而是家家戶戶都會去買的有關姓名之書。全球性的《姓名學季刊》也早在一九五一年即已出現，那是一種綜合的科際整合學報，從語言學、記號學、語意學、歷史及文化研究、民族遷移等各式各樣的角度來研究姓名這個與每個人都切身的問題。在我們的社會裡，這種高難度的研究尚未誕生，但通俗的姓名學著作和姓名方術，也大有市場，甚至有線電視上還不祇一個的節目。

因此，「姓名」是一個獨特的記號，語言和文化研究的領域。人們有「名」有「姓」，它除了是個人的標籤外，也是祖先所留下的痕跡和自我認同的棲息地。當人有了姓名，他在能被人辨識的同時，也等於受到了各式各樣的互動與制約，從而塑造出他的個性與行爲裡某些成分。當人們一生順利，念著自己的名字都會像惠特曼那樣快樂無比。拉丁美洲革命家蓋瓦拉（Ernesto Guevara）早期渾名「髒蛋」（El Chancho），他非常懊惱。後來他成爲革命志士，被人親切地稱爲「大兄」（El Che），在他被美國中情局逮捕並立即格殺之前不久，他就對這個名號喜歡得不得了，認爲一輩子有了這個「名」，什麼都不再重要。當人能在自己的「名」裡自我完成與自我肯定，其實早已不再需要別的什麼了。

正因爲「名」是自我認同與自我完成的地方，因而人們從最早的命名開始，就已和名有了死生與共的關係，整個一生都必須守護著這個名字。由日本王室的命名，或許我們也應對姓名的相關問題做更多的思考與探討了。

政治漫畫←
保有最後的批判性

就在美國的飛彈及重磅炸彈像大雨般灑向阿富汗，而白宮有一群人更想藉機一併連伊拉克也消滅的此刻，當今美國最資深，而且也最被推崇的政治漫畫家赫布洛克（Herblock）於十月七日逝世。他的「赫布洛克」是筆名，本名爲赫伯特・布洛克（Herbert L. Block）。赫布洛克享年九十一歲，乃是全球政治漫畫界，唯一的一個與二十世紀同生，與二十世紀同去的人物。

將赫布洛克和阿富汗、伊拉克連在一起來說乃是早在一九九一年時老布希在波灣戰爭中濫炸平民，造成大約一百萬人死亡。美軍先用飛彈和炸彈將每一個地方炸平，而後地面部隊跟上，工兵部隊開著推土機，將伊拉克傷兵和死亡者全部推進土坑活埋，接著再對伊拉克全面軍事封鎖，又使大約五十萬名婦女兒童因食物和醫藥不足而死亡。當時美國在「愛國主義」下噤若寒蟬，祇有赫布洛克實在看不下去，以八十之齡，畫了一張憤怒的漫畫。

這張尖銳至極的漫畫，以「西方文明」這隻手推著老布希去看他所做的事——老布希祇看到伊拉克，卻看不到每天整千整千死去的婦孺。赫布洛克在這張漫畫裡譴責老布希的所作所爲已違背了「西方文明」！

這就是赫布洛克，二十世紀「美國良心」之一，他是個了不起的人物。當他還年輕的時候，參議員麥卡錫搞白色恐怖，美國政界和藝文學術界被嚇破了膽，他是最早跳出來用漫畫展開抨擊的人物。後來成爲專有名詞的「麥卡錫主義」（McCarthyism），即是他首創。他也是第一個把核子飛彈擬人化，藉以凸顯它對人類威脅的漫畫家。赫布洛克一輩子都是非主流，走在時代前面，他在大蕭條時代走進政治漫畫這個行業，替《華盛頓郵報》畫政治漫畫，他以進步的人道心靈和特有的漫畫語言，使得美國所謂的「社論版漫畫」（Editorial Cartoon）奠定了地位。

赫布洛克是傑出的漫畫家。他在大蕭條時期同情窮人與工人；白色恐怖時代他反麥卡錫主義。他支持民權運動，反對越戰，對軍備競賽更是一輩子都在抨擊。他主張政府改革，對美國外交政策多數皆不同意，他反對槍枝氾濫，主張加以管制，關心環境和反菸問題。二十世紀差不多所有的事他都走在前面。如此持之以恆，立場進步，縱使全美國的知識分子裡都沒有幾個。美國小說家及漫畫家馬內特（Doug Marlette）說他像個「北極星」，應非過譽。

赫布洛克在一九二〇年代末進入漫畫界，他最後一張政治漫畫畫到二〇〇一年八月二十八日，畫了不止七十年。此後即衰竭住進醫院，因併發肺炎而逝。他一生計獲四次普立茲獎、五次新聞協會獎，以及半打的榮譽學位。一九九四年柯林頓總統爲表揚他一生的成就與堅持，將最高的「自由獎章」頒給他。赫布洛克的榮譽，也是一切有良心的政治漫畫家的榮譽。

而赫布洛克又和語言有什麼關係呢？

近代人類由於媒介增多，許多較新的表現方法或類型，如漫畫、通俗小說、科幻小說等相繼出現並重要性日增，但這些新事物由於皆有較強的平民性格，一向不受學院知識分子的重視，漫畫及政治漫畫的開始被研究，差不多要到了一九九〇年代之後。在對漫畫的系統研究中，人們已承認漫畫乃是一種「陳述」（Narrative）、「對話」（Dialogue），以及顯示動作與聲效的表現型態。在這種對比式的研究下，人們已認可到漫畫的表述及呈現，乃是另一種「語言系統」，它也和一般語言相同，可以從風格、意識型態、語法等角度切入分析。漫畫是一種「圖像語言」，政治漫畫是其中的一支。

有關政治漫畫的興起，有許多解釋。有人說是西方人從埃及金字塔的壁畫裡獲得啓發，有人說是中古木刻畫的延長，有人則說是書本插畫發展而成。這些暫不理會，但被認爲具有現代意義的諷刺漫畫，則無疑地應推霍加（William Hogarth, 1697-1764）爲首，他的銅版蝕刻社會諷刺畫，即很有公共批判性。這也就是說，諷刺漫畫誕生於十八世紀中葉。及至到了一八二〇年代，由於石版繪圖興起，加以時代變化的因素，歐洲及美國的漫畫家日增。英國的羅南森（Thomas Rowlandson, 1757-1827）、吉爾瑞（James Gillray, 1757-1815）、法國的杜米埃（Hanoré Daumier, 1808-1879）、英國的克里克相（George Cruickshank, 1792-1878）等宗師級漫畫家相繼出現，使諷刺漫畫在水準、語法上更加精練。有些學者認爲英國的吉爾瑞乃是現代意義的政治漫畫之祖，他對喬治三世時代的英國不平等曾大肆譏評，乃是漫畫史上的經典；而法國杜米埃諷刺路易・菲利浦，以他的梨形頭爲嘲諷象徵，更是傑作。十九世紀中期，歐洲漫畫雜誌在這樣的氣氛下亦告大盛，最重要的乃是英國的 Punch 雜誌，它創刊於一八四一年，到了一九九二年才功德圓滿而停刊，一份政治及社會諷刺漫畫雜誌辦了一百五十年，其地位可知。許多近代研究這一百多年英國變化的著作，差不多都要從這份雜誌裡尋找漫畫爲證明。

政治漫畫在美國略後於歐洲，但也未落後太多，但南北內戰後，由於政治、社會及經濟混亂，人心不滿，乃是美國政治漫畫走向興盛之始，最著名的美國大漫畫家納斯特（Thomas Nast, 1840-1902），對當時的政黨贓掠政治，南方白人對黑人的欺壓，有過許多經典之作，而納斯特所代表的那種打抱不平、追求自由平等、反對特權腐化之精神，也就是赫布洛克的指標。納斯特當年對控制紐約政治的所謂「塔曼尼幫」極力抨擊，幫老闆崔威特（Boss Tweed）實在被他罵瘋了，甚至公開地咆哮：「那些該死的漫畫！」政治漫畫能使政客跳腳，這就是漫畫家的責任！

西方政治漫畫差不多已有二百年的歷史，由於人才輩出，其敘述型態（如畫法、主題之掌握、問題點之突出，以及諷刺和雙關語的運用等），業已卓然有成。美國漫畫家多半有素描訓練，對政治人物的特色與性格掌握精準而細膩。而政治漫畫必須對事情判斷有極高的「洞察力」（Insight），始能尋找出問題的矛盾點。英國小說及評論家柯斯勒（A. Koestler）曾指出過，諷刺的語法，最主要的是要尋找「雙重連接性」（Bisociation）——即將一件事情的自我矛盾面找出來，而後藉著一張圖，點出這個矛盾之處，或者激起人們會心之笑，或者讓人產生義憤。而這種「雙重連接性」說之容易，其實則是每一張漫畫，都在考驗著漫畫家的才華。這也是政治漫畫家必須讀更多書、更詳細看報、更細心思考的原因。

近代西方政治漫畫由諷刺畫起家，這是它的傳統，政治漫畫家不會去畫政治宣傳漫畫，任何政治漫畫家如果替政府或某黨宣傳及做打手，他就等於自掘墳墓。政治漫畫以諷刺和抨擊為目標，它是政治反對派的一種，而且是永遠的反對派。他們必須堅守基本的現代普世價值，不能雙重標準；必須對事情有自己的看法，而且看法必須要有未來性。《華盛頓郵報》

在赫布洛克逝世後的訃聞消息裡，說赫布洛克的漫畫「啓發並幫助定義了這個時代的議題」，這是多麼崇高的稱讚！

近代政治漫畫，如果再加上其他漫畫，它們都有自己的敘述語言系統。每幅政治漫畫因而差不多都相當於一篇辛辣的政治評論，言簡意賅，一針見血。除此之外，它的敘述邏輯也有極大的其他影響。

例如，漫畫有時必須表現音效及動作效果，因而遂有了獨特的漫畫表示方法，例如許多「狀聲字」因而產生了如「嘩」、「砰」、「咻」……等等。而爲了表示動作，畫面上對動作即將視覺暫留的分解動作畫出來，這些都影響到一般的語言使用方式。

例如，政治漫畫的風格多變，一九七〇年代起，黑人、牙買加人、墨西哥人的線條及造型方式陸續進入漫畫及政治漫畫中，也對人們的視覺符碼增加做出了許多貢獻。以漫畫來說事情是一種獨特的說的方法，這種說的方法自己會演進，也帶動著普通語言說的方法之演進。

不過值得注意的，乃是近年來美國媒體生態早已丕變，美國媒體早已透過股權交換，和主流的軍事工業體系掛鉤，許多曾經非常自由派的報紙，現在已成了右派，甚至還是好戰的右派。對於這一點，美國語言學大師杭士基不但以前就已指出，在攻擊阿富汗展開後，他在自己的網站上發表文章，也對媒體被操控，充滿了嗜血言論表示悲歎。在這個必須「選邊」的時刻，媒體言論全都成了宣傳員，但值得注意的是，祇有政治漫畫還保有最後的批判性。最近這段期間，諷刺戰爭的政治漫畫極多。政治漫畫家儼然已成了最後的良心。在這個時候再看到赫布洛克的訃聞，或許，等到政治漫畫家們也再停止發聲，美國媒體就會像「戰爭機器」一樣，成爲「宣傳機器」了！

卷二：文明

語言是我們的希望

公益←公開向窮人搶劫？

對台灣的有些事情，簡直讓人不知道要怎麼說才好。

在百業蕭條、人心思發財的此刻，「公益」彩票的上市，果然造成超級大轟動，第一天下來，「樂透彩」即售出八三三六萬元，「對對樂」四一六六萬元，「吉時樂」一億七千七十四萬元，總計三億五百一十九萬元。根據這樣的業績，「樂透彩」的頭獎估計可領到七千萬至一億元。

彩票是一種合法的小型賭博，花一點小錢去購買小到極為渺茫的大希望，中了獎即可改變整個命運——當然可能變好，也可能變壞，但至少都是命運的大改變。

對於這種合法的賭博，當然可以視為必要的小惡加以接受或容忍，而眞正讓人難以容忍的乃是政府做莊的方式。在西方或現代化程度較高的國家，都早已很清楚的知道何謂「公益」，因而當它們發行「公益彩票」時都肯定會堅守下列原則：

(一)彩票是一種交易，政府從這種彩票行為裡唯一獲得的乃是交易稅。

（二）政府的「責任」之一，乃是遵循正規的財政手段，編列預算並據以施政。因此，絕不假「公益」之名而混淆「責任」，當然也不會有任何國家將彩票的盈餘挪來抑注應該由正常預算支應的施政項目。

（三）因此，「公益」就是嚴格的「公益」，它不和政府的財政「責任」相混淆。所謂的「公益」，指的是預算項目之外特殊的社會福利與照顧，以及文化事務的特殊項目。

西方以及進步國家對「公益」會做出如此嚴格的定義，而不會也不容許假借「公益」之名而大玩語言遊戲，其道理乃是別人對財政事務上一直有著嚴格而邏輯完整的思維。大家知道，會去購買彩票的，絕大多數都是窮人，如果從窮人身上賺錢而補充財政，那就使得彩票賭博成了「遞減稅」（Regressive Tax）的工具，那就大大的違背了賦稅的正義準則。稍早前，美國政府成立了一個委員會對彩票賭博進行嚴格的調查研究，完成了厚厚一大冊《賭博影響委員會報告》，報告中即指出會買樂透的多爲窮人。家庭收入每年平均一萬美元以下者，他們花在樂透上的金錢爲所得五萬美元以上者的三倍。另外，則是樂透彩票的購買者裡，窮人的參與不但廣泛且購買量也極大，五％窮人購買者即買掉彩票總額的五十一％。有理由相信，美國窮人多喜歡買樂透的這種現象，在其他國家亦情況如此。這也就是說，彩票制度裡本質上即有以窮人爲主的自願稅的性質。如果將其盈餘拿來彌補預算，那就是「劫貧濟富」。進步國家嚴格規定彩票不得與政府的預算制度和據此施政的政策相混淆，甚或重疊，別人的是非嚴明，對正義準則的講究，的確有著許多深刻的文化與思想內涵在其中。

但同樣都掛著「公益」的招牌，我們的「公益」眞的和全世界所定義的「公益」都不一樣。我們的財政部所制頒的《公益彩券發行條例》，乃是政府假「公益」之名而向窮人多抽稅的變相歲入政策。就以這次彩票發行，財政部所核可的方法裡，祇有五十六%爲樂透獎金，而盈餘方面，用於國民年金的占四十五%，補貼全民健保者占五%，用於補助社會福利者五十%。政府藉當莊而變相的抽稅，我們的「公益」，眞的和全世界都不一樣。同樣的語言和字詞，在不同社會，其意義會南轅北轍。後進國經常剽竊先進國的語言概念，但在「本土化」之後卻變成以進步之名掩護落伍的工具。我們每個人都琅琅上口的「公益」，即是個例證。

今天我們所謂的「公益」，多半是從西方有「博愛」、「慈善」、「公益」這些意思在內的Philanthropy這個字延伸而成。這個字由希臘語字首「愛」（philo）及「人」（Anthrops）這兩個字拼合而成。

我曾在以前指出過，人對別人的同情與憐憫，乃是基本人性之一。在古代，人們爲了合理化這種本性，並讚美上帝賜給人這麼高貴的品質，因而遂將「憐憫」視爲「上帝愛」

（Caritas）的延伸。因此，我們後來遂將「慈善」、「慈悲」、「仁愛」、「悲憐」這些意思都放在由「上帝愛」所延伸而成的Charity這個字裡。在中古時代，現代意義的國家尚未形成，具有政府意義的乃是王室與諸侯宮廷，它們的角色功能極爲有限，在那樣的時代裡，舉凡天災人禍、貧弱孤寡等不幸者的照顧，皆由具有宗教心的富人或教會自動解囊。因而我們可以說，Charity這個可以譯爲「慈善」的字，它的起源是民間人士的宗教善心，它和政府這個公部門毫無關係。

然而從十八世紀具有現代意義的民族國家興起後，這種情況已逐漸開始改變。現代民族國家與傳統王室諸侯最大的不同，乃是它爲了取得正當性並進行有效統治，已必須不斷的擴大職能，「有權有責」的現代政府概念開始形成，於是以往由民間自行處理的諸如教育、救災、卹貧等工作，遂開始逐漸由「慈善」改而成爲政府的「責任」。以前百姓中的有錢人，都自行聘請家教，而後進入私立大學，貧窮人注定無法受到起碼的教育，十八世紀開始有了政府出資辦學校，最先被稱爲「慈善學校」（Charity School），而後即改稱「公立學校」，這乃是國民教育被納爲政府「責任」之始。其他諸如救災和卹貧等問題的發展軌跡亦然。

當過去的「慈善」內容逐漸變成政府的「責任」，這時候，一個新問題遂告出現；當內容日益減少後，「慈善」本身還剩下什麼？

這時候，我們遂看到了Philanthropy這個新字開始出現，並逐漸取代舊的Charity。其中的轉折和背後的深刻義理，在一本非常古老但卻具有經典意義的老著作——一九三六年由美國社會工作先驅人物林德曼教授（Eduard Linderman）所寫的《財富及文化》遂變得極具啓發性。這本後來被不斷重印的著作指出，隨著政府角色功能的擴大，許多舊的「慈善」內容已變成了政府的「責任」，那麼民間的富而有良心的人甚或慈善團體可以做什麼事呢？他對美國各種慈善及博愛團體所做的趨勢性研究指出，在這樣的變化轉折裡，民間應向更具前瞻性的「博愛」這個方向移轉，所謂「博愛」，指的乃是在「愛人」這個項目下更具未來性的，政府的「責任」尚未考慮到的範圍，包括如何讓文化藝術資產全民化，醫學及保健的新開拓，以及實驗教育和特殊教育的加強等。由此我們已可看出，在別人有自覺的目標選擇下，從二十世紀初開始，「博愛」的內容即已逐漸確定，而政府的「責任」也開始更加清楚。類似於台灣「九二一」大地震，民間救災功能大過政府這種意味著政府顢頇的情況，在外國就根本不可能出現。

除了「博愛」與「責任」間開始被清楚區隔外，在另一個軸線上，由於對「責任」有了清楚的定義，加以對賦稅的分配正義特別著重它的邏輯必須嚴正，也使得進步國家基於社會控制的需要而發行彩票時，也能對其中的分際有清楚的掌握。彩票是一種對社會有一定緩衝效果的小賭博，政府可以在交易行爲裡抽稅，但除此之外，其他的任何一分錢都和政府無涉，否則即違背了更深刻的賦稅正義。那麼彩票的盈餘究將如何處理呢？以英國自一九九四年成立的「國家彩票基金」爲例，其盈餘即用以支持藝術、體育、古蹟保存、濟貧、環境保育等。以「香港賽馬會」爲例，其規格多半沿襲英國，盈餘則主要用於醫療衛生、社區服務、低下階層的教育及人才培育、體育康樂和文化等。數年前，特地用賽馬盈餘建造一艘三桅帆船「乘風航」，用以讓清貧及殘障少年參與航海活動，這種作法即頗可圈點。

進步國家的公益彩票，在「博愛」與「責任」間能夠嚴格劃分，不容許藉著「博愛」與「公益」之名，而混淆政府的「責任」，規定得最清楚的，厥爲〈加州彩票法〉，它在第一條八八八〇款第一項即明定，「不得將加州彩票之淨額收入替代正規經費，做爲分配加州公共教育補助之用。」

綜上所述，無論我們將Charity和philanthropy如何翻譯，別的國家所使用的這些字詞及概念，每一個的背後都有一大串的歷史爲其支撐，從而決定了別國今日的價值與制度。那就是別的進步國家在使用「公益彩票」這樣的稱呼及設定制度時，都有著它的獨特義理，不把「公益彩票」變爲政府徵收「遞減稅」——即富人繳得少，窮人繳得反而比較多，則無疑的是別國彩票制度的最基本準則。彩票不管怎麼說，都是一種賭博，嚴格的講究盈餘的使用方式，乃是唯一讓賭博看起來還有存在價值的理由。如果連這種不和預算的「責任」相混的原則都不講究，不但賭博不能被合理化，反而兩惡相加，成了公開的向窮人搶劫了。

瘋狂←

金錢崇拜的歇斯底里

由於樂透彩第一期的頭獎得主未曾產生，使得頭獎彩金到第二期時已累積到三億元，巨大的誘因造成了台灣的舉島沸騰，不但各地投注站大排長龍，各種怪力亂神的明牌也多得難以盡數。這是台灣從未曾有的怪現狀，所有的媒體皆稱之爲「瘋狂」。

以「瘋狂」來稱樂透熱，誠可謂精準而妥貼，「瘋」與「狂」都是指精神狀態的疾病，合而爲「瘋狂」，相互補強的結果，所顯示的乃是它所指涉的精神集體異常更甚，這是金錢崇拜所造成的集體歇斯底里，屬於「社會傳染」的一種。除了實體的「瘋狂」值得反省外，圍繞著「瘋」與「狂」這兩個字，其實也可做出許多衍生性的探討。

首先就「狂」字而言，它的甲骨文寫做「[illegible]」。「狂」字也曾被寫爲「[illegible]」，它指的乃是狂犬趑趄往返急暴之狀。對這種狗的名稱，除了「狂」之外，尚有「猘」、「[illegible]」、「[illegible]」、「瘈」、「狾」等稱呼。例如，古代的《淮南子》裡有「則因狾犬之驚」的記載，《左傳》亦有「狾犬入華臣氏之門」之事，這些字皆讀爲「季」，其義爲「狗發狂」。

中國自商周之後，犬即已被馴化，成爲主要的家畜之一。但由《晉書》〈五行志〉所述：「早歲犬多狂死。」足見古代狂犬病的極爲普遍。

於是，古人遂藉著事物間的對比關係，將狂犬的「狂」概念化，而用來指人的病狂。《史記》〈扁鵲倉公列傳〉稱：「後三日而當狂，妄起行，欲走。」《漢書》〈外戚傳〉稱：「由素有狂易病。」唐代顏師古注曰：「狂而變易常性也。」又《漢書》〈梁孝王劉易傳〉曰：「今梁王年少，頗有狂病。」宋代周密在《齊東野語》裡敘述一個讀書人的病狂時曰：「王俊民得狂疾，嘗於貢院中對一石碑呼叫不已。」

因此，由狂犬的「狂」而類比爲人的行爲異常的「狂」，這乃是古代精神醫學裡的重要成分。古代的精神醫學裡，自漢代以降，即已被納入陰陽五行的架構中，因此，「狂」是一種精神異常的疾病，它和另外的「癲」不同，「癲」指的是「喜笑不常，顚倒錯亂，心熱甚則喜而癲」，而「狂」則指「狂亂不定，肝熱甚則怒而狂」。對於形同狂犬行爲的精神異常，古代長期以來皆稱之爲「狂病」、「狂疾」、「狂易病」。

「狂」是古代精神醫學思維方面的一種經驗觀察方法和敘述系統，藉著那個時代非常多的狂犬，而類比式的定義人之行爲異常。從遠古一直到漢唐宋明，它都是描述精神異常的語言和敘述主幹。

而「瘋」用來敘述精神疾病，則是另外一組同樣漫長而多變化的敘述、思維及語言系統，其複雜程度超過了「狂」。

據近代有關卜辭裡甲骨文的研究，人們已知道，以前的「風」與「鳳」相同，皆被寫爲「□」，前代漢學大師王國維似乎是最早即指出「鳳」與「風」爲同字，「風」假借了「鳳」而形成的學者。另外的古文字學家王襄亦指出「風」是：「古鳳字，假爲風，左字鳳鳥羽翼之形，右從□，有四正四隅，八方四向之誼。」

除了「風」與「鳳」同源之外，在甲骨文裡，尚值得注意的，乃是「□」這個字，它的意思是指一個人躺在床上流汗之意，它後來演變爲「□」、「□」。這乃是「疾」這個字的前身「疒」。這個字乃是古代醫學命名之始，在卜辭裡，病的名稱皆爲「疒」和病之部位連綴而成，如頭之病被寫爲「疒首」，目之病被寫爲「疒目」等。這種疾病的命名系統，乃是後來中國文字裡以「疒」爲部首，形成合成字的原因。如「癲」，即是代表了頭腦的「顛」，出了毛病。

有關「風」的問題，近代中醫學史的主要學者，如劍橋的李約瑟、上海醫科大學的馬伯英，以及日本京都大學的栗山茂久等人，早已有過極具貢獻的研究。他們指出，古代中國從春秋戰國時代，即已將「風」這種宇宙現象概念化與總體化，而使之與人的身體概念相連，它是一個具有本體論性質的身體語言和疾病隱喻系統。

因此，「風」是宇宙的組成，《左傳》有「五風」之說，西漢則有「八風」之論。《黃帝內經》則曰：「風爲百病之長。」由於對宇宙企圖做出總體的觀察與因果分析，並將原因上溯到「風」，因而「風」遂有了醫學思維上的意義。古代所謂的「五風」裡，祇有一種是好風，四種是壞風，其中的「鸛鸘」，形若「鳩喙圓目，至則疫之感也」。而「八風」則是：「明庶風」、「清明風」、「景風」、「涼風」、「閶闔風」、「不周風」、「廣漠風」、「融風」等。其中的「不周風」來自西北。根據《山海經》、《史記》和《呂氏春秋》，來自西北的「不周風」又稱「癘風」，爲「疾病之邪」。它生了一個後代，名爲「禺彊」：「人面鳥身，珥兩青蛇，踐兩赤蛇」，乃是所謂的「風神」、「禺彊」，在有些地方又稱「伯強」，被視爲癘疫之鬼，所到之處皆會傷人。

因此，「風」是中國古代宇宙和醫學思維裡的主要元素，在西漢並被包裹進了陰陽五行的整體架構中，因而王充在《論衡》裡遂曰：「夫風者，氣也。」而這種「風」、「氣」的隱喻又被類比到身體之上，它因而形成了中國古代醫學與西方醫學完全不同的認知與理解系統。「風」的疾病隱喻，一直到今日，也都還是我們身體和疾病語言的主要成分之一，如「傷風」、「中風」、「風邪斯巴」……等等。

由於「風」是古代宇宙和疾病隱喻系統的主要範疇，因而它是一種總體性的概念，可以投射到地理上，成爲「風水」；也可以投射到社會上，而成爲「風俗」；當然也可以投射到身體疾病上而成爲「風邪」或「頭風」，「頭風」一直是「偏頭痛」的民間稱呼，「風」的這種總體性意義，使得它成爲中國古代醫學裡的樞紐概念，這也使得它成爲「瘋」出現得較晚，較早的精神異常，普遍被稱爲「狂」與「癲」。由「風」到「瘋」，曾有極爲漫長的一段過渡時間，這段時間大概是在唐宋明時代。

這個階段的「風」，開始被當做後來的「瘋」而使用，到了清代，具有「瘋狂」之意的「瘋」，而不祇是「偏頭痛」的「瘋」，始告出現。有許多例證：

例如，被認爲是唐代人所著的《玉泉子》裡，曾記載了一則故事，有個官員行爲錯亂，因而被另外的人評爲「奈何放此風漢及第」。

例如，宋代趙與時所著《賓退錄》裡，即說了一則故事，當時有個瘋瘋癲癲的乞丐，人稱「風乞兒」，拿著一面扇子向大書法家呂吉甫求詩，他即大方的寫送給他。例如，宋代蔡啓在《蔡寬夫詩話》裡也說道，當時有個詩人楊凝式，自號「楊風子」。例如，宋代周密在《志雅堂雜鈔》裡記曰：「今人不肖子，昵昵於遊蕩者，亦謂之風子。」例如，宋代石孝友在〈惜奴嬌〉詞裡寫道：「你試思量，亮從前，說風話。」「共你，風三人。」而在元代，楊暹的《劉行首》戲曲裡則曰：「將這風先生推出去。」及至進入明代，這種意義的「風」就更多了。

例如，《西遊記》裡講到孫悟空要找神仙拜師，碰到一個樵夫問路，「樵子聞言，仰天大笑道：你原來是個風和尚。行者道：我不風啊，這是老實話。」例如，《金瓶梅》第二回記曰：「你這風婆子，衹是扯著風臉取笑。」例如，《二刻拍案驚奇》卷八記曰：「沈將仕越肉麻了，風將起來。」例如，《水滸傳》第七十四回裡有句曰：「眾人憂得你苦，你卻在這裡風。」

但值得注意的，乃是從清代開始，這種意義的「風」已告停止，而改寫爲今日用法的「瘋」，而「瘋」也不再僅僅被民間醫學當做偏頭痛來解釋。例如，孔尚任在《桃花扇》裡曰：「彼時既無失心之瘋，又非汗邪之病，怎的主意錯，竟做了一個魏黨？」《儒林外史》裡有過多次與「瘋」有關的記述：「原來氣成了一個失心瘋。」「老太太哭道，……這一瘋了，幾時才得好。」「而今又弄了這個瘋女人，在家鬧到這個地步。」《紅樓夢》裡亦有多次用「瘋」，如：「寶玉笑道，可不是我瘋了。」「目光無神，大有瘋傻之狀。」「鳳姐聽著竟是瘋話，便出來看著賈母笑。」「衹是從那裡來了一僧一道，……瘋瘋癲癲，揮霍談笑而至。」而《二十年目睹之怪現狀》第二十二回則記曰：「當時底下人便圍了過去，要拿他，他越發了狂，猶如瘋狂一般，在那裡亂叫。」清末鄭觀應在《盛世危言》中記曰：「法國有瘋癲院。」

綜上所述，由其脈絡變化可知，今日意義的「瘋」，乃是極爲後期的事。「瘋」以往被認爲是一種偏頭痛，因而明代辭書《正字通》裡，「瘋」字並無現代意義，衹指它是一種由於肝虛而被風邪侵襲所致的「偏頭風」。到了清初，「瘋」字始由「失心之瘋」這個新概念開始，而被重新定義，並取代了從前的「風」，而整個傳統醫學論述裡，有關精神和行爲異常的部分，也隨之而趨於完整。「瘋」與「狂」，前者以自然的隱喻爲主來說精神異常，後者則藉著事物的類比來定義精神和行爲的乖離，自此遂告合流。

中國古代有關精神與行爲異常的身體語言，乃是一組龐大的系統，它是古代人藉著觀察與體驗世界，從而建造出一組「知覺模式」（Model of Perception），從而延伸爲語言的表述模型。衹有透過這樣的理解，我們始能理解到有關疾病和異常行爲的思維方式。除此之外，由這個演變過程裡，我們還可以看到另外一些消失的痕跡。例如，就「狂」字而言，古人似乎一度企圖用「恇」這個字來替代它，但因普及性不足，因而並未成功，因而使得我們有關精神狀態的敘述裡一直留下著一個尾巴——那就是人的精神與行爲異常，其實和狗並沒什麼兩樣！也正因此，當我們「瘋狂」地去賭樂透，整個社會如同得了熱病一般，「瘋狂」的隱喻和類比，豈能不值得深思！

仙人跳——

代表社會退化、政治倒退

繼新竹市的「偷拍」醜聞後，緊接著又有立法委員被「仙人跳」疑案，加上稍早前立委以極粗鄙下流的髒話罵人事件；這三起醜聞，已盡在不言中的顯示出了台灣的政治是在如何向下沉淪了。這三起醜聞都具有里程碑般的意義：

髒話罵人案，該立委使用的髒話不是普通的髒，而是缺乏了基本教養的髒。這種髒話主要留存在流氓黑道之中。由該起醜聞，我們看到的是國會的舊黑道在衰退，新黑道在崛起。

而由新竹市的「偷拍」醜聞，我們所看到的，則是一個地方小政府，竟然可以像古代封閉的宮廷政治一樣，玩出那麼多不可思議的花樣；它所顯示出的手段卑劣及要將人「鬥爛鬥臭」的惡毒，亦使人髮指。權力的誘惑及墮落，已可由此概見無遺。

而最新的立委被「仙人跳」疑案，儘管當事人有一套說辭，但那種說辭卻破綻百出，該立委本身可能即有問題。「仙人跳」乃是一種古代的犯罪行爲，它通常衹出現於前現代的或解體的社會裡，在下層俗民階級裡也偶可一見。而今這種犯罪的對象已上升到了國會議員身上，這種犯罪的上升，不正意味了政治的沉淪？

因此，立委的被「仙人跳」疑案，其實和前兩件醜聞相同，都極值得探討。首先，我們可能必須知道何謂「仙人跳」。

「仙人跳」乃是一種古代的犯罪行爲。它是一種混合著誆騙與暴力勒索的犯行。《艷囮》有曰：

——「明萬曆之末，輦下諸公間有陶情花柳者，一時教坊婦女競尚容色，投時好以博貲財，後且聯布羽黨，設局誆騙。妙選姿色出衆者一人爲囮，名爲『打乖兒』，與其事者，男曰『幫閙』，女曰『連手』，必擇見影生情，撮空立辦者與之共事，事成計力分財，而爲囮者獨得其半，於是搆成機巧，變幻百出，不可究詰。」

根據這段記載，可知從明代中後期開始，由於當官的性好漁色，於是一種以色爲媒介的訛騙勒索行爲遂告出現。它以有姿色的少女爲訛騙的誘餌，引人上鉤，而後一群「幫閙」和「連手」即藉機起鬨詐財。由於被訛詐者多少必須顧惜面子，不想背上拐誘良家婦女的罪名，遂祇得藉財消災。

這種色騙，最早似乎出現於北方，被稱爲「紮火囤」。在《二刻拍案驚奇》裡有這樣的證據：

——第十回曰：「我家初喪之際，必有奸人動火，要來挑釁，紮成火囤，落了他們的圈套，這你是不經折的。」

——第十四回曰：「其間又有奸詐之徒，就這些貪愛上面想出奇巧題目來，……引誘良家子弟，詐他一個小富貴，謂之紮火囤。」

這種以色爲媒介的詐騙勒索，到了清代，由於江南漸富，遂開始被發揚光大，《清稗類鈔》裡即曰：

——「蘇滬有所謂仙人跳者。男女協謀，飾爲夫婦，使女子以色爲餌，誘其他男子入室。坐甫定，同謀之男子，若飾爲夫也者，猝自外歸，見客在，則僞怒，謂欲捉將官裡去。客懼，長跪乞恩，不許，括囊金以獻。不足，更迫署債券，訂期償還。必滿其慾壑，始辱而縱之去。謂之仙人跳，亦謂之紮火囤。」

另外，作者不詳的《上海黑幕一千種》裡，有更詳細的記載：

——「其實，向之紮火囤閧、美人計、仙人跳、活絡門閂等，即爲女折白黨之先導。唯向之仙人跳等，引誘男人恰到好處，即遽然中變，而施其敲詐之眞面目，初不肯即犧牲其身體，其詐取之目的，亦唯盡劫被詐者身上之所有爲止。若今之女折白黨，則先不惜以身爲餌，一吞其鉤，則如附骨之蛆，百計不能自遣，明目張膽，剝膚敲髓，勢不滿其慾壑不止，即據而訟之，彼亦振振有辭。其隨時勢而進化歟？現女拆白之名，已洋溢乎中國。」

而作者不詳的《上海史》裡亦曰：

——「拆白黨是拆白人家的惡魔。……女拆白黨都以色相爲媒介物，引誘美色兒入彀。她們騙錢的訣門，不外是仙人跳、放白鴿、保壽險、做翻戲、騙竊等。……女拆白黨是長腳老五所創的。」

與《上海史》作者可能是同一人的《老上海見聞》裡亦曰：

——「女拆白黨騙錢的訣門，不外放白鴿、仙人跳、保壽險、做翻戲、挾詐、騙竊等六種。這都是以色爲餌，誘引男性墜入圈套的老法子。……女拆白黨由長腳老五創設後，相率效尤者愈趨於眾，有名蘇州老大的，也是黨魁，……廣收門徒，練習應酬及誘惑功夫。」

綜上所述，可以知道以前在北方出現的「紮火囤」，到了上海出現靡爛式的繁華後，開始被發揚光大，成爲一種流氓組織的犯罪。它以女性幫派爲主，顯然一個長得腿長的幫派頭目是此道的佼佼者。她率同一群流氓，專門依憑色相引誘男子，在好色男自以爲即將得手之際，流氓們氣勢洶洶地到來，以引誘良家婦女之名毆人索財。而後隨著這種犯罪團體的增多，技巧的變化也趨於多樣化。由「放白鴿」被置於「仙人跳」之前，可知所謂「放白鴿」這種能訛詐到更多錢財的伎倆，它出現的頻率必然高於「仙人跳」。而所謂「放白鴿」，葛元熙在《滬游雜記》裡如此寫道：

——「放白鴿，養白鴿而放，必裡同類歸來，獲利數倍。近有人以人爲鴿，以來歷不明之年輕婦女，或售賣自身，或願入人室，不匝月間，非捲資遁歸，即誣控拐逃，使買主人財兩空。」

因此，以前的「放白鴿」，也被稱「放鴿子」，它和我們今日指對人爽約爲「放鴿子」完全不同。它指的是放一個年輕貌美的到別人家裡，然後拐帶一堆金銀細軟回來。因而筆名頤安主人者，遂在《滬江商業市景詞》裡曰：

「飛來白鴿復飛還，姬去財空一霎間；
誤入彀中徒自悔，勸人切莫戀紅顏。」

無論放白鴿、仙人跳，或其他如保壽險、做翻戲……等，皆百變不離其宗的以色爲餌，而後對人脅迫詐財。以近代法律觀念而言，這種犯罪其實已非騙而已，而是脅迫勒贖了。昔日葉仲鈞在《上海鱗爪竹枝詞》裡並指出：

「世道凌夷詭計多，紅男綠女密張羅；
即將財色爲釣餌，盡有明人落白窠。」

由明末興起於北京等地的「紮火囤」，到上海一帶變成了「仙人跳」，這種犯罪並普及化到了全中國，甚至成爲一種國民俗語。由語言看社會及看法律，再進而看文化與心靈，由「仙人跳」這種名稱的犯罪裡，我們其實可以反省到許許多多以前根本就習而未察的心靈死角。

就法律的本質而論，它所針對的乃是人們的不當行爲，不當行爲的動機與說辭當然可以併同參考，但目的則並不因此而被稀釋。因此，不管以什麼理由殺人，殺人就是殺人；不管以什麼理由劫奪，劫奪還是劫奪。但在我們的法律傳統裡，由於種種理由上的混淆，長期以來遂使得各種犯罪者都僥倖的花腦筋在犯罪的理由上，並因而使得「騙」成了古代犯罪裡最大宗的一種。由明代張應俞教人防止被騙的故事集《杜騙新書》到《清稗類鈔》〈棍騙篇〉裡的騙術傳奇，我們可以很清楚地看出，以前所謂的許多騙，它們其實都不是騙。有些「詐騙」，不過是賣個小聰明的「搶」；許多「奸騙」和「拐騙」，其實也不是騙，而是販賣人口。西方的刑罰及犯罪概念裡，欺騙衍生出諸如僞證、僞造文書、違約背信等眞正「騙」的犯罪，而在中國社會裡，「騙」卻模糊了許多重犯罪如搶劫、脅迫、人口販賣、搶奪，甚至綁架勒贖的分際。

由「騙」是中國犯罪裡的最大宗，而且「騙」所達到的乃是模糊了重犯罪的目標，我們已可得到一個重要的結論，那就是咱們中國人這個民族，其實是個「口水民族」，我們的政治人物喜歡在口水中逃避問題與責任，喜歡用口水來淹死別人，這種情況在犯罪者身上亦然，他們用一堆口水來掩飾「搶」，於是搶就成了「騙」，用一堆口水來掩飾綁架勒贖，明明是個重犯罪，在被口水所設的言辭陷阱包裹下，罪就因此而變輕了。我們之所以會變成「口水民族」，因爲「口水」的確是妙用無窮。

犯罪者用「騙」的口水來模糊「搶」、「綁架勒贖」，以及「販賣人口」等嚴重的罪行。這除了法律觀念上的淆惑外，更關鍵的原因當然仍在於士大夫官僚階級的僞善雙面性。他們表面說一套，而暗底裡又做著性好漁色的另一套。由於性好漁色，喜歡到處勾搭，這種行爲的兩面性遂給了犯罪者可乘之機：你們喜歡到處拈花惹草，勾引良家婦女，我們就找一些「良家婦女」讓你們勾搭，等到他們自認爲得意即將到手之際，就像床上捉姦一樣現場逮住，連打帶踢加恐嚇，由於這是敗德的把柄，自然祇得花錢消災。由許多「仙人跳」的故事，可以看出被勒索者多半是縉紳及世家子弟。

有怎樣的社會，就會有怎樣的犯罪。犯罪的「名」，本質上乃是社會的反映。由「紮火囤」和「仙人跳」，可以看出它是前現代社會的遺跡。以前的社會，爲官爲富者不正，喜歡胡搞八搞，而法律本身又模糊糾纏，遂使得惡徒們有了這種編造出陷阱，以「騙」來掩飾「勒贖」的犯罪勾當。中國的犯罪故事裡以「騙」爲最多，這是「口水」滲透到司法及犯罪裡所造成的結果。在這個政治口水氾濫的時刻，法律及犯罪口水也同步發展，「仙人跳」這種「騙」也向國會上升，這不是政治倒退，社會退化的徵兆，又是什麼？

賊、盜←
取代了彼此的位置

X小姐與陳姓前國策顧問的性侵害案，儘管當事兩造在那裡各說各話，但整件事情卻的確值得做文化上的分析探討。爲什麼我們社會總是會把這種事情往「就是要錢」這個方向去思考？爲什麼媒體或評論家們對七十三歲，家有三妻的有錢老者卻仍胡搞八搞，居然那麼視爲理所當然？這起性侵害醜聞案，清楚地顯露出我們性文化的某些側面。

這起性侵害醜聞案，除了值得做性文化的研究外，在各說各話的過程中，許多俗言俚語紛紛出爐，亦足爲景觀。例如罵人曰「豎仔」，說不舉爲「不蹺」，宣稱對方是「仙人跳」，X小姐辯稱「我們南部下港人，沒那麼賊」……等等。將來兩造如果當庭對質，相信各種俗言俚語必將更多，許多話說不定還會重新流行起來。這次兩造的話語裡，「豎仔」是極古漢語的遺跡，它祇殘留在閩南及台灣口語中。「仙人跳」則是戰後引進的上海俗語，這些以前都曾討論過。這次可藉此機會討論「賊」這個字。因爲「賊」乃是漢語裡，所謂「古今異義辭」裡一個有趣的例證——我們今天所謂的「盜」，比較像是古代的「賊」；而今日的

「賊」，則反而更像是昔日的「盜」。「賊」與「盜」的意義，由古而今，可以說是顚倒互換了過來。

語辭的指涉及聯想意義，經常會隨著社會的變化而改變。有些語辭的意義會擴增，有些則會減少；有些語辭的意義會被別的語辭代換，有些則會被新的語言社會條件扭轉到另外一個完全不同的辭義系統裡。諸如此類的語辭，遂都可以稱之爲「古今異義辭」。而探索這些語辭的意義變化，通常即會理解到古今社會條件的變化情況。因而，「古今異義辭」遂可以當做社會考古的素材之一，而「賊」與「盜」即可爲證。

有關「賊」字，很難由其字形成分裡想像出它的意義。在各家注解裡，漢學家高本漢之說似乎有較大的說服力。他指出，在周代銘文裡，代表了法律，規則的「則」字被刻成「[illegible]」，左邊的「[illegible]」，代表的是「鼎」，而右邊的「刀」則代表了「刀」，「則」即是刀在鼎上所刻寫的文字。而後來的銘文「賊」，則被刻寫成「[illegible]」，中間那個「[illegible]」和左邊的「匕」，代表的是「則」的另一種寫法，而右邊的「戈」則是後來的「戈」，意思是毀壞掉法則。祇是後來的人將「則」左邊的「鼎」誤爲「貝」，因而遂寫成了「則」與「賊」。高本漢的解釋，與《左傳》〈文公十八年〉裡所曰「毀則爲賊」，十分相合。

因此，所謂的「賊」，在古代所指的皆爲重大的違法毀則之行爲，《詩經》所謂「不僭不賊，鮮不爲則」，即說明了「毀則爲賊」的道理。

由於「賊」是「毀則」，因而它所指的乃是一種總體式的行爲類型和概念。在概念方面，例如《墨子》〈非儒〉曰：「是賊天下之人者也。」《論語》〈陽貨〉曰：「鄉愿，德之賊也。」《荀子》〈修身〉曰：「保利非義之謂至賊。」等皆屬之。由這些概念述句，顯示出「賊」乃是代表了惡的總名。

由於「賊」是「毀則」的惡行，因而在具體的行爲類型裡，它遂被用來指各種程度嚴重的惡事：

如「反賊」、「叛賊」、「逆賊」等，專門用以指稱各種猖亂叛逆之行爲，例證極多，不一一舉述。

如「賊」、「山賊」、「強賊」等，用來指稱各種成群結夥的劫掠之徒。如《晉書》〈鄧攸傳〉所謂「又遇賊，掠其牛馬」。這裡所謂的「賊」，即相當於今日所謂的「盜」或「匪」。

如「賊」被用來指「刺客」或「殺人」。《韓非子》〈內儲說下〉曰：「二人相憎，而欲相賊也。」

《左傳》〈宣公二年〉曰：「宣子驟諫，公患之，使鉏麑賊之。」《史記》〈秦始皇本紀〉：燕王昏亂，其太子丹乃陰令荊軻爲賊。」《史記》〈留侯世家〉曰：「良與客狙擊秦皇帝博浪沙中，誤中副車。秦皇帝大怒，大索天下，求賊甚急，爲張良故也。」

因此，「賊」在以前所代表的，乃是較嚴重的違法亂紀行爲。在抽象概念方面，它延伸出「亂臣賊子」、「民賊」、「奸賊」等語辭；而在具體的行爲方面，舉凡各種集體式的占山爲王，攔路行搶，甚或大舉叛亂，打家劫舍，也都稱爲「賊」，如「寇賊」、「山賊」、「強賊」、「流賊」等。這種稱呼一直延續到明代結束，例如《明史》裡即有專章〈流賊傳〉指出，「是故明之亡，亡於流賊。而其致亡之本，不在於流賊也。」

因此，古代的「賊」較「盜」爲嚴重。但值得注意的，乃是隨著時代的變遷，它的許多辭義相繼被其他辭所替代，例如以前的荊軻被稱爲「賊」，後來改稱「刺客」；以前指「賊」爲將人殺害，後來被「殺」所取代；以前的民亂稱爲「賊」，如東漢的「黃巾賊」，梁山泊的「強賊」，明代的「流寇」與「流賊」等，到了清代則被「匪」而取代。據《清稗類鈔》所述，晚清民亂頻仍，皆一律被稱爲「匪」，如陝甘的「刀匪」、東三省的「鬍匪」、太湖的「湖匪」、販鹽的「梟匪」、回亂的「捻匪」、太平天國的「教匪」，以及其他的「土匪」等。當「賊」的嚴重內容被抽離，它遂祇剩下比較輕微的內容。

因此，「賊」與「盜」相比，在以前「賊」重「盜」輕，「賊」是較嚴重之惡行。而相對地，「盜」則輕微多了。《荀子》〈效儒〉曰：「故人無師無法而知則必爲盜，勇則必爲賊。」盜比較陰險，賊則兇猛。

有關「盜」的字源，合理的推斷，乃是其正寫似乎應爲「盜」，而非「盜」。「次」的甲骨文，所象形的乃是流口水的樣子。因此，「盜」可以想像爲看到別人的東西而羨慕得流口水，要據爲己有之意。《說文解字》說它是「私利物也」。

以前的「賊」和「偷」、「竊」、「攘」等有相當大的重疊性，它們都指將別人的東西據爲己有。「盜」在《左傳》〈僖公二十四年〉被稱「竊人之財，猶謂之盜」，《荀子》〈修身〉則稱「竊貨曰盜」、《易・繫辭》所謂「慢藏誨盜」，「盜」指將別人沒有藏好的東西據爲己有。由於「盜」和其他行爲相似，因而遂有了許多疊字，如《尹文子》裡的「竊盜」，《尚書》裡的「攘竊」，《荀子》的「盜竊」……等等。

因此，「盜」、「竊」、「偷」、「攘」，在早期有相當大的重疊性。但值得注意的是，由於人們犯罪行爲漸趨複雜，而規範這些犯罪的法律也開始分化，於是，「盜」的類型與名稱遂和其他相類似的行爲出現分野。由《後漢書》〈陳忠傳〉已可看出，當時對於「盜」，已開始分爲「彊盜」、「攻盜」、「大姦」等三種，「夫穿踰不禁，則致彊盜；彊盜不斷，則爲攻盜，攻盜成群，必生大姦。」後來的強盜、流寇、流賊等嚴重的違法亂紀，已在這種「盜」

的分野中可以看到。

而更值得注意的，乃是自《唐律》開始，已對個別或集體的「盜」，有了更清楚的劃分，計有「竊盜」、「強盜」、「監守盜」等。在「強盜」方面，諸如「先強後盜」、「先盜後強」，或者以迷藥將人放倒而後竊取財物，皆被視爲「強盜」。「強盜」這個罪名及行爲的確定，使得「盜」的意義逐漸由「偷」、「竊」這種較不嚴重的名稱，往嚴重的「強盜」這個方向移動。到了《大明律例》，舉凡殺人放火、燒人房屋、姦人婦女、打劫牢獄倉庫、響馬盜賊的路邊行搶，或者臨時起意的劫奪，都被視爲「強盜」。雖然明清的律例仍有「竊盜」這種比較輕的犯罪懲罰規定。但被「強盜」牽引之下，「盜」和「偷」、「竊」、「攘」之間的關係可謂已漸趨遙遠。

因此，在明代之後，「賊」與「盜」的意義在長期的發展後，可謂業已相互換位。「賊」的嚴重意義，已被「殺人」、「土匪」、「刺客」、「盜匪」等所取代；而「盜」的意義則被法律上的「強盜」所增強。到了近代，「賊」的古義可謂業已剝蝕殆盡，而和「小偷」反倒比較接近，無論各地皆稱小偷爲「賊」，「抓小偷」都被說成「抓賊」，即是例證。

由於「賊」與「盜」相互易位，比較不嚴重的「賊」，在社會條件所造成的語境改變後，它的禁忌性與傷害性當然也就降低，從而得以形成另外一個新的意義叢，並產生了許多新的口語：

例如，「賊」字的一部分意義被擴大，並產生新的形容詞，如《紅樓夢》第七十一回曰：「等過了事，我告訴管事的，打他個賊死。」「賊」被當成某種獨特情況下的「非常」來解釋，如「非常亮」稱爲「賊亮」；「非常好」稱爲「賊棒」……等。

例如，「賊」的嚴重性消失，而成了不嚴重的巧滑。因此，人們遂以諧謔的態度來說別人的巧詐曰：「你很賊哦！」「他長得賊頭賊腦。」「一副賊眉賊眼的樣子！」

而在半下流的社會，「賊」則成了某種大眾化的隱語，如青少年被警察盯上了，他就可以說：「我被警察賊上了！」

因此，性侵害醜聞案的X小姐說：「我們南部下港人，沒那麼賊！」她所謂的「賊」，其實是非常可考的新俚語。

語言常隨社會條件造成的語境而改變，「賊」與「盜」的內容互換，這種情況並不多見，而決定這種內容互換的關鍵，乃是「匪」和「強盜」的出現，而「匪」則加入到「盜」的這一邊，成爲「盜匪」。它使得「賊」的意義被抽空。而這個過程並不是太久以前的事，當發生於清代的後期。

包二奶——納妾現代版

隨著台商赴大陸的增加，「包二奶」之風日盛。連日以來有多則新聞與此有關。其中之一，乃是許多台商的元配押著老公，在離台前去做結紮手術，以免老公「包二奶」包出了私生子，將來爭奪財產。

而更有趣的，乃是大陸方面，由於各種「包二奶」盛行，相對地「二奶殺手」這種專門幫人做婚姻及私生活調查的徵信公司，也告崛起，並生意鼎盛；另外，則是大陸也修訂了「婚姻法」，對「包二奶」加重其刑，有關「包二奶」的訴訟案件已趨增加。「包二奶」已成了大陸現階段的重要社會現象。

「包二奶」不是台式語言，在台灣，我們將男子納妾稱爲「娶細姨」，大陸多數地區則從清代開始，稱之曰「養姨太太」。今日稱之「包二奶」，則是廣州和香港的新方言。省港方言裡，元配是「大婆」。姨太太則是「二奶」。清代江浙地區富裕繁華，有錢人納妾成風，使得其他地區跟著上海蘇州人說「養姨太太」。在清代許多狹邪小說如《九尾龜》，都可找到例證。到了現在，大陸開放，第一波赴大陸的以港商爲主，他們是「包二奶」的先行者，於是，「包二奶」遂成了新的普遍語言，台灣人也跟著同樣地使用。

對於廣州人稱妾爲「奶」，章太炎在《新方言》〈釋親屬第三〉裡如是說道：

——「《曲禮》大夫曰孺人，字轉作嬭；《廣雅》妻謂之嬭，音轉如乃。今人尊稱婦人曰嬭嬭。又《說文》嬭下妻也。廣州謂妾曰嬭，音亦如乃。」

因此，《香港簡明方言詞典》遂曰：「二奶：偏房、妾，粵語，廣州及香港稱之。」而《漢語方言大詞典》亦曰：「二奶」是粵語方言，指「小老婆」。而女人命壞則稱「二奶命」。

因此，「奶」者，「妾」的古代別名「嬭」或「嫛」音轉而成的方言音，而後再文字化而成者也。「二奶」、「細姨」、「偏房」、「小老婆」、「姨太太」……等，都是古代「妾」的延長。

由近代有關上古史的研究，我們已知道中國地區和其他地區相同，都有過漫長的奴隸制時代。而奴隸制的遺跡，則沉澱在文字中，諸如「奴」、「臧」、「獲」、「臣」、「妾」、「隶」、「僕」、「童」等起源甚早的古字，所指的即是奴隸的某種角色分工。

以「妾」而言，它的甲骨文字形，即彷彿一個有罪女子跪於地上。《說文》將其編爲

「辛」部，意爲「有辠女子，給事之得接于君者」。段玉裁在注解中亦曰它指的是「有罪之女也」。《釋名》則說：「妾，接也，以賤見接幸也。」另外，孔穎達在注解《尚書》時，也指出：「役人賤者，男曰臣，女曰妾。」

因此，奴隸制的上古時期，「妾」乃是一種家內的奴隸，它所提供的大概是性服務，因而遂有近代學者認爲「妾」是古代的「床上奴隸」。這種女子的來源有二，一是戰爭的勝利品，另一則是有罪者的妻女家人。

然而，當奴隸制過渡到了封建制，雖然婦女做爲戰利品的時代業已告終，但犯罪者的妻女，以及奴隸和奴僕的自由買賣卻一直長期存在著。它乃是古代中國多妻制的社會條件，而買賣婚亦因之持續不墜。今日所謂「包二奶」，不過是這種「妾」的延長而已。

古代的「妾」，淵遠流長，因而有關「妾」的名稱，遂多得難以勝數。清儒梁章鉅做過歸納，至少有「妾」、「姬」、「內」、「篷」、「嬬」、「須」、「嫑」、「姘」、「童」、「小」、「小星」、「孺子」、「少妹」、「侍人」、「側室」、「別室」、「他室」、「次室」、「偏房」、「小房」、「別房」、「屬婦」、「小婦」、「旁妻」、「下妻」、「少妻」、「外婦」、「小妻」、「嫛」、「庶妻」、「孽妻」、「庶妾」、「伎妾」、「色妾」、「女妾」、「姻妾」、「薄命妾」、「祇候人」、「左右人」、「貼身」、「橫床」、「橫門」、「媵妾」、「次妻」、

「如君」、「細君」、「姨娘」、「姬娘」、「姑娘」、「如夫人」、「小夫人」等，而到了近代，各地方言則又多出「姨太太」、「細姨」、「二奶」、「小老婆」等。如此多的妾名，不正顯示出中國「妾文化」的超級發達嗎？

而在各種「妾名」裡，最誇張的，厥爲明末《陶菴夢憶》裡有關〈揚州瘦馬〉的記載了。它指出，揚州自古即金粉繁華，因而遂出現了獨特的「妾」買賣文化：

——「揚州人曰飲食於瘦馬之身者，數十百人。娶妾者切勿露意。消息稍透，牙婆駔儈，咸集其門，如蠅附羶，撙撲不去。黎明即促之出門，媒人先到者先挾之去，其餘尾其後，接踵伺之。……一日二日至四五日不倦，亦不盡。然看至五、六十人，白面紅衫，千篇一律。」

由這段記載，可知當時稱那些待賣爲妾的女子爲「瘦馬」。她們已成了一個龐大的買賣，許多人靠此發財謀生。任何人衹要放話出去有意蓄妾，中介者即絡繹於途，拖著到處去相親。「妾」的買賣已成了一種專門的行業，這種景象眞是猗歟盛哉！

歷代有關「妾」之名難以盡數，但特別値得舉述者，不外下列幾類：

「姨娘」、「細姨」、「姨太太」等。《陔餘叢考》指出：「世俗稱妾爲姨娘，亦有所本。《南史》齊衡陽王鈞五歲時，稱生母區貴人爲姨，晉安王子懋，七歲時稱母阮淑媛爲姨。蓋姨本姬侍之稱，二王所出皆非正嫡，宮中久呼爲姨，故其子亦以呼母。」另外，由《漢書》〈東方朔傳〉所謂的「歸遺細君」，我們也可知道，自漢代開始，夫即會以「細君」稱呼妻子，這是一種代表了親暱的稱呼。因此，歷代遂有很多詩句記述之。權德輿有「細君相望意何如」，蘇軾〈上元侍飲詩〉曰：「歸來　點殘燈在，猶有傳柑遺細君。」但到了後來，在妻不如妾的現實下，「細君」這個稱呼遂被妾所搶走，人們不再稱呼妻子爲「細君」，反而說「妾」是「細君」。俞正燮在《癸巳類稿》中即指出，像「如君」、「細君」等成了「妾」的稱呼，可以想見「細姨」之名即在這樣的背景下出現。「細」是美好的親暱之辭，它也顯示出「大姆輸細姨」的道理。

另外，古代最早的妾制度裡，男子在元配身故之後，續娶時經常會娶元配之妹，這種「以姨爲繼室」的習俗，使得像歐陽修這樣的人物就鬧出過趣話。他和當時的王拱宸分娶了薛簡肅公的兩個女兒，歐陽修是大姨夫，王拱宸是二姨夫，但後來歐陽修的元配逝世，他再娶亡妻的三妹，於是大姨夫反過來變成三姨夫，地位也比王拱宸低了下去。這也是親屬關係裡的「姨」，經常和妻妾關係裡的「姨」，彼此相混的主要原因。古代的早期，對妻妾的定義較嚴，縱使元配身故再娶，但再娶的仍被視爲「妾」，因而使得親屬關係裡的「小姨」，經常會變成妻妾關係裡的「小姨」。到了清代，「太太」之名開始出現，遂有了「姨太太」的稱呼。

「側室」、「繼室」等。古代自春秋戰國時開始，即注重嫡庶之分。人君在元配逝後，通常都會用元配的娣姪攝治內室，稱爲「繼室」，但並不續娶，因而《白虎通》遂曰：古者人君不再娶，妻死則以其娣姪爲「繼室」，後人遂以續娶之妻爲「繼室」。另外，由《漢書》〈文帝賜南越王書〉裡所述之「朕高皇帝側室之子」，亦可見西漢時即已稱「妾」爲「側室」。這種「繼室」、「側室」之名，一直延續到今。

「偏房」、「二房」、「別房」等。按《列女傳》所述，晉趙衰之妻大度能容，被稱爲「身雖尊貴，不妒偏房」；而《世說新語》則說謝太傅之妻劉夫人性妒，「不令公有別房」。這都顯示出在妻妾分房的情況下，妾已被稱「偏房」、「別房」。而到了後來，又稱妻爲「大房」，妾爲「二房」、「三房」等。如《紅樓夢》第六十四回，即曰：「叔叔既這麼愛他，我給叔叔作媒，說了做二房何如？」

「小老婆」、「二老婆」等。自宋代開始，已稱妻子爲「老婆」，因而王晉卿遂有詩句曰：「示東坡老婆，心急頻相勸」之句。後來的「大老婆」與「小老婆」等，即由此而劃分。

上述這幾種有關「妾」之稱呼，皆甚普及，並沿用至今。而另外則有一些文雅式的名稱，如「小星」、「如夫人」，則至今已罕用矣。「小星」之名，始於《詩經》「嘒彼小星」之句。它被解釋成「猶妾隨夫人以次序進御于君也」。而「如夫人」之稱，則見諸《左傳》〈僖公十七年〉：「齊侯多內寵內嬖如夫人者六人。」

中國自古即有「妾」的制度，它是某種「性奴隸」制度的延長。到了後來，成爲買賣婚的重要內容。儘管歷史上的風月故事裡，有著許多「妾」的傳奇，「名妾」如石崇的綠珠、張建封的盼盼、蘇東坡的朝雲、王獻之的桃葉、韓愈的柳枝和綠桃、李錡的杜秋娘、白居易的樊素和小蠻……等都膾炙人口。但這些風月故事，終究掩蓋不住它「性奴隸」和「買賣婚」的基本面。到了今天，「包二奶」大盛，它所顯示的，不過就是那種古代「妾」的現代版而已。

肉←性的象徵

近年來，由於飲食的文化研究日盛，加以茹素人口漸增，單單以英國爲例，茹素人口在一九九〇年代初期，即已占總人口裡的十二％到十五％左右。「葷－素」的文化逐漸對立，而就在相互碰撞與解構的過程中，一些過去的語言現象遂告解體，而人們的肉食文化如何被包裹在語言中，當然也就漸漸地被人知道。

舉例而言：

在英美，人們明明是在吃「牛」（Cow），但爲什麼硬是不說吃「牛」，而要說吃「牛肉」（Beef）；明明是在吃「豬」（Pig），但卻要說成是吃「豬肉」（Pork）；明明是在吃「鹿」（Deer），但卻要說成是吃「鹿肉」（Venison）。這種將動物的名稱與牠的肉名刻意區隔，其意安在？

再如，在十四世紀以前，今日所說的「肉類」（Meat）這個字的起源，其本義乃是指「活物」，但爲何到了近代，這個字已往「肉類」這個方向移動，當人們在吃牛肉時，絕對不會稱它爲Cowmeat，也不會把人們吃的羊肉稱爲Sheepmeat；可是對人們通常不吃的馬肉，則會用Horsemeat稱之，也會用Wombatmeat這個字，來稱呼英美人不吃的袋鼠肉。因此，「肉類」（Meat）這個字裡，究竟有著什麼樣的複雜意義？

再如，在英美的現行俚語使用中，「肉」是個具有特殊性意涵的字眼。根據英國《歷史俚語辭典》所述，從十五世紀，「來一點肉」（Bit of meat），指的乃是性行爲。而「鮮肉」（Fresh meat）則指下海未久的娼妓；至於「熱肉」（Hot meat）、「熱羊肉」（Hot mutton）、「熱牛肉」（Hot beef）則用來指褲帶較鬆的女子、娼妓，或女性生殖器。「肉房」（或「肉坊」）（Meat House），則指妓院，「肉市」（Meat market）則泛指娼妓這個行業，至於「死肉」（Dead Meat）則指性反應冷淡的女子。在漢文化裡，取「妓」與「雞」的諧音，因而我們遂將「雞」這個動物的概念予以高度的性化。但在英美，他們爲何會將「肉類」（meat）這個字如此的泛性化呢？《好色客》（The Hustler）乃是美國比較惡質的色情成人雜誌，它在辦雜誌之前，乃是克里夫蘭市的一家色情餐廳，它的菜單封面即是女性臀部的影像，旁邊附注曰：「本店以本市最好的肉服務客戶。」它所謂的「肉」究竟所指爲何，每個人都知道。另外，紐約曼哈頓區，縱使到了今日，仍有一家名爲「肉」的色情俱樂部。「肉類」這個字的英美性文化意涵，實在值得探究。

再如，近代英美皆刻意將禽畜的蓄養，用工業概念來形容，個別的動物因而都成了「工廠的一個機器」（A machine in a factory），例如雞即成了「生蛋機器」（Egg-producing machine），依次皆可類推。稍早前，美國農業部在一份報告中，甚至不提任何家禽家畜，而用「消耗穀物的動物單位」（Grain-consuming animal units），難怪有人要調侃地說，根據這樣的定義，以後在談論人們自己時，可能已需要用「消耗動物的人單位」（Animal consuming human units）了。根據這樣的語用觀念，現在早已無人再使用「屠宰場」（Slaughter house）這個字了，它已被「肉類工廠」（meat factory）所代替。而同樣的道理，捕魚抓蝦，則成了「海洋收穫」（Harvest of the seas）；而動物的毛皮則不說「皮」（skin），而用另一個字「毛皮」（pelts），它的交易則是「皮毛收穫」（Harvest of pelts），以工業和工廠術語來說禽畜動物，它的意義又是什麼？

上述所有這些有關肉食的語言問題，其實都是有答案的。有關祇用「肉類」這個詞，而不指涉動物的名稱，以及將動物的名稱及其肉的名稱區別開來，其目的乃是在於避免掉「吃死動物」（Eat dead animals）的相關意象與聯想。當代學者科曼・麥卡錫（Calman McCarthy）即指出：「諸如肉類、牛肉、豬肉、小牛肉、雞肉等與動物名稱不相同的稱呼，都是語言的柔化劑。它可以讓那些想起來令人毛骨悚然的事（如吃死的牛、吃牛的屍體等），變得更加怡人。」而另外的學者塞佩爾（J. Serpell）則指出：

——「語言文字的隱藏，在多數的領域裡，乃是在於避開動物的被剝削。我們用『海洋收穫』來說魚蝦介殼，彷彿它們和種麥子一樣；我們用pelts來說動物的皮毛，也用『收穫』來代替可怕的『剝皮』（Flayed），這是一種刻意的美化包裝，目的是要遮掩掉動物和人類的親密關係，讓人與動物的疏離性擴大。」

根據近代最早的飲食文化學家艾里亞斯（Norbert Elias）之研究，中古的歐洲上流階級，整隻或半隻死動物被搬上桌，乃是常事。這種情況一直延續到十八世紀，因而在十七和十八世紀的餐桌禮儀記載，如何切割這些死而烤好的動物，遂成了重大的禮儀考驗。然而，隨著後來的發展，拉遠人和他們吃的死動物間的關係，遂開始逐漸形成。於是，動物的頭、腳、尾等遂依序在上桌前即先被拿掉。艾理亞斯在《文明化過程》中即如此說道：

——「方向是很清楚的。它的標準即是人的感受，讓他們在用餐時所見到的和切割食物時，能夠覺得愉快，或至少不那麼地不愉快。隨著這樣的標準之後，另一種標準也告出現，那就是讓人們用餐時，他的食物盡量不要讓他聯想到食物本來的樣子，於是，食物的準備與烹飪，遂以隱藏食物的起源爲主要方向。」

因此，如何隱藏動物這種食物的原來模樣，遂成了肉類飲食及語言使用的核心成分。當代飲食文化學家卡羅・亞當斯（Carol J. Adams）在《吃的文化論文集》裡即指出，爲了隱藏與掩飾肉類的起源，「肉類」這個字遂被逐漸形成。「肉類」（meat）這種字詞，在語意學上，乃是一種「大量詞語」（Mass Term），這種詞語祇有整體性，沒有個體性與特殊性，它使得這個詞語所指涉的具體對象，被淹沒在字的mass中。於是，當人在吃動物時，那個動物其實已告消失。

也正因此，英美的人當然不會用「牛肉」（cowmeat）之類的詞，因爲用了這樣的詞，豈不等於他們違背了那個吃動物但卻要忘掉該動物的最基本原則。他們祇會用這種方式去說那種他們不吃的動物肉，如「袋鼠肉」（Wombatmeat）、「馬肉」（Horsemeat）、「狗肉」（Dogmeat），這些動物名稱與肉相連的字，使人在吃動物時，給人的感覺是在吃動物。那是一種野蠻的象徵。英美人聽到韓國人吃「狗肉」（Dogmeat），氣得大力撻伐，因爲「狗肉」（Dogmeat）這個字裡，肉的意義已告消失，被突出的是吃「狗」。

因此，無論用「肉類」這個「大量詞語」；或者將「牛」（Cow）與「牛肉」（Beef）分開；或者用工廠術語取代動物的蓄養與宰殺捕捉，它們都有共同的目的，那就是要在語言的使用中忘掉動物，在吃動物肉時，不要去想到那種動物。這當然是有一點惺惺作態的僞善，素食論者甚至認爲，這也是一種「肉食文化」維護其利益的策略，讓人們在吃動物時忘掉自己是在吃動物。但這個問題不妨從另一個角度來評斷：他們刻意要在吃動物時，要藉著語言的使用來忘掉自己吃動物的事實，其中所隱藏的，乃是吃動物多少仍是一種有點讓人覺得沉重的因素。而正是這種因素的作用，遂使得他們儘管一直在吃動物，但那種殘餘的悲憐卻不會消失，從啓蒙時代開始，西方曾不斷爲了吃肉問題而引發爭論，有的人如哲學家笛卡爾，認爲動物沒有知覺，受苦對牠們並非受苦；但另外的哲學家像盧梭、伏爾泰、邊沁等，雖然他們從未停止過吃肉，但卻能爲動物的有知覺，也知道受苦而辯護。這是反對對動物殘酷運動的起源。因此，他們儘管有點僞善，但僞善中卻有著一些人道的光芒。

英美有關吃肉的文化語言學，在隱藏式的用字遣辭裡，有著許多不容忽視的深意。除此之外，有關「肉」和「性」的聯想，它們的語言關係，則是另一個問題了。

在英美，自從吃肉文化形成後，同步的吃肉性文化與性論述也告形成。吃肉讓人有男子氣概。學者馬蒂・費爾德曼（Marty Feldman）在做了廣泛研究後指出，在長期的肉文化形成過程中，肉已被暗暗地加碼，使它成爲一種雄性的象徵，肉是眞正男子漢的食物，眞正的男子漢必須嗜食肉類，尤其是鮮血淋漓的紅肉最被男子漢喜愛。肉的被性化，使得它成了一個轉喻，被大量用到性語言中——肉成了一種挑逗、誘引、男子漢證明自己能力的物體，肉也成了女性的化身，它是眞正男子漢所欲之物。

有關「肉類」的研究，目前已成爲飲食文化研究中的新興學科，被稱爲「肉學」（Meatology）。語言及論述是它的主要成分。肉不僅是肉，它同時也是儀式、語言、溝通的記號，人們在吃肉的同時，也在吃著肉的語言和文化。由前述各種肉的語言及肉的性化，證明了這樣的論點。

嫖←極樂文化的省思

由於《極樂台灣》的問題，日本「嫖客」的進出又再度受到人們的注意。連帶地，與「嫖」和「嫖客」有關的娼妓問題又浮到了檯前。

由人類的普遍演化經驗，我們業已知道，在遠古時代即有了娼妓制度，但那種娼妓制度和後來平民買賣式的娼妓制度並不相同。古代的娼妓是提供娛樂或儀式服務的女奴或女祭司，當然難免將性服務夾帶於其中。中國古代的「妓」（或「伎」）和「娼」（或「倡」），在最初的時候，即是君主和貴族官僚所豢養的女奴，主要是在提供表演藝術方面的服務，當然也會因此而在其他方面被「寵幸」。

這種女奴式的「妓」和「娼」，後來隨著社會的變化，而逐漸脫離出去，成爲一個單獨的階層，開始時仍由官方管控，以服務縉紳士子爲主，到了後來隨著城市的擴大，商品經濟逐漸發達，市民階級開始形成，今天這種型態的娼妓制度始告確定。在中國，這差不多已到了明代中期以後。市民階級專屬的「嫖」，也在這個時候才出現。

因此，在明代後期出現「嫖」和「嫖客」這種說法以前，人們用什麼話來說類似的行爲？這的確是個有趣的課題。從漢到魏晉南北朝，由於封建性格仍強，差不多的豪門公卿，都私蓄自己的家妓樂班，它祇有「寵嬖」的問題。而到了隋唐以至於宋，娼妓已逐漸成爲一個獨立的階層，官吏和縉紳士子等知識分子是主要的服務對象。因而娼妓必須能詩能文，能歌能舞，色藝雙全是她們的生存要件。著名的娼妓甚至成爲縉紳士子在婚姻之外談戀愛的對象。這個階段也沒有「嫖」的問題，能得到娼妓喜歡的，可以像李白一般的「傲然攜妓出風塵」，或者像儲光羲一樣，「鳴鞭過酒肆，袨服游倡門」。娼妓的地方，也是文人士子們活動的公共空間，因而他們遂像司空圖一樣，把到娼妓之家視爲一種仙境，因而有「遊仙窟」之說。能和娼妓詩酒往還，進而建立親密關係的，當然可以有進一步的發展，因而遂有了用代表了親密的「狎」或「婀」字來談這件事情的說法，它後來也可以兼用「狹」這個字。

在這個階段裡，和娼妓接近並親密，有下面這些不同的說法：

「狎」與「狎客」：《東京夢華錄》指出，宋代「娼妓多乘驢，惟乘馬少年狎客往往隨後」。這種「狎客」的說法，到了明代余懷所著《板橋雜記》仍然繼續。由宋代蔣子正的《山房隨筆》，可知與妓相好，即稱「與妓某某狎」。而由明代梅鼎祚所著《青泥蓮花記》，尚有「昵」和「狎」並存。

「游婿」、「婟嫪」和「孤老」：這種說法見諸宋明著作如《丹鉛總錄》、《要雅》、《升庵外集》、《留青日札》等。「游婿」指到娼妓之家，是去當「游動的丈夫」；而「婟嫪」根據《說文解字》，所指的乃是「戀惜」之意，而宋代程大昌在《名義考》裡則說道，「孤老」乃是「婟嫪」之音轉而成，它除了有「戀惜」之意外，在關中一帶，它也指「客人」。

「老相」：據《塗說》所述，在廣東一帶，從極早開始，即已稱「妓之交好爲老相，或謂爲濕老，僅止於飲酒者，謂乾老相」。

「調猱」：由元代開始，給予娼妓一個新的稱號「猱」。元代雜劇家關漢卿在《錢大尹智寵謝天香》這齣戲裡，就藉著娼妓之口說：「早知道則做個啞猱兒。」據《事物紺珠》所述，「猱」似乎指的是會讓公老虎在輕搔下安靜睡覺的動物，可能是指母老虎。因而狎妓遂被稱「調猱」，意思或許是指「調理漂亮的母老虎」。清代二石生在《十洲春語》裡亦稱嫖客爲「調猱廟客之輩」。

除了上述這幾種主要說法外，據清代錢泳所著《履園叢話》，去娼妓之家也可以稱爲「小姐班頭」，在中國南方的江浙上海，娼妓很早即已被稱「小姐」。而據宋代周密在《癸辛雜志》裡所述，若多人共狎一妓，則稱「姨夫」。

以上這些說法裡，以「狎」和「狎客」、「婟嫪」和「孤老」等爲主，關漢卿在《救風塵》裡亦指出，「狎客」在元代即已被簡稱爲「客人」。所有的這些說法，都是「嫖」和「嫖客」之名出現前的定規用法。但到了明代後期，這些詞卻很快地就被「嫖」和「嫖客」所替換掉了。

主要的原因，乃是中國自明代後期開始，由於商品經濟日益發達，城市擴大，當時南方城鎮的新商人階級大舉出現，加上明代後期的皇帝相率縱情酒色佚樂，自萬曆之後更甚。於是，一個市民階級狎妓的新時代遂告出現。以往娼妓文化裡那種爲了增加愛情氣氛的作詩吟唱被大幅度的簡化，娼妓行爲變得衹有食與性。當娼妓文化向市民商人階級移動，以往那種必須花費許多工夫始能相互親密起來的「狎」或「狎客」等字眼，當然就不再有效。情勢的發展使得必須用一個更新而簡單直接的字，來說這種簡單而直接的事。

「嫖」就是在這樣的背景下開始出現。「嫖」這個字早在漢代即已被使用。當時它和「票」及「剽」都可相互換用，和娼妓行爲完全沒有任何關係，而是指「猛勇勁急」。例如《漢書》〈霍去病傳〉裡即指出他曾擔任過「票姚校尉」，也可寫做「嫖姚校尉」，「嫖姚」即是指猛勇勁疾之狀，意思是說他率領的乃是快速而精銳的前鋒打擊部隊。

「嫖」的本義原與娼妓毫無瓜葛。明代後期始被拉上關係，明代張自烈所編《正字通》，因而將其增列「邪淫」之義。對於爲什麼會把這樣的意思套在「嫖」這個字上，清代翟灝在《通俗編》裡曾非常不解的提出過質疑。這的確是個好問題，但通查典籍故冊，卻無法尋覓到「嫖」這個字的字義轉變痕跡。由於「嫖」所指的乃是市民階級的行爲，因而一般知識分子的著作極少使用，但在民間的話本小說和戲劇裡卻有許多紀錄。

例如明末小說《醒世恆言》裡那個賣油郎獨占花魁女的故事裡即曰：「本錢衹有三兩，卻要把十兩銀子去嫖那名妓。」

例如，明代無名氏在雜劇《霞箋記》裡也曰：「家富豪，打扮十分俏。……娼門去搖，花街去嫖。」

而另外，明末沈德符在《野獲編》裡也說道：「京城有號風流漢子者，專以嫖賭敛錢，充花酒費。」

當「嫖」的今義在明末出現後，它很快的就成爲市民階級娼妓文化裡的主要語言，到了清代使用得更爲廣泛。例如，清代戲曲家李漁在他的作品裡即不斷使用「嫖」這個字。

在他的《玉搔頭》裡曰：「都是他領人來嫖，把劉倩倩勾引了去。」「做妓女的人，把表記送給嫖客，原是常事。」

在他的《風箏誤》裡則曰：「若是容他娶小，不如許他嫖妓；許他嫖妓，又不如容他偷情。」

李漁在《風箏誤》裡的這一段，非常值得注意。因爲在明代末期，由於娼妓大盛，市民商人階級的大量參與到娼妓文化裡，遂出現了一本無名氏編寫的《嫖經》，其中就有這樣的「名言」：「妻不如妾、妾不如婢、婢不如妓、妓不如偷。」這句話到了後來，又被人加上「偷不如偷不著」。李漁的《風箏誤》，明顯地可以看到受到了《嫖經》的影響。由「嫖」的行爲會讓人寫出《嫖經》，足見明末的「嫖」是多麼的普遍與興旺。

「嫖」與「嫖客」在明末出現後快速擴散，到了清代就已固定成了娼妓文化裡的關鍵詞。這除了與娼妓大盛且歷久不衰有關外，《嫖經》的推波助瀾想必亦有極大的關係，而可能更重要的，則是《金瓶梅》這本著作的貢獻。《金瓶梅》乃是明代末期的世情小說。它非常詳盡地敘述了一個慾望城市的種種形貌。例如書裡的應伯爵這個角色，即「是個破落戶出身，一份兒家財都嫖沒了，專一跟著富家子弟幫嫖貼食，在院中玩耍，渾名叫做應花子」。這部小說裡，將「嫖文化」寫得極爲精采。該書第十二回，寫西門慶帶著一干人等到李家妓院吃喝玩嫖，實在十分具有經典性的意義。他們一堆人在那裡白吃白喝白摸而且還兼順手偷取各式各樣的東西，甚至還借錢去嫖，種種「嫖文化」裡不堪入目的景象，盡皆顯現無遺。

其實，從明代末年出現「嫖」與「嫖客」這種新詞之後，隨著娼妓的氾濫與擴大，明清狎邪世情小說裡，敘述得最精準的，即是「嫖文化」的生態結構。「嫖文化」的氾濫，除了有無止境的性慾望在作祟外，更重要的是有一大個結構在那裡鼓動和支撐。這方面的敘述，《金瓶梅》首開其端，清代有更多小說加入。這個結構中最値得注意的即是類似於應伯爵這種「幫嫖」人物。他們在「嫖文化」裡穿針引線，無所不爲。他們抽回扣，必要時什麼偷雞倒耙、壞人名節、雞鳴狗盜之事都可能做得出來。「幫嫖」乃是「嫖文化」的核心成分，也是個龐大的寄生蟲階層。從明末到清代，後來一直延續到民國，以迄於今日的台灣，「嫖文化」始終盛而不衰，而且引日本「嫖客」進出者，即在於「幫嫖」階層的強大與努力不懈。這種「幫嫖」，其實也就是古代所謂的「幫閒」，他們專門在最不花本錢的色情事業上動腦筋。宋代吳自牧在《夢梁錄》卷十九裡對這種角色曾做過極詳盡而功能性的描述：

——「有講古論今、吟詩和曲、圍棋撫琴、投壺打馬、撇竹寫蘭，名曰食客，此之謂閒人也，更有一等不著業藝、食於人家者，此是無成子弟，能文、知書、寫字、善音樂，今則百藝不通，專精陪侍富豪子弟郎君，游宴執役，甘爲下流，及相伴外方官員財主，到都營幹。又有猥下之徒，與妓館家書寫柬帖取送之類，更專以參隨服役資生。……更有一等不本色業藝，專爲探聽妓家賓客，趕趁唱，買揚供過，及游湖酒樓飲宴所在，以獻香送歡爲由，乞覓贍家財，謂之廝波。大抵此輩，若顧之則貪婪不已，不顧之則強顏取奉，必滿其意而後已。」

因此，「嫖」是市民階級參與娼妓文化後的新標誌，這個字裡有著極豐富的社會文化內涵。而它除了是個文化外，同時也還是個結構，在這個結構中，推波助瀾的「幫嫖」階層，乃是最值得注意的勢力。無論多麼進步的國家，大概都無法終結娼妓與嫖客，但若有能力，則至少應終結「幫嫖」階層，或許這才是論「嫖」與「嫖客」時不容忽視的要點。

吃和咬←
人與獸的距離

高雄市青年一路的槍擊命案，三死一傷。凶嫌顏鴻鈞在他留下的日記裡，有許多痛恨的話語，例如他說有個受害人「吃定我，吃我太甚」；他又說「十三年前被×××陷害，遭警總污辱，早就對人生厭煩」云云。

因爲顏鴻鈞殺人不對，媒體在報導這些日記的紀錄時，遂以打落水狗的方式說他是「被迫害妄想」。這當然不可能是正確的答案。由他的行徑與日記，已清楚地顯示出他所掉進的乃是一種錯誤的人際關係裡，因而不但被「白吃黑」，甚至還被「黑吃黑」。他說「吃定我，吃我太甚」，並非迫害妄想，而是實實在在發生的事。而由他所說的「吃定我，吃我太甚」，就讓人想到無論東西方都共同存在，而且沉澱在語言中的「吃人意象」，值得做人類學、文化語言學的討論。

在近代漢語裡，「吃人」這個意象，最早見諸魯迅發表於《新青年》雜誌裡的短篇小說《狂人日記》。這篇小說乃是將吃人肉的「吃人」（Cannibalism），藉著說故事，而將它反諷的轉喻爲「剝削」(Exploit)式的「吃人」。魯迅在小說裡有如下一段：

——「凡事總須研究，才會明白。古來時常吃人，我也還記得，可是不甚清楚。我翻開歷史一查，這歷史沒有年代，歪歪斜斜的每頁上都寫著『仁義道德』幾個字。我橫豎睡不著，仔細看了半夜，才從字縫裡看出字來，滿本都寫著兩個字是『吃人』！……我也是人，他們想要吃我了。」

魯迅的「吃人」是個雙關語，有「吃人肉」和「剝削」的兩重意義。他的這個概念，後來被吳虞、陳獨秀、胡適之等人借用延伸。尤其是吳虞撰寫〈吃人與禮教〉一文曰：

——「孔二先生的禮教講到極點，就非殺人吃人不成功，這眞是殘酷極了！一部歷史裡面，講道德說仁義的人，時機一到，他就直接間接地都會吃起人肉來。就是現在的人，或者也有沒做過吃人的事，但他們想吃人，想咬你幾口出氣的心，總未必打掃得乾乾淨淨。」

無論魯迅或吳虞，他們所謂的「吃人」，都是將古代的確發生過的「吃人肉」，將它象徵化，藉以說明人與人之間那種絕對化了的支配與剝削關係。而後將其責任一古腦地都丟給孔子來承擔。他們的論旨極其草率，問題意識也非常含混可疑，可是他們所處的乃是中國最灰暗的時代，時代的情境使得他們必須找一個人或一個概念來做替罪羔羊。於是，聳動的「吃人」概念遂被提了出來，並和傳統文化的「禮教」與「孔子」掛上了鉤，因而「吃人的禮教」，「打倒孔家店」等狂飆遂在這樣的背景下出現。「吃人」這個詞經過這種論述的形成，也就因此而成了一個符碼，一種代表了剝削與支配的記號，舉凡人坑人、人害人、人耍人，人整人，都可以概括的稱之爲「人吃人」。

中國自古即有過因爲饑饉、圍城、斷糧和仇恨而吃人肉之事，歷史的記載亦罄竹難書。魯迅將這種吃人肉的「吃人」，經由故事的轉化，而將它變爲剝削式的「吃人」。這是巧妙的語言創造，而無獨有偶的，則是在西方亦然，今日我們稱坑人、整人、欺侮人的，都喜歡用Man-eater, Man-eating，而悍婦則被稱爲Man-eater woman，其思維邏輯即和中國的「吃人」相當。

當代作家妲娜希爾（Reay Tannahill）在《肉與血：有關食人情結的歷史》（Flesh & Blood:A History of the Cannibal Complex）一書裡指出：「在歐洲，情況並不會比中國更好。西元四五〇年，義大利饑荒，父母吃子女。在六九五至七〇〇年之間，英格蘭與愛爾蘭連續三年饑饉，人們彼此相食。……在十世紀中葉到十二世紀，北歐至少有過二十多次饑荒，人們彼此相食。」根據她的研究，爲饑饉而食人，西方亦史不絕書。拿破崙征俄失敗，由多國組成的殘部，在大雪紛飛的歸途，以吃同僚維持生命，這大概就是食人的最慘畫面。

在西方，「食人情結」（Cannibal Complex）後來被轉化到許多不同的地方，諸如吸血鬼、狼人、電影《沉默的羔羊》裡的獸人醫師，……等，皆其轉移後的變型。而在語言上，它和漢語裡的「吃人」一樣，也將吃人肉的「吃人」（Man-eater）變成剝削式的「吃人」——指欺侮人、宰割人的行爲。而這樣的轉化，則可能要歸功於十八世紀的英國名作家史威夫特（Jonathan, Swift 1667-1745）。

當時，愛爾蘭爲英國殖民地。英國在此實施嚴酷的剝削，使得全愛爾蘭形同乞丐之國，許多母親皆被迫將襁褓子女賣給英國地主。面對此情此景，史威夫特遂發表了一篇諷刺文〈溫和的建議〉，在文章裡如此說道：

——「有一個熟識的美國人向我提到，一個健康的嬰兒，如果好好地養，在一歲的時候，將成爲最美味、營養，且合乎衛生的食物。無論煎、烤、焙、煮皆相宜，當然也可以用來做燉肉丁和蔬菜煮肉。……我相信將不可能有任何紳士，會因爲付出十先令買一個小孩而後悔，因爲它將使得食物大爲豐富。」

在這篇諷刺文裡，他建議英國人在此開設小兒屠宰坊，將美味的肉拿到各地行銷，甚至還應推廣烤全兒大餐等等。史威夫特在這篇辛辣無比的諷刺文裡，將「吃人」極端化，成了極端剝削的代號。他和魯迅所做的，意義完全相同，衹是他比魯迅早了大約兩百年！

因此，無論在東西方，「吃人」都是古代食人階段的一種轉化遺蹟。「吃人」是野蠻的獸人行爲，他們對別人的生命和血肉有著絕對的宰割權力，儘管到了後來由於食物不虞匱乏，再也不必眞正地去吃人肉，但如果人類沒有減弱自己那種宰制別人的心靈，仍然事事都要控制、算計，甚或坑害別人，那麼，新型態的「吃人」和舊式的「吃人肉」，其進步實在相當有限。

因此，由今日的「吃人」，就想到一九四〇年代著名詩人袁水拍的一首名詩〈咬的秩序〉，可以做爲「吃人」的注腳：

皇帝咬大臣，大臣咬百姓
一品咬二品，二品咬三品
特任咬簡任，簡任咬薦任
老闆咬夥計，夥計咬練習生
大房東咬二房東
二房東咬王先生
王先生回家咬老婆
老婆把小孩打一頓

他咬你一口，咬得血淋淋
你咬我一口，痛得我發昏
我咬他一口，讓他去喊救命
咬不著的，請咬自己的頭頸。

忠、孝、仁、愛、信、義、和、平
四維八德，美國聖經
哪怕上帝的老子簽字蓋章證明
都比不上我這個咬的秩序眞。

由於「吃」和「咬」，都是野蠻古代的殘蹟，在社會及人類品質的發展史上，都屬於低等階段，因而不論任何社會，當人與人的互吃互咬趨於普遍，或者人們主觀的被吃被咬的感覺增強，它都不是什麼好的跡象。最近，有人認爲司法不公而劫車，有人認爲被吃而殺人。此刻的台灣乃是大家都爭著去「吃」的時候，看誰能「整碗捧去」的「吃」。「吃」字當道，「吃人」即難免，而這才是讓人擔憂的地方。

「吃人」是一種轉喻，顯示出社會關係裡人與人之間的唯權力化，相互利用與剝削。今天，我們有許多口頭禪都與此相關：「你坑我」、「整我」、「陰我」、「耍我」……每一種其實也都是「吃我」。在這個很多人都覺得彼此吃來吃去的時候，可能已有許多問題值得我們去焦慮的思量。而這也是當代倫理學在茲念茲，想要拉大人與獸的距離的關鍵。

競爭力←
反映不同社會價值

又屆「五一」勞動節，在過去的一年裡，台灣的勞工活得非常悽慘，估計到了四月底，失業率將會超過四％。台灣的失業率計算方式並不嚴格，許多失業都被排除在外，因此若將這些也加進來，台灣當前的失業問題應當可算極爲嚴重。

台灣失業日趨嚴重，主因仍在於經濟情勢的持續惡化。在過去一年裡，公司解散及撤銷家數平均每月增加一、一六九家，工廠歇業家數則平均每月增加一六九家，而新設公司家數則每月減少四八〇家。而在民間投資成長率方面，則平均每季減少五・八一％，政府的營業稅則平均每月短收三十二億二千五百萬元。於是，最近這段期間，台灣最流行的就是「競爭力」這個詞。指責新政府無能的，說是新政府的癱瘓無效率造成了台灣「競爭力」的衰退；而找不到工作的人，則怪自己缺乏「競爭力」；勉強保住飯碗的人，則宣稱在這個隨時可能失業的時刻，每個人最好的存活方式即是提高「競爭力」。

近年來，全世界鼓吹「競爭力」最狂熱的是美國，而回應得最狂熱的則可能是台灣，多年前「世界經濟論壇」每年公布「競爭力報告」，我們總是爲排名在前，欣喜莫名。而近年來的「競爭力」排名，台灣卻開始持續滑落，於是我們遂爲之惶惶不安，儼然得了「競爭力憂鬱症」。最近這段期間，經濟持續惡化，而失業率節節攀高，於是，人們無論在談公共性質的財經問題，或個人性質的失業問題，更加的把「競爭力」掛在嘴上。

看著台灣無論政府或人民天天把「競爭力」掛在嘴上，就不由得想到當今兩位重要政治經濟學家赫斯特（Paul Hirst）及湯普遜（Grahame Thompson）在再版新著《質疑全球化》（Globalization in Question）裡的兩段話：

——「對競爭力的強調，目前簡直已籠罩了所有經濟與社會生活的所有面向。公司和國家喜歡用它，不管它們的活動與國際貿易的商品部門是否有關，也不管這些貨物是個人生產或集體生產，反正所有的一切，都一古腦地套進競爭力的論述中就是了。而不僅如此而已，諸如公司的經營策略或政府的公共政策，也都從國際挑戰的角度來因應配合。除此之外，個人也愈來愈被要求，他們的生活行爲必須變得更有競爭力，意味著個人必須像企業一樣的要有彈性、創新能力、企業精神等。有關競爭力的論述與全球化這種觀念和現實緊密相關：全球市場強化了競爭，因此，人們除了配合它之外，別無選擇。」

——「有關當今國際競爭力的論爭裡，一項重要的發展，乃是有些民間組織開始進入資訊蒐集和供應這個領域，最典型的乃是日內瓦的『世界經濟論壇』，它根據八十種不同的量標來設定國際競爭力的指數。而很顯然的，它的方法與結果有許多大可懷疑，但新聞記者和政客們反正衹看新聞標題，根本無人理會它那種方法論的侷限性。該機構的這種作法，最大的作用，即是讓競爭力這個概念進入經濟討論裡，成了中心。而這種搞法的麻煩，乃是它的排名，主要是調查業者的意見。會將人們的主觀好惡放大，卻將眞正的經濟條件忽略。」

由上述這兩段引述，台灣無論什麼，都喜歡套上「競爭力」這個帽子，甚至得了「競爭力憂鬱症」，其實一點也不讓人覺得意外。目前是個「競爭力」的時代，它是將經濟上的成王敗寇標準「競爭力」無限上綱化的時刻，無論國家、公司或個人，其成功是有「競爭力」，而失敗則在於缺乏「競爭力」。當「競爭力」成了唯一的標準，在這個經濟惡化，失業嚴重的時刻，人們哪能不談「競爭力」即爲之色變？

但對於「競爭力」這個當今最紅，而且幾乎成了「魔咒」的新名詞，赫斯特與湯普遜兩位教授卻提醒人們必須注意。目前在倫敦大學柏貝克學院任教，在近代政治經濟學上有過極多原創貢獻的赫斯特教授指出，近年來以美國爲主，有些人在鼓吹「全球化」。有關「全球化」這個概念，有許多不同的定義與內涵，其中以「強全球化」（Strong Globalization）最爲重要，它宣稱當全球變成單一的市場，一切由「市場力」操作，國家的干預和調控靠邊站，則一個「全球市場烏托邦」即會出現。在這種「強全球化論述」裡，許多次級論述也告一一出現。例如「民族國家凋謝論」、「政府調控必錯論」皆屬之。因此，他和英國開放大學政治經濟學教授湯普遜在《質疑全球化》中如此說道：

——「強全球化論，其主要目的乃是要爲解除政策決定者的武裝而服務的，也企圖破壞每個國家在經濟管理上的策略思考。」

《質疑全球化》一書，乃是嚴格的政治經濟學學術著作。它直接挑戰「全球化」和「競爭力」這兩個概念。

在挑戰「全球化」部分，該書指出，自由貿易乃是中古後期即出現的事實，它的範圍擴大，因此今天的國際貿易與以往並無本質上的不同。而在各國的貿易與「直接對外投資」（FDI）活動方面，縱使到了今日，主體仍不外是歐、日、美三個要角而已，它們即是所謂的「三合幫」（Triad），以一九九〇年代的上半爲例，這個「三合幫」即占了直接對外投資的六十%，國際貿易的六十六%，全球GNP的七十五%。若以一九九三年爲計，國際貿易在這個「三合幫」裡，平均衹不過占了GDP的十到十一%而已。而且絕大多數都發生在它們的彼此之間。因此，將衹占GDP十一%的經濟活動，誇大爲「全球化」，所謂的「全球化」豈非太過勉強？包括美國普林斯頓大學教授克魯曼（Paul Krugman）在內，也都認爲，儘管並不反對「全球化」，但人們在使用這個名詞，甚至面對「全球化論述」時都必須格外愼重，將其實像與虛像部分有所澄清。《質疑全球化》一書認爲其虛像大過實像，原因是：

(一) 當今高度國際化的經濟活動並非多麼的史無前例，而是一八六〇年代現代科技進步後的擴大。從某些角度而言，當今的全球開放程度，甚至還比不上一八七〇至一九一四年這半個世紀。

(二) 當今世界上所謂的眞正跨國企業仍極稀少，許多人們認爲的跨國企業仍然祇不過是國家企業，以強化其原有國家的公司資產、生產與銷售爲目標。「全球化」因而祇不過是某種國家主義的延長而已。

(三) 當今的資本流動並未造成發達國家將投資與就業，大量的向開發中國家移動。直接對外投資的絕大多數都在歐美日內部流動。除了極少新興工業國家外，絕大多數開發中國家都和所謂的全球化毫無關係。而這種趨勢在可見的未來將不會有任何改變。

(四) 所謂的「全球化市場」不受調控之說，純屬虛妄。當今全球經濟混亂，主因在於強國的利益衝突以及菁英階層纏訟未定所致。未來的全球將會更加需要各民族國家來進行調控，始有可能讓國際化有進一步的開展。

因此，「全球化」有著實像與虛像的部分，整個概念都被明顯的誇大和意識型態工具化。而做爲「全球化論述」一環的「競爭力」也同樣的可疑。

《質疑全球化》書中指出，在冷戰時代，全球貿易與投資，基本上都在歐美日三者以及少數新興工業國家間進行，儘管在理論上，人們會用「比較優勢」或「競爭優勢」等說辭來替「競爭力」做定義，但這些定義其實都並不那麼嚴格。例如，所謂的「競爭力」，通常被歸納爲兩個概念，一是「銷售的能力」（Ability to sell），另一是「地點吸引力」（Locational Attractioness），但這兩者之間，其實有著許多尚待釐清的複雜問題。例如，中國大陸對許多國家的投資者可能並無「地點吸引力」，但對華人則因語言和文化相同，而成了最有「地點吸引力」的地方。當人類經濟活動變得更加複雜，所謂的「競爭力」之模糊性也就更增。再例如，在涉及解決「競爭力」問題的模式時，各不同國家即有不同模式。例如美國以「官—商」做爲主軸，歐洲以「商—工會」做爲主軸等。在以提高「競爭力」爲訴求時，最不可取的是美國模式，它經常以此做爲理由而壓低工資及縮減福利。而一九八〇年代英國經濟不振，「競爭力」衰退時也有簡單的方法，那就是讓貨幣貶值。

有關「競爭力」的虛像問題極多，不容一一舉述。不過，赫斯特與湯普遜教授在書中倒是提出了另外一個重要的論點：

——「以歐美日爲例，涉及國際貿易競爭的祇占GDP的十一%，因此爲了顧及經濟成長與生活標準，是否整個討論都要被這十一%所誘導並錯置？……這意味著當我們考慮競爭力時，應將其限於比較小的國際貿易部門。我們應抗拒將競爭力的觀點膨脹到其他經濟生活中。我們仍有一個龐大的「被庇護的部門」（Sheltered sector），特別是在福利支出及民營服務部門，它與競爭力無關，也無需有關。因此，用國際競爭力爲理由來壓低工資及工作條件等乃是荒謬的。……『競爭力』這種語言遊戲不能用來合理化剝削。當然，非貿易部門也不能將成本門檻設得太高，而影響到出口商。」

因此，當今「競爭力」這組論述裡，有一大半乃是修辭學和語言遊戲，它被用來合理化某種價值與作爲。例如，失業者認爲自己失業是「競爭力」不足，政府與商人以「競爭力」爲理由而降薪等即屬之。不同的國家在面對經濟惡化，即「競爭力」衰退時，有許多不同模式。歐洲堅持它以「社會團結」爲目標的價值，會在福利、保險等社會安全問題上尋找著力點，而美國則傾向於裁員減薪等手段。不同的模式反映出不同的價值，台灣是後一模式。從這樣的角度看，「五一」勞動節，台灣勞工上街頭，其實是很有理由的！

試賣←人間失格的現實主義

有一則新聞，因爲被選舉稀釋掉了，因而它的重要意義遂相對地被降低。那就是京華城的違規營業案。

京華城違規營業，但卻以「試賣」之名正式開張，但無論它用什麼詭辭，違規就是違規，它自恃財大氣粗，每天三十萬的罰款照交，而規照違，在法律的範圍內，沒有人能奈它何。

而由京華城的所爲，就讓人想起稍早前的砂石車問題。在過去那個繁榮的經濟泡沫仍在持續的吹脹之際，砂石需求龐大，砂石車在老闆的鼓勵與撐腰下，不但超載，還一路超速。它們對違規連續處罰毫無所謂，甚至撞傷了人，還要倒車乾脆將傷者輾斃，老闆自會賠償，而司機過失殺人，反正坐牢不會太久，老闆也自會給家屬補助。砂石車的問題和京華城一樣，該罰的和該賠的都不逃避。他們沒有利用特權，也沒有規避法律上的義務。

這就是法律的本質及它所造成的盲區。沒有任何一個社會，可以藉著法律條文將人類一切合宜的行爲，規範得鉅細靡遺。於是，法諺遂曰：「法律綿密如網，唯強者能穿透之。」但儘管有這樣的法諺，以及強者鑽法律漏洞的可能，但在民主法治進步的國家，人們終究還是很難看到京華城或砂石車這樣的情況，尤其是像京華城這種案例，幾乎可以百分之百肯定，它在西方幾乎絕無可能出現，而這並不是因爲法律，而是社會不可能接受。京華城案如果在西方出現，媒體會譴責它，消費團體會抵制它，而可能最嚴重的，乃是它所屬的百貨業或商人團體會認爲它丟了大家的臉，使商人蒙羞，而將它的會員資格取消。

因此，由京華城案在台灣的吵吵鬧鬧，我們實在在思想上搞錯了許多問題。類似於京華城這樣的案例，它既涉及法律，但也並非完全能靠法律來規範，否則法律即會嚴苛到酷政如虎的地步——例如，如果我們往後新訂一條法律，對惡性違規者加重其罰，那麼，什麼叫惡性違規？惡性與不惡性問將如何區分？當法律想要把所有的問題都規範進來的結果，最後反而可能是法律也爲之瓦解。

那麼，爲什麼在西方類似於京華城這樣的案例從未聽聞呢？西方的豪商鉅富多得不可勝數，任何違規違法，無論多重的罰則，對他們大概都祇能算九牛一毛，那麼，他們是依靠什麼來抗拒違規違法的快樂呢？

對這個問題，以前林語堂先生在《生活的藝術》裡，倒是一針見血地提出了一個重要的觀念，在中文裡，它被稱爲「人品」，而在西方，它則有許多不同的名稱，Manners, Style, Character 等皆可適用。林語堂是在談文化藝術時指出了這個觀念，但它卻超過了文化藝術：「這人格是屬於德性的，也是屬於藝術性。它意在注重人類的瞭解心、高尚心、出世、不俗、不卑鄙、不瑣屑的觀念。」這種人格，他稱之爲「人品」。

其實，無論東方的「人品」，或西方的 Manners, Style, Character，都是社會形成裡的重要概念，它和道德及法律都有關，但卻又不完全是道德或法律。它毋寧更應當說是一種人的品質，既受到習俗的制約，但本身自主的價值認定可能更爲重要。有了這種品質，工商界的大老闆們可能仍然會去做些違法的事情，但至少一定知道如果做了像京華城這樣的事，必定會廣泛地被認爲是沒品、沒格調，會被同業恥笑甚或排斥，他以大老闆身分參加同輩的活動，也可能會受到另眼相看。這麼多內在外在的網狀機制相互作用下，他們即自動地不會去做這種事情。Manners, Style, Character 這些代表了「人品」的字，它所指的，乃是一種比法律更基礎的品質。當一個人有了這些品質，包括他自己或別人，都會認爲這才是「體面」或「正派」（Respectability）。在這裡，所謂的「體面」或「正派」，是指一個人站出去，會覺得無所羞愧的態度與心情。

對於 Manners, Style, Character, Respectability 這一大組彼此相關且重疊的字，紐約州立

大學傑出歷史教授希梅法（Gertrude Himmelfarb）在最近剛出的《社會的去道德化》這本著作裡，即將十九世紀英國的經驗，以及這些字與觀念的發生做了極詳盡的探討。

她指出，英國在一七八七年喬治三世的時代，公布了一項宣告，以「鼓勵同情心與美德，並防止和處罰邪惡、褻瀆及敗德之事項」，從此即進入了所謂的「維多利亞美德時代」。英國的價值提升，同樣也影響到了整個歐洲。

在喬治三世的時候，工業革命業已開始，那時的英國與歐洲均落後、野蠻、粗俗，而貧窮和剝削亦日復一日的趨於嚴重。因而從喬治三世到後來的維多利亞女王，遂展開了一系列的文化與價值改革。那眞是人類歷史上最大規模且持續最久的精神向上提升運動。它除了展開家庭價值裡的節儉、努力工作、自立自強，以及行爲的自律外，更重要的乃是以人品爲訴求，要求無論貧富皆以做紳士君子爲目標，包括博愛、無私、助人，以獲得自己的心安與別人的尊重。而除了這些價值方向外，同時也包括政府的改革，如致力於階級區隔的鬆弛、社會偏見的淡化，以及公務人員的清廉與減少權力濫用等。所有的這些價值事項被定位爲「美德」（Virtues），而綜合在人們身上的總體品質，即稱爲「優質」（Characters），而它具體表現出來的，即是「人品」或「格調」（Manners）——到了後來，由於社會改變，這個字已變成了更形式化的「禮儀」，這已和它本來的意義有了極大的差異。而所有的「格調」與「人品」最後顯露出來的總體評價，即稱「體面」或「正派」。

所有的這些字詞，都是理解十九世紀西方社會的關鍵詞。當時的英國思想家柏克（Edmund Burke）即說過：

——「格調（或人品）比法律更重要，甚至可以說，在相當範圍內，法律依靠它始能存在。……它以一種恆久、持續、獨特且無形的方式影響著人。它把整體的形式與色調給了人們，根據它的質地，它可以充實道德，或者即是它若壞質地即會摧毀掉道德。」

由柏克的解釋已可看出，所謂的「人品」與「格調」與道德和法律都有關，但並不完全相同，但「人品」與「格調」卻更爲基本的特性。

由今日回頭來綜合評價，「維多利亞美德」、貞節和家庭價值等，從性自由的角度而言，當然造成了壓抑，它有許多繁文縟節也的確太過虛僞；但它那主張人應提高「人品」與「格調」的部分，卻對後來的文明無疑有著極爲長遠的影響力。在「人品」與「格調」的自我要求下，社會始有可能向上提升，包括有權力的人，也才會自我勉勵去做紳士。美國思想家泰恩（Hippolyte Taine）在去過英國後，即對它的「紳士」極爲誇讚，認爲英國紳士人格完整，能犧牲奉獻，有良心，並能清楚地判定善惡。而由此產生的對「體面」和「正派」的追求，甚至可以說乃是西方政治及文化價值的基礎。

因此無論東西方，「人品」、「格調」、「正派」，都是重要的原則，有格調和正派的人，它會自律，以求不辱沒自己；縱使有能力，但也不會去濫用自己的能力；而社會團體也據此標準來運作，以免使自己失去尊嚴。而可惜的是，這種對「人品」和「正派」的要求，在我們社會裡卻已蕩然無存，我們社會裡對人的失去格調並無所謂，我們羨慕並崇拜有權和有錢的人，但對他們的失格則不計較，這是低俗的現實主義。正是在這樣的基礎上，才會有京華城這種沒人品、沒格調的事情發生。由京華城案，我們所看到的，乃是我們社會另一個可悲的側影。

動作

人生如戲，表演當道

最近，中正大學社福系的副教授陳孝平投書報端，抱怨電視記者播報新聞時的詞彙貧乏淺薄。他特地指出，「進行一個××的動作」這種陳腔濫調已多到令人厭倦的程度。

這的確是個好問題：爲什麼電視台的小姐先生在播報救災新聞時，不說「救災」，而硬是要說「進行一個救災的動作」；當某政黨或政客鬧出緋聞而開記者會，報導也說「做出一個否認（或說明）的動作」。電視記者特別喜歡「進行（或做）一個動作」這樣的說法，這當然是無聊至極地沒創意；但這樣的句型，除了無聊之外，難道就沒有別的意涵了嗎？答案顯然是否定的。每個時代的句型、句法、詞彙，經常都反映出該時代的某些側面。「進行（或）做一個動作」這樣的句型，它所反映的，恰恰好就是當今這種虛無的價值與社會氣氛；在台灣，沒有什麼可以當眞，人們無論做任何事或說任何話，其眞假盡皆可疑，當眞假業已難分甚或已不再重要，於是，任何事就祇剩下「動作」。「動作」者，彷彿肥皀劇裡爲了情節需要而可以隨意加插進去的表演畫面。「動作」這個詞彙當道，所顯示的乃是當今台灣的一切，都已淪爲「表演」的時代氣氛，不但政治已變爲「表演政治」，甚至人們的人生也彷彿如戲，除了「動作」之外，已沒有任何東西堪稱實在。

因此，論及「動作」，首要之務乃是回頭重新反省Performance這個關鍵字。在早期的政治學概念裡，一個政府或責任體制所完成的政治成績與效果而顯露於外，能被人感知的，即統稱爲「政治績效」（Political Performance）。

不過，值得注意的，乃是Performance這個字由於凸出了行爲或作爲的外顯特性，因而它同時也相當的多義。一項活動或行爲的進行與完成，可以用這個字；一次商展或公司的銷售表現，也可以用這個字；甚至一個人在公私機關或職位角色上的成績表現，也可以用這個字；當然更別說所有舞台表現的戲劇、舞蹈、音樂等可以被概稱爲「表演藝術」（Performance Art）了。

因此，Performance這個字，具有績效、成就、業績、表現、表演等多重意義。然而，無論語言字辭，它的意義都會隨著時代的變化而移動。以前的時代，由於社會變化較慢，因而人們在判斷事務時，遂自然而然地著重實質性的沉澱；人們在說話時，也不會過分的將語言和實體世界的關係扯得太遠。因此，務實的時代，當然使得Performance這個字的內容也變得比較務實起來。

不過，到了近十餘年來，隨著媒體的日益發達，以往那個務實的時代已告結束。人們每天被大量的媒體訊息所穿過，很快地記得，但又更快地忘記。實體世界已在媒體中被逐漸溶解，並被媒體所造成的「過現實」（Hyper-reality）所取代——所謂的「過現實」，指的是「比現實還更實體性的世界」。舉例而言，目前我們所生活的世界上，任何事情設若媒體沒有報導，我們就根本不知道它的存在，而任何問題衹要被媒體加油添醋的炒作，再怎麼虛構不實，人們立刻就會將它視爲一等一的大事。在這種「過現實」的媒體時代，離開了媒體即不再有任何意義。

於是，媒體時代的政客或名流，他們存在的意義，已不再是從前那種「立德」、「立功」、「立言」的舊價值，而是必須藉著不斷的動作和表演，讓自己占住媒體的版面或新聞的時段。由於有太多人都在搶版面和時段，於是，各種驚世駭俗的動作，語不驚人死不休的奇談怪論，或者煙視媚行的舉措，遂不斷地出現。政治也就因而愈來愈像是一種「表演」，而不再是古典時代所謂的「志業」。在這樣的脈絡下，以前所謂的「政治績效」，遂讓位給了新的「表演政治」（Performance Politics）。當代的政治術語裡，特別強調政治的可看性，例如，政治人物或名流經常和「値得看的東西或場面壯觀的表演」（Spectacle），以及「劇本或情節」（Scenario）等相連，它所反映的，即是政治表演化的結果。而政治當然也因此而變成了另一種新的演藝事業。以前的政治人物必須著重思想的嚴謹一致，不能自我矛盾；而到了現在，政治已表演化，他們的言行遂變得更像演員一樣，隨時根據場景的需要而調整角色，是否邏輯一貫已不再重要。

因此，美國當代主要評論家，甫逝世未久的羅傑斯大學教授拉薛（Christopher Lasch）遂指出：「當今的政治已變成一種壯觀的表演，表演所造成的僞事件已成了唯一的眞實。」而一切都表演化的結果，當然造成了價值的虛無，以及由此而產生的獨特的「成名文化」。任何人祇要敢於做出媒體會大幅報導的動作，他就會很快地成名。這是一種不管好名壞名，祇要成名就好的新價值。這種新價值會使得還有一點尊嚴感的人，寧願自動地靠邊站，也不要變成濁世裡打滾的泥巴英雄，這種「成名文化」發展到最後，就會出現美國已發生過多次的極端案例；最好最快的成名方法，就是去把另一個名人殺掉。稍早前有個惡徒，曾致函聯邦調查局，問要殺掉幾個人，才會有全國的知名度？答案是六個——當他連續殺到第六個人時，他果然成了全國性媒體大幅報導的人物！

政治和一切行爲的表演化，這乃是媒體時代的新媚俗。它固然和媒體那種刻意追求新奇、荒誕、離譜的本質有關，但換了另一個角度來看，這也未嘗和媒體時代知識分子的角色墮落不無關係。知識分子們在壓迫的時代會挺身而出，他們知道歷史會站在他們這一邊；但在媚俗的媒體時代，由於媚俗者才是站在大眾的那一邊，遂使得知識分子們面對媚俗也失去了他們的義憤和勇敢，甚至於還去附合這種媚俗。最近，大陸有兩名女作家衛慧和九丹，都靠出售自己的身體經驗而走紅，並美其名爲「用身體寫作」，這當然是一種媚俗的表演。而非常奇怪的，乃是許多一向還算敢言的批評家，碰到了這樣的情況，也加入了媚俗的行列。這顯示出，知識分子爭自由或許比較容易，有勇氣去抵抗媚俗，抵抗媚俗時代的表演，才更艱難。新的媚俗英雄，早已戰勝了古典的人文英雄。

知識分子在一切皆表演化的時代，已完全無能爲力，除了他們面對媚俗而有所畏懼之外，更重要的，乃是在媒體時代，由於大量的訊息已淹沒了一切，他們由於知識的怠惰，已不能用更大的努力，由訊息之海中去尋找意義，並據以做出新的批判與反省。於是，面對大量的訊息，他們遂墜入到訊息的迷霧中，再也找不到意義。當代思想家布希亞（Jean Baudriliard）即曾如此說道：

——「我們生存在一個愈來愈多訊息，但卻愈來愈少意義的世界裡，訊息已完全地摧毀了意義，或將意義中和掉了。……當今的失去意義，當然和媒體，尤其是大眾媒體的將意義溶解有關。它使得政治及歷史的眞實因而失去。」

意義是一切的座標，當人們能夠理解意義，始能據以做出論證與批判，當意義消失，各種破碎的訊息，前言不搭後語的說話，以及機會式的表演不斷。價值的錯亂和虛無當然也就成了不可避免的歸趨。也正因此，兩位美國知名評論家柯林斯及史可佛遂要以整整一本書來宣稱「人們的論證推理能力在這樣的時代，已告失去」。

因此，我們現在可謂已進入了一個新的歷史階段，人們已有了思想表達的自由，但弔詭的，乃是反而不再有思想。思想這個領域，已讓位給了各式各樣的表演和成名文化所帶起來的衝動。不但政客名流耽於表演，甚至連反對派也同樣的以表演為尚。稍早前，美國雷根總統曾說過：「政治不過是個演藝事業。」他老兄可眞是說對了。另一媒體評論家伯恩斯坦（Carl Bernstein）也說過：

——「我們國家已到了創造出一種眞正新的白癡文化的時候。在我們的歷史上，這是第一次，那些怪胎的、笨蛋的、庸俗的事變成了新的文化規範，甚至還成了我們的文化理想。」這是個一切都讓位給了「表演」的時代。人們已無法分辨什麼是眞，什麼又是假。而祇看到各式各樣的表演與動作像走馬燈般的不斷上演，今天演過了，明天又換了另外一套重新登場。會表演，有動作的人，不管好戲壞戲，祇要是戲，它就有觀眾；如同不管好名壞名，祇要成名就好。一切表演化的結果，使得Performance這個字的其他意義已完全地被溶解，祇剩下「動作」。這也就是說，在一切唯表演化的時代，無論什麼都一層層的被剝除，被簡化，最後化約到祇剩下「動作」！

因此，當今電視記者，幾乎每天報新聞時，都翻來覆去地用「進行（或做）一個××的動作」，這是無聊的美式語法，乍看毫無意義，但其實卻極具意義，這樣的語法裡，已將我們社會那種虛無化的、泛動作的時代特性濃縮了進去！

咒罵←考驗每個人

選舉時，扣帽子的罵人髒話如「賣台」，以及罵人沒品的「下三濫」等紛紛出籠，使得目前的選舉愈來愈缺乏議題，祇有空話、謊言、髒話等舉島流竄。

「咒罵語言」（Foul Language）和「髒話」（Opprobrium），乃是一種語言現象，也是一種被動機和企圖所穿透的語言行爲。因此，由一個人用什麼話來罵人，其實也就顯示出罵人者背後的居心。因此，當代英語史專家，曾在美國哈佛大學、義大利杜林大學，以及南非威瓦士特蘭大學等擔任過教授的休斯（Geoffrey Hughes）遂指出，罵人的話裡躲藏著許許多多值得分析的痕跡。而由罵人的髒話及粗話歷史，至少可以歸納出一些趨勢，那就是髒話粗話最初以宗教範疇爲主，而後逐漸向世俗化的階級、性別、種族等方向輻射。

因此，早期由中古以迄宗教改革時代，英語裡的罵人話，總是會和宗教意象掛鉤，如罵人「邪異」（Heathen）、「異端」（Pagan）、「反基督」（Antichrist）、「邪惡」（Devil）、「迷信」（Superstition）、「瀆神」（Profanation）……等。罵人的行爲，乃是根據自己和對手的不同，而將這種差異用一個極端的標籤貼到對方頭上。中古以迄宗教改革時代，宗教概念和語詞籠罩了一切。罵人的粗話與髒話，當然勢不可免的會從宗教這個核心出發，而後延伸出去。及至到了世俗的君主威權政治增強，權力間的摩擦與鬥爭加劇，不同政治勢力與宗派間爲了鞏固本身的正當性，於是，粗話髒話遂向權力面轉移，如「叛徒」（Traitor）、「亂賊」（Renegade）、「懦夫」（Coward）……等，這種罵人的話，是要藉著罵人來收割「團體內的忠貞」（In-group Loyalty）。這種爲了政治權力鬥爭而出現的粗話與髒話，後來在民族及種族主義的煽惑下，延伸出許多「恨的語言學」和「種族主義語言學」，有許多一直延續到今日還在使用。如「黑奴」（Nigger）、「苦力」（Coolie）、「中國佬」（Chinkie）、「南非佬」（Kaffir）、「義大利佬」（Wop）、「猶太佬」（Yid）、黑人和其他有色人種稱白人爲「白種豬」（Ofay）……等。

而在罵人的粗話與髒話裡，占最大比重的，厥爲與社會教化和性別沙文主義這兩類：

在社會教化方面，它主要是以階級的優越性爲基礎，期望建造出一種價值秩序，而不合此價值秩序者即難免成爲粗話髒話的起源和對象。例如罵人「粗鄙」（Churl）、「浪蕩」（Knave）、「下流無知」（Cad）、「粗惡之徒」（Blackguard）、「窮浪小鬼」（Guttersnipe）、「流氓」（Varlet）、「鼻涕蟲」（Snotty-nosed）、「鄉野惡棍」（Villain）、「無賴」（Rotter）、

「暴發戶」（Bounder）、「無賴混混」（Vagabound）、「蕩婦」（Tramps）、「懶鬼」（Bums）、「土包子」（Bumpkin）、「婢子」（Skivvy）……等。

前代著名文豪路易士（C. S. Lewis）即說過，這一大群罵人的話，乃是「身分語言的道德化」。它是社會倫理教化裡極重要的成分，任何社會罵人的話裡，這種語言都占了最大的比重。

而能夠與上述類型相比擬者，祇有性別沙文主義所造成的粗話與髒話，它由性別中的身體語言及身體語言道德化這兩種元素建構而成，如各種與生殖器有關的髒話，「雜種」（Bastard）、「狗屁」（Shit）、「婊子」（Whore）、「下流」（Filth）、「妓」（Tart）、「浪女」（Doll）、「濫污」（Smutty）、「齷齪」（Dirty）……等，這種粗話與髒話，也是直到如今依然盛行。

因此，罵人的粗話髒話，它本身即有一本語言文化史，不但涉及意識型態，也涉及時代的社會建構與罵人者的企圖和認知。這種情況不僅在英語中如是，在漢語裡亦然。

就以罵人「賣台」而論，被罵者是否眞的「賣台」，這點實在大可爭論。但罵人「賣台」的人，他們其實根本不是要去論證什麼叫做「賣台」，以及台灣如何才叫做「賣」，而是要藉著「賣台」這樣的標籤，去替自己找一個不是「賣台」的位置，而不在這個位置上的別人，即當然的成了「賣台」。這是罵人的二分法，它和英國君主威權統治時代動輒以「叛徒」、「叛賊」、「懦夫」等二分邏輯來定義「團體內的忠貞」，並無二致。以「賣台」來罵人者，自己有一組說辭，它由「外來政權」爲核心，界定出什麼是「本土」與「非本土」，而後再劃分什麼是「賣台」，什麼是「不賣台」。這種邏輯，稍早前即已被當代法國思想家克莉絲帝娃說過，這是一種「出身崇拜症」（Originality Cult）。在「賣台」的語言行爲下，現在的選舉其實早已不是選舉了，而是一次「族群投票」。所謂「賣台」，就是在扣人帽子的二分法裡，企圖創造出一種族群動員和「團體內忠貞」的道德壓力。在這種「不投我票，即是賣台」的壓力下，投票其實也等於是一次「賣台」與「不賣台」的公投。

「賣台」是和英國的「叛徒」、「叛賊」、「懦夫」等語意相同的粗話。而用「下三濫」反擊，也同樣値得玩味。在漢語裡，凡下賤、下流，皆可稱爲「下三爛」或「下三濫」；在北京，由於受到兒化韻的影響，也有人說「下三濫兒」或「下三兒濫」。

「下三濫」和「下三爛」，究竟起源何時，已難稽考，但遍查典籍，在清代之前，似乎未見諸記載，而最早的近似詞，則見於《紅樓夢》第八十回：「我家裡下三等奴才也比你高貴些。」另外，《河北滄縣志》裡有曰：「下三爛，下流也，同下三濫。」《河北靜海縣志》亦曰：「謂下流人日下三爛。」

在漢語裡，當人們用數字「三」來指涉事物時，通常不是說數目上的「三」，而是將「三」當做「多」來解釋，因此，「說三道四」就等於「胡說八道」，「不三不四」就等於「下流不是東西」。因此，當人們說「下三等」，所指的即是「下等」、「下三濫」或「下三爛」，即等於又下又濫和又下又爛。到了近代，「下三爛」已愈來愈少用，「下三濫」遂成了固定之詞。

在漢語裡，無論「下流」、「下賤」或「下三濫」，都和英語裡諸如「蕩婦」（Tramp）、「無賴」（Rotter）、「流氓」（Rogue）……等這一大組字群相同，乃是「身分語言的道德化」，以主流仕紳階級的價值與理性爲圭臬，從而定義出什麼是「入流」，什麼是「不入流」。在「不入流」的行爲裡，「濫」乃是極早就已出現的一項，因而《論語》〈衛靈公〉裡遂有「君子固窮，小人窮斯濫矣」之論，「濫」指的是「過分」，它延伸而成的俗語裡，即有《水滸傳》第二十三回所說的「放刁把濫」，指的是「違法亂紀」。有理由相信，「下三濫」乃是由「下三等」之類的詞延伸演變而成。

由「賣台」這種扣帽子的髒話，到反罵回「下三濫」，現在的選舉眞的是愈來愈粗鄙化了。但儘管粗鄙，從「賣台」到「下三濫」，在粗鄙之中，仍有著許多超過粗鄙的意識型態、企圖、操縱、目的等在其中。

悲喜孜孜←

意思很難讓人抓得準

久旱不雨，水庫即將見底，突然飄了細雨，雖於旱象無所助益仍讓人們露出「喜孜孜」的表情。「喜孜孜」這個古老的形容詞已很久沒有被看到了，最近又被報紙使用，真讓人有睽違之感。

從早年認字讀書起。就一直對「孜孜」這兩個疊字覺得好奇。這兩個字在多半方方正正的漢字裡，顯得很不對稱：它也很難由「有邊讀邊，沒邊讀中間」的方式來想當然爾的發音。而最麻煩的，乃是它的意思很難讓人抓得準。

例如，多數人都知道「孜孜不倦」或「孜孜不怠」這樣的成語。它典出《尚書》的「予何言，予思日孜孜」，唐代孔穎達注曰：「孜孜者，勉功不怠之意。」後來的人在使用「孜孜」時，差不多都扣準這個意思而發揮。《史記》的「日夜孜孜，修學行道」，《漢紀》的「夙夜孜孜不已」。《東觀漢記》的「講誦孜孜不輟」，都是例證。

「孜孜」被用來形容「勤奮」、「努力」、「用功」並不難理解，「孜」這個字的右邊，起源於「攴」，發音爲「卜」，意思是手上拿著某種類似於小棍子或小鞭子之類輕刑罰的東西。將這個記號單元和其他記號相組合，例如它和「子」組合，就等於拿著小棍小鞭督促小孩子用功，《説文解字》稱「孜」爲「小擊」，指的差不多就是這個意思。將「攴」與「正」組合成「政」，意思即是指爲「政」即在於督促人民使之爲「正」；「攴」和象徵了金銀財貨的「貝」組合，用棍子敲「貝」，即意味著「敗」壞。「攴」是做爲「會意」的單位，而聲音則唸另外的那個組成部分如「子」、「正」、「貝」等音系。根據這樣的文字組合想像原則，許多右邊爲「攵」（即「攴」）的字，都不難舉一反三。

可是所有的記號都會在歷史裡改變，上面舉例的字是變化後的產物。它們本身當然還會繼續的一直改變下去，而「孜孜」的麻煩，乃是它一直在變，甚至變到人們已難抓得準的地步，試看下面這些例句：

如可以用「孜孜」來形容喜。明代無心子雜劇《金雀記》裡有：「喜孜孜攜手偕行，笑吟吟並偶成雙。」

如可以用「孜孜」來形容悲苦。元代關漢卿的《蝴蝶夢》裡有：「苦孜孜，淚絲絲，這場災禍從天至，把俺橫拖倒拽怎推辭？」

如可以用「孜孜」來形容孤獨。唐代歐陽詹《暗室箴》有句：「孜孜碩人，冥冥暗室，罔縱爾神，罔輕爾質。」

如可以用「孜孜」來形容美麗。宋代毛滂有詞曰：「端端正正人如月，孜孜媚媚花如頰，花月不如人，眉眉眼眼春。」

如可以用「孜孜」來形容溫馨和樂。晉代陶潛有詩句曰：「伊余懷人，欣德孜孜，我有旨酒，與汝樂之，乃陳好言，乃著新詩。」

如可以用「孜孜」來形容一場災難。豐子愷有句曰：「我眼見火勢孜孜地蔓延過來。」

如可以用「孜孜」來形容忘情的看。如《西廂記諸宮調》有句曰：「初喚做鶯鶯，孜孜地覷來，卻是紅娘。」柳永亦有詞曰：「夜永有時，分明枕上，覷著孜孜地，燭暗時酒醒，原來又是夢裡。」

如可以用「孜孜」來形容用功讀書之外的事情。明代徐霖《繡襦記》有句：「孜孜爲利清早起，又有不成人的先入市。」

因此，「孜孜」實在是很麻煩的詞，它可以用來形容勤勉、用功、專心、喜悅、悲苦、孤獨、美麗、溫馨、忘情、火災等，尤其是當人們看到喜也「孜孜」，苦也「孜孜」，簡直拿這個「孜孜」毫無辦法。

而問題不能就此停住。或許，接下來，我們必須就「孜孜」的麻煩，尋找其麻煩的道理。

漢字乃是單音字，但隨著遠古之後的社會發展，既有的字已不符應用，於是，連綴兩個以上的字而成爲複音詞，或稱「雙音化」之現象遂告自然產生。它最先是「語音造詞」，由同音或近音的單音節字，構成簡單的雙音節詞，而後逐漸往「語法造詞」的方向前進。「雙音化」是漢語複雜化之本。而重疊兩個字爲一個雙音詞，即是這個發展的開始。在《詩經》裡，估計有三六〇個，即出現六八九次。

漢字由單音字而「雙音化」，它的意義至爲重大。一是字的不足由詞的豐富化而被彌補，它使人在表達與溝通上更容易也更流暢。二是詞的「雙聲化」過程裡，由於經常考慮到音韻相通的內在性，因而使得漢語的音韻也更加的複雜與豐富。三是雙聲詞由於在音韻上被強化，因而它的新詞無論是形容詞或狀聲詞，都多少能產生一些詞語上的動感成分。

就以同字重疊而言，即變化萬千。它可以用不同的重疊詞來形容不同植物的茂盛。如用「莫莫」形容葛，用「蓁蓁」形容桃葉，用「湑湑」形容杜葉，用「蓬蓬」形容柞葉，用「薿薿」形容黍稷，用「厭厭」形容苗，用「蒼蒼」形容蘆葦……等。

用重疊詞來強化形容，這些詞原來的字都有它和被形容之事務相關的本義，重疊之後即多半變成了狀態形容詞。另外有些重疊詞則是所謂的「狀聲詞」，如以「蕭蕭」來形容馬鳴，以「轔轔」來形容車聲等。問題在於，合兩個一樣的字爲一個新詞，或合兩個音近的字爲簡單的雙聲字，卻也有它的麻煩：

其一，乃是它意義的規定性不足，因而易變性較大。就以《詩經》爲例，「囂囂」就可以用來說喧鬧、驕橫，以及某種惡言惡行等。另外，像「委蛇」這個詞，學者周法高即考據過，它至少有三十幾種同音不同字的寫法。由於規定性不足，重疊詞的變化也較頻繁。例如「幽幽」可以形容山，但到了後來，「幽幽」也可以用來形容心情或其他；「蕭蕭」可以形容馬，可以形容風，也可以形容樹葉之掉落；「楚楚」可以用來形容穿著，也可以變化爲「楚楚可憐」。規定性較鬆所造成的容易變化，乃是重疊詞最大的麻煩。

其二，這種合兩個一樣的字爲一個新詞，儘管有的是形容狀態，有的形容動作或表情，有的則形容聲音，但隨著這個詞的使用，它卻很容易往聲音這個方向移動，於是它本義的部分反而變得愈來愈稀薄，甚至還變得不再相干。這乃是重疊詞的另一個麻煩起源。

由這兩個麻煩的來源，回頭來看「孜孜」這個讓人覺得麻煩而且抓不準的詞，或許即比較容易理解它詞義變化的原因了。

「孜孜」的「孜」，前面業已說過它等於拿著小棍小鞭督促小孩勤勞用功，讀爲「子」聲。因此，這個雙聲詞，一方面有著它勤勞、專注等方面的本義，但隨著人們的使用日久，它也被視為一種表達狀態的聲音形容詞。

於是，在先秦以迄漢代，我們遂看到種種「孜孜不倦」、「孜孜不怠」、「孜孜矻矻」、「孜孜不懈」等用法。歷代典籍裡遵循這樣的本義，而有「孜孜夙夜，上報國恩」，「孜孜焉，不達於心」之類的說法。這樣的「孜孜」，都很容易被理解。

不過，由一切的記號，我們也可發現它都有極大的可變性。每個記號都有著許多外延與內涵的可能性，後人遂可以任意的選取某些特性而加以強調。例如，「孜孜」的本義為勤奮不懈，它遂可以延伸為「專心」和「專注」之意，因而遂有了「孜孜營求」；也可延伸為「不停止」之意，如「孜孜憨笑」等。字與詞都可藉著這種機制而成長，「孜孜」當然不例外。

不過業已指出，「孜孜」有本義，但在使用中卻也會變成一種被強調的聲音。於是，難免破人假借，當做音似的其他字詞來解釋和使用。甚至還會為了特殊需要而賦予它另外的意義。例如，「孜孜媚媚」的「孜孜」，即是當做「姿姿」這兩個同音字來用。當「孜孜」變成形容狀態的聲音，它即與本義漸漸脫鉤，而變得似乎愈來愈沒有意義，像是個單純為了音韻效果而用的形容詞。「孜孜」可以用做「喜孜孜」、「苦孜孜」，有時且被寫做「喜滋滋」、「苦滋滋」，道理或即在此。

因此，「喜孜孜」、「苦孜孜」，「大火孜孜地燒起來」，它的「孜孜」到底是什麼意思？我們好像知道，但又好像不知道，但卻知道用了「孜孜」來形容喜、苦和大火，就眞的很不一樣了！

插曲←百試不爽

人類的語言溝通，主要的是要靠著各種「論述倫理」如首尾相貫、誠實、就事論事等，而營造出一個「溝通介面」。這乃是「理性溝通」的基礎，它之所以是「理性」的，乃是在這些「論述倫理」裡，已將「別人」設定了進去。當人們在從事語言活動時目中有人，溝通和論證始有可能持續進行。

而由於語言表達和溝通，不可能祇是硬梆梆的說理與論證，否則就變成了人生即講堂，因而一切的語言溝通和論述，都必須各種「插曲」（Episode）來介入。「插曲」可能是語言藉著各種隱喻的運用而使其增加美化的感情，也可以是各種修辭術的展現，用以讓論述更有活力。「插曲」是對「溝通介面」的「插入」與「干涉」。如果表達的人是個誠實、一貫、動機不會讓人存疑的君子，有了「插曲」，對人們的語言溝通反而是好事，「插曲」是語言溝通裡的藝術成分。

然而，當代由於政治品質日益降低，加上媒體推波助瀾，口號式和標籤式的語言盛行，論述與論證業已死亡，因而古典民主裡不假自明的誠實、首尾一貫、動機純正等品質遂告陵夷，因而當代德國思想家哈伯瑪斯（J. Habermas）遂說道：「除非論述倫理被圍繞以動機純正和社會接受的各種建制，否則它的道德性在實踐上即將無效。」

也正因此，現在人，尤其是現在的政治人，雖然每天都在講更多的話，但人們已不能希望他們昨天所講的到了今天是否會變卦；由於政治人很清楚的知道利益優先、語言虛妄，因而他們的語言、語法，以及陳述的模式，已愈來愈不會用「論證式的語言」，而更傾向於各種斷章式的口號，有時候像希特勒般的剛性暴烈，有時候則像莫索里尼一樣具有煽情的感情。蓋祇有斷章式的，而非敘述式的語言，始可以避免掉由於必須暴露思考邏輯因而會讓自己隨興所至的彈性降低。這也就是說，在當代政治上，政治人物業已成了語言的變色龍。而這種語言變色龍的最大特徵，即是他們已不會再去構築一個「溝通介面」，反而祇是用愈來愈多的「插曲」來淆亂溝通的行爲。「插曲」是簡短的語言斷章，它不必邏輯，祇是本能：現在是個「插曲」取代了「溝通介面」的新時代。

而近來，台灣所發生的事皆涉及語言，由它所引發的風波，其實已清楚的顯示出台灣的政治正在加速的墮落與野蠻化之中。

以高雄市工務局長吳孟德的「外省人太多」，這個人在想什麼，他自己當然知道，別人也都知道。在目前這樣的時刻，講了這樣的話，除了摸著鼻子自行道歉並請辭外，事實上並沒有任何轉圜的餘地。但人們看到的第一反應。卻是吳孟德拒絕道歉，並將別人的指責認爲是「陰謀」，而高雄市長謝長廷則宣稱要「平常心」，不要「挑起族群摩擦」云云。縱使到了最後，吳孟德仍兀自在那裡自說自話的宣稱：他所謂的「外省人來太多」是指「外省人政權做得不夠」，因而他自己遂成了「被族群原子彈轟炸的小島」。

所有的這些，都與「溝通介面」無關，祇是在「插曲」上玩花樣，企圖藉著「插曲」來掩蓋本題。一九九六年美國柯林頓總統的性醜聞案爆發之初，第一夫人希拉蕊在電視訪問裡宣稱有人對柯林頓搞「陰謀」，她此言一出，第二天就被全美國的媒體批評得體無完膚。「陰謀論」在美國乃是所有政治人物都不敢輕易啓用的武器。「陰謀論」可以用手遮掩及轉移錯誤，它是一種邪惡，因而所有進步的人種，都羞怯使用。但在台灣則不然，我們祇要自己犯了錯，絕對不會承認，反而會二話不說的就祭起「陰謀論」，而每當祭出「陰謀論」，原本的問題即告消失，「立場」開始躍居首位，欺侮人的藉著「陰謀論」可以把自己裝扮成被欺侮者，「陰謀論」之所以在台灣百試不爽，即是在我們的政治文化裡，從來即沒有絕對的是非對錯準則，永遠都隨著情境和對象而搖擺。「陰謀論」這種「插曲」可以掩蓋掉錯誤。當有了這麼好用，而且還是百試不爽有用的「插曲」武器，政治人物何必介意會犯下任何錯誤。

「陰謀論」是個有用的「插曲」，「平常心」這句口頭禪不也亦然。「平常心」是我們社會裡某些濫好人所鼓勵的價値，當我們受到傷害，能不計較就不要去計較。用「平常心」，受害者可以對身受的傷害多一點忍受的能力。問題是，今天卻是加害人在說什麼「平常心」，打了別人一掌，然後要別人用「平常心」來看待，不肯用「平常心」，則是「挑撥族群關係」，惡人告狀搞到這種地步，將來沒有大報應也難。美國語言修辭學家法威爾（Thomas R. Farrell）在《修辭文化的規範》一書裡特別指出，論述之基本規範乃是誠實、首尾一貫、就事論事、責任心等。因爲當有了這些品質，始能保證公共討論之可能，權力的運作也才會有章法。當缺乏這些品質，權力即會漫流成「任意性」，它可以有耍嘴皮子的一時快樂，但思考及作爲在漫無章法後，必將使得累積性的問題日益增多，最後讓整個體制被錯亂所造成的壓力所超載。沒有是非對錯的，必將毀於沒有是非對錯，這句話實在値得台灣警惕。

吳孟德的「外省人太多」，乃是以「陰謀論」和「平常心」來轉移問題，惡人先告狀的邪惡語言使用，也是企圖藉著語言的「插曲」來逃避本題。這種情況在連戰的pass'e風波亦然。

連戰很難說是一個好的政治領袖，他是舊式的政治人物，缺乏了信心鼓漲而出的激情，也沒有群眾政治所常見的伶牙俐齒。但他以法文pass'e來稱李登輝，雖暗含貶義，其實就語言的運用而言，大體上還算是合乎現實，也還說得上是合乎規範，pass'e與英語裡的「過時」（out-of-date）同義。在古代的英法，由於社會變遷緩慢，沒有什麼過時或不過時的問題，因而法文的pass'e、英文的out-of-date有「過時」之義，都是十九世紀工業革命後的結果。以英語爲例，out-of-××這種字型，中古後期都還是用來指空間及團體等概念相關的意義，十九世紀初才被賦予它今日這種「過時」之義。

問題是，對李登輝的某些徒眾而言，他們依靠李登輝而活，那是一種「李氏基本教義派」，他們今天所做的，其實也就是昔日蘇志誠流者所做的事。他們好戰好鬥，不容任何對主子的批評或諷刺。他們永遠需要敵人來做爲墊腳的踏板，因而在Pass'e風波後，遂有了「阿舍」的謾罵風波。這是一種搶鏡頭的「插曲」與「動作」，它早已沒有了「溝通介面」，全部都是插曲」，當然更沒有了「平常心」！

因此，當今的台灣，已沒有了任何公共論述或更嚴格的公共論證，一切都祇是口號式的、斷章式的「插曲」，不必邏輯，不怕今昔對比，我們會用「此一時也，彼一時也」來合理化政治人物的顛顛倒倒，因此，以前國民黨時代的黨政一元是「黨政不分」，今天的黨政一元則成了「政黨改革」。中國古代政治名爲專制，其實質內容則相當機會式的虛無，因而古人有言：「一朝權在手，便把令來行。」今天台灣所發生的一切事情，不就是這句嘲諷式名言的再現嗎？

此刻的台灣早已沒有了「論述倫理」及它仰賴的誠實、首尾一貫、就事論事、責任心等品質，所剩下的祇有唯權力的野蠻主義，誰有權，誰就高興怎麼做即隨意去做。政府官員拒絕去立法院報告，各種政府基金的亂用不想被人管，就不給別人管，這是濫權與違憲，但卻可以惡人先告狀的說是立法院不對，到了選舉時，說不定還可以靠著這些不斷變化的「插曲」，而贏得許多選票！

這乃是當代政治的困局。當代政治由於「論述倫理」瓦解，權力早已失去了一切準則。古典的自由民主理論相信「公共論述」、「公共論證」以及「公共理性」的存在，因而根據這樣的前提，我們遂相信民主社會的政府是「會有反應的」——（Rosponsive）任何不對的事情，人們會提出批評，它會知道去改革。但由晚近的發展卻已可看出，「有反應的政府」其實並不存在。對有權力的人，批評無用，有時候甚至國會也沒有用，唯一有用的祇有群眾示威。巴勒斯坦問題搞到歐洲各地都出現大型示威，美以才會有所收斂。古典民主理論相信民主制度之所以較優，乃是它可以藉著監督而讓政府犯錯及調整的距離縮短，可以使嚴重的累積性錯誤不致出現。但在「公共論述」、「公共論證」及「公共理性」消失的時代，民主和專制間這個最大的不同，已變得不再那麼明顯，或許這才是民主的悲哀，而民主的悲哀，也就是人的悲哀！

語言是我們的希望

卷三：權力

詩——每一樣情緒都找到了說法

六月二十五是端午節，又是詩人節。而對於詩，現在的人已知道得愈來愈少了。自從人類懂得使用語言和文字來溝通表達之後，原本祇不過是做爲媒介的語言，就不再是一種單純的工具，而成了一個場域。人們在這個場域裡敲打語言、錘鍊文字，俾使自己能說以前不會說的事。語言文字因爲這樣的敲打錘鍊而豐富，而人類的知覺、感性，以及說理的能力，也就隨之而精進。從這樣的角度來看，人類的發展史有一大半可以說是沉澱在語言的歷史中。

因此，語言這個場域，乃是文明的主要生長點之一。人們在這個場域裡將舊的語詞和新的意象相連，使語言文字被不斷翻新；人們也透過字的拆解重組，以及重新黏合，而讓新的意義能進到語言中；這是語言的孳乳繁衍，它將人與外在世界聯繫到了一起。

而這是一個事後回頭重看，實在讓人不由得爲之歎服的過程。早期的人類，所創造的語言字詞有限，他們能夠理解、描述，以及駕馭的世界也同樣有限，因而使得古代人無法長篇大論地進行描繪與陳述，這也使得他們的記述多風格古樸，文詞裡的孔隙和聯想空間較多，並特別注意音韻上的重疊補充強化，俾便於記誦傳述和記憶。不論任何民族，早期的記述多以簡潔的韻文爲主，這不是沒有原因的。

而在語言文字成長的過程裡，它的這個場域裡，有極長的時間，詩人都扮演著首要的開發語言潛能的功能。他們在或長或短的詩文裡，要讓語言和心裡的想法，外在的事物與景象等緊密相連。這使得他們不得不殫精竭慮地錘打文字，創造意象，豐富字與字組合裡所能包含的信息容量；在豐富字義的同時，他們還必須豐富語言的聲音想像，讓無論興奮、感傷、高潔、孤獨，每一種情緒都找到可以歸屬的語言介面。

由於詩人在很長的時間裡扮演著語言開發的首要角色，因此當人們在回頭閱讀以前詩人的作品時，一方面當然可以將它視爲文學那樣來慢慢欣賞體會，但語言學家卻會從語言成長的角度來探索詩人們的創造過程。這是另一種專門化的閱讀方法。而詩人們開發出來的新語言和新意象，即是後來人的集體資產和集體記憶。它沉澱在人們常用的成語裡，也蛻變爲人們例行的語句、語法和語言的想像模式之中。

在漢語這個語言創造的場域，有韻的文體，從《尚書》、《詩經》，一直到《楚辭》、《漢賦》、《唐詩》、《宋詞》，以至於《元曲》和後來的《雜劇》，它的作者都可以歸爲詩人之列。這是龐大且悠久的語言開發史。而除了語言開發場域的這一部分外，我們也不能忽略了另一個佛經文化的傳統，那個時代最傑出的佛經翻譯家，藉著翻譯這個新文體，將漢語言裡灌注進了許多印度和西域文化的元素，使得漢語從造詞、句型、語言意象到語法構造，都爲之豐富不少。舉例而言，後來稱各種專門技術工作者爲「師」，如「醫師」、「導師」、「餅師」、「算師」……等等；以及許多事情都加上「頭」來做形容，如「指頭」、「木頭」、「骨頭」，……等，即都並非來自中原，而可能出自天竺或西域，而被佛經翻譯家們所引進發明。

詩人創造語言，西方亦然。在西方的大傳統裡，從希伯來聖經、希臘史詩和戲劇，一直到但丁《神曲》、莎翁的詩和劇，以至於浪漫時代的詩，它也都是韻文體，也可算是廣義的詩人事業。古老的暫不置論，就以英語爲例，就有無數今日行之已久的成語和套句，都可以在英語中找到源頭。就以英國詩人鼻祖喬叟（Geoffrey Chaucer, 1343-1400）爲例，在他的詩裡就可找到許多被發明的新語詞，而且具見匠心，如：

——他形容一個教書匠的馬爲「瘦骨嶙峋」（As Lean as a Rake）。在這裡Rake指的是農家所用的竹耙或木耙，祇有耙齒，彷彿瘦馬的骨頭。這是比喻式的聯想，新的意象遂告出現。

——喬叟曾經當過羊毛皮貨的海關管理官員，他很知道毛皮如何縫起來，於是，由「縫」（Knit），他遂在詩裡寫道「縫起額頭」（To Knit One's Brow），意思延伸，即是「皺眉頭」。

——例如，中古歐洲有一種大十字弓，它用的弩箭爲「長箭」（Bolt），直長而漂亮，於是喬叟遂用「挺直若箭」（Bolt Upright）來形容一個人高挑漂亮的新婦，於是，聯想再加上語用的約定俗成，它遂成了「亭亭玉立」。

——例如，古羅馬詩人奧維德（Ovid, 43 B. C.-17A. D.）曾在《愛之藝》這本詩集裡，教人如何去挑弄勾引，他有詩句曰：「他們來看別人，也被別人看。」後來，喬叟乃是第一個用中世紀英文表達類似情況的詩人，他寫道「看與被看」（To See and be Seen），延伸之意，乃是「招蜂引蝶」。

——例如，從古羅馬詩人起就有人說過「盲目的愛」，但喬叟則是第一個英國詩人，說出「愛情是盲目的」（Love is Blind）。

——再例如，蜜蜂飛進飛出，顯得很忙碌，因而長期以來，人們皆將蜜蜂視爲大自然的規律代表之一，但喬叟卻首次用「忙若蜜蜂」（As Busy As a Bee）來形容一個婦人在人前人後假忙，雖然他用這個比喻有點諷刺性，但「忙若蜜蜂」終究流傳了下來。

——英美諺語裡有「若要人不知，除非己莫爲」（Murder will out），而考其出處，則在於喬叟的作品裡。他講一個惡徒，將七歲小孩殺害，而後棄屍糞坑，而後指出「謀殺者終將敗露」（Murder will out）。這是個簡省句，嚴格而言應寫爲 Murder will come out，而後即延伸爲「若要人不知，除非己莫爲」。

——再例如，中古時代歐洲盛行煉金術，術師用硫磺來燒，氣味怪異，會發出一種被稱爲「公羊臭」（Rammish）的味道，因而喬叟遂曰：「臭若公羊」（To Stink like a Goat）。將人身上的臭味比之於公羊，以此爲始。

——文學史已證明，「右耳進，左耳出」（In one Ear and Out the Other）這個比喻，乃是喬叟所創用。後來過了將近四百年，另一英國文豪史威夫特（Jonathan Swift, 1667-1745）也寫道：「他們所説的，對我是右耳進，左耳出。」這句話主要用以表示人的不用心，太過魯鈍。它現在似乎已全球通用。

除了喬叟在語言發明上居功厥偉外，莎士比亞更堪足述。由於篇幅所限，祇論他所寫的十四行詩第三十首，以概見其餘。

莎士比亞計寫十四行詩一五四首，第三十首名爲〈往事追憶〉（Remembrance of Things Past），它將「追憶」用名詞表現，成爲主體，雖然全句有點同義重複——「追憶」即「往事」，正因「往事」，始能「追憶」，但句型特殊。當年法國文豪普魯斯特（Marcel Proust, 1871-1922）完成七大卷追憶，法文定名爲《追尋失去時光》（A' la recherche du temps perdu），但該書最早英譯者蒙克里夫（C. K.Scott Moncrieff）認爲，將法文書名照直譯爲

《追尋失去時光》（In Search of Lost Time）實在太過平淡，因而遂將莎士比亞的詩句詩名挪用。而有了這個書名，普魯斯特的著作也更加相得益彰。

詩人創造語言，而這種具有新義的語言從而成為共同的資產和記憶，有許多更在古代發揮了使人心端正，或想像飛越的領導作用。這些故事實在難以窮盡。在此，可據麥孔尼（Michael Macrone）的《詩之複習》（Brush up Your Poetry !）一書，再擷列若干為證。

十六世紀英王亨利第八的王師史基爾頓（John Skelton, 1460-1529），他有〈把狼關在門外〉（To Keep the Wolf from the Door）之詩，這是極好的借喻，可以延伸為修身養性，不近邪惡等意義。

例如，威亞特爵士（Sir Thomas Wyatt, 1503-1542）乃是英國十四行詩的早期重要詩人，被認為「莎士比亞前的首要詩人」。他除了抒情詩外，也寫了許多對語言做出反省的作品，留下許多句子，流傳至今，如「語言廉價」（Words are Cheap），「語言不過一陣風」（Words are but Wind），「語言不過就是語言」（Words are but Words），「由空話到功業有好大一片空間」（From words to Deeds is a Great Space），「一堆話裝不滿一個斗」（Many words will not Fill a Bushel）……等。他的這些話，每一句都可以送給台灣這些空話太多，但事情一件也沒做的政客官僚。

馬洛（Christopher Marlowe, 1564-1593），乃是莎士比亞前的最偉大劇作家，他在一齣戲裡留下「曾經戀愛的人，哪個不是一見鍾情？」（Who ever Loved that Loved not at First Sight?）這個名句，當時曾被倫敦人琅琅上口，後來還被莎士比亞借用。

唐恩（John Donne, 1572-1632），他被認爲是最深刻且形上的詩人，有過「鐘聲爲他而鳴」（For whom the Bell Tolls）及「沒有人是個孤島」（No Man is an Island），這兩句都在同一詩內，說的是人的死亡和與上帝合一等神祕感情，對後代發揮了很大的啓示作用。

大詩人班強生（Ben Johnson, 1572-1637），寫過「飲我僅僅以妳的眼」（Drink to Me only with Thine Eyes），這句詩美得不可方物，而且柔情萬千。他另外有「不是一時，而是永遠」（Not of an Age, but for all time），意義極爲深刻，台灣政客喜歡說「XX是一時的，XX是永遠的」，可以說都是班強生的惡質抄襲者。

詩人創造語言，而新語言又可以產生新感悟和思考的新面向，其中的故事實在多得難以窮其盡。而在此刻的台灣，事務紛亂，是非倒錯，就讓人想到大詩人葉慈（W. B. Yeats, 1865-1939）的詩句：「事務分崩離析，中道難守。」（Things fall Apart; the Gentre cannot Hold.）單單這一句鏗然有聲的句子，就可概括台灣的總體相。至於結果呢，二十世紀另一大詩人艾略特（T. S. Eliot, 1888-1965）有詩曰：「這是世界終結的方式，不是砰的一聲，而是嗚咽一場。」（This is the Way the World ends / Not with a Bang but a Whimper.）

季軍←

不明確的第三名

近代的體育運動發展，曾有過兩個重要的階段性變化。

其一，乃是十九世紀後期的那三十年。在英國的先發之下，體育運動被編進了已發展到高峰狀態的國家主義中。英國社會歷史學家霍布士鮑（Eric Hobsbawrn）及蘭傑（Terrence Ranger）在合著的《傳統之發明》裡指出，英國的資產階級和殖民主義這時已到了最高峰。於是遂將舊的體育運動以及新發明的體育運動，藉著體制化的展開，而被大都市定義爲「一種文明的過程」和具有國家認同的儀式，俾將當時的新興中產階級編入資產階級的價值秩序中。如此提高體育運動，乃是英國所發明的傳統，它的內容包括了許多球類運動規則的修改；一八七三年出現網球；而全國性的溫布頓盃則於一八七七年開始——比美國早了四年，比法國早了十四年；另外則是英國足球協會於一八七一年成立，牛津與劍橋的年度友誼比賽於一八七〇年開始；而一八九八年乃是英女王鑽石禧紀念，英國所有的殖民地也都以各種球類運動爲慶；英國的板球協會也於一八七三年組成；十九世紀最後三十年以英國爲首的這種作爲，固然增強了大英帝國的文化氣勢，但各國爭相仿效下，它其實也將歐洲各國的國家主義推到了新高點，並在二十世紀發酵。

其二，則是第二次世界大戰之後四分之一個世紀裡，以美國爲首的「體育工業」的展開。這是把從前赫斯特報系和普立茲報系煽情新聞用於大學橄欖球和職業棒球運動後，更進一步的發揮。不但報紙和廣播已完全被電視取代，更重要的，乃是它在使體育運動更徹底地工業化之後，體育運動已不再是一種參與，而成了新的觀賞式消費和狂歡式娛樂，滿足了人們逃避的閒暇。對美國而言，這是它的國家主義得以因此而更加地全球化，但換個角度而言，其他國家仿傚後，則未嘗不是另一種新的國家主義也藉機在體育運動中興起，近年來歐洲各國普遍出現的「足球暴民」（Hooligan）即是證明。

而對發展中國家，體育運動在這兩個階段當然也跟著出現巨大的變化。在前一個階段，幾乎所有的後進國，都的確被英國國家主義所帶動的風氣所捲入，男子們盛行戴著英國人發明的那種殖民文官所用的硬殼窄邊的帽子，穿著淡色的西裝參加各種體育活動，而英式運動員的短衣短褲則成了全球的標準，每個社會原本自有的運動遊戲，則漸漸地被認爲是不符合文明過程而被淘汰取消。而進入第二個階段後，則是各種觀賞式的體育活動已在媒體工業帶動下更加地全球化與狂歡化。觀賞式的體育活動和產生的激情，已彌補了愈來愈墮落的政治和愈來愈不可信的媒體，成爲人們熱情的最後寄託。

而我們的體育運動，其實也就是在這樣的脈絡下被發展出來的。傳統的騎射、拳操、摔角、蹴踘等迅速沒落，殘存的似乎祇有龍舟與拔河而已。而西方式的足球、籃球、排球、乒乓、網球等，主要是透過西方教會學校和租借地的外國人而被引進。這些體育活動，在十九世紀末，經由洋務派所辦的軍事學堂和洋務學校而進入我們的教育和青年工作體制中，最早的似乎是一八九八年天津基督教青年會所推展的「筐球」（即今日的籃球）；一九〇四年上海開始乒乓活動；一九〇五年在廣州和香港等地開始「對球」及「挖力球」（即今日的排球）以及足球校際比賽。

由於我們的體育運動肇始於教會學校和洋務學堂，因而那個時代的漢語語詞，遂有極多皆出自所謂的「秉筆華士」或「華師」。在早期中國現代化階段，他們是一個非常獨特的階層。他們出身舊的讀書之家，對古典雖非通博，但都有極高的水準，因而在接觸西方的觀念與名詞後，每多能創造出極好的翻譯，或借古移用，成爲後來的習用詞。當我們查考今日許多常用語，諸如「教科書」、「章程」……等，即可發現它們都和「秉筆華士」及「華師」有關，而由洋務學校和教會學校所發展出來的詞彙亦然。今日我們所謂的「冠軍」、「亞軍」、「季軍」、「殿軍」，即可以說是極佳的語詞創造成果。它們都以古典爲基礎，加以翻新而成。

所謂「冠軍」，乃是自漢代以來即未曾間斷過的形容稱謂詞。在《史記》的〈項羽本紀〉裡，即指出楚國有個名爲宋義的大將軍極爲卓越，「諸別將皆屬宋義，號爲卿子冠軍」。昔日霍去病伐匈奴有功，則封爲「冠軍侯」。「冠軍」這個形容詞，從魏晉到南北朝，成爲正式的官銜，稱「冠軍將軍」。因而梁朝吳均遂有「爾時始應幕，來投霍冠軍」之句，在唐代亦有「冠軍大將軍」這樣的銜稱。

及至到了清代，「冠軍」這個詞不但其官稱保留，而且也俗化爲與「出類拔萃」同義。《清稗類鈔》裡即指出，清代皇帝的鑾儀衛和旗手衛（即皇帝的衛隊和儀隊），其首領即稱「冠軍使」，雍正皇帝時又稱之爲「冠軍雲麾」。另外，由黃周星所撰〈補張靈崔瑩合傳〉裡所說：「父命靈出應童子試，輒以冠軍補弟子員。」可見當時考試第一名也被稱爲「冠軍」，這代表了「冠軍」已不再祇限於軍旅之用。在這樣的脈絡下，任何比賽或競爭性的活動，第一名稱之爲「冠軍」，當然也就不至於讓人太過突兀了。將運動比賽第一名稱爲「冠軍」，沒有一點學問的人是想不出來的。

至於「亞軍」的「亞」，《爾雅》稱：「亞，次也。」從春秋戰國時代以來，「亞子」、「亞將」、「亞卿」等這種排第二位的稱呼，即從未間斷，孟子被稱「亞聖」，即堪爲證。在漢代，御史大夫的地位次於丞相，亦稱「亞相」。「亞」的秩序爲第二，在這樣的脈絡下，當然亦屬順理成章。

而比較有爭論空間的，或許乃是第三名的「季軍」。由《左傳》的多個章節，我們知道「季」在秩序上略有混淆。〈文公十八年〉一段說它在「伯仲叔季」這四位裡，排爲第四。〈昭公三年〉這一節，則說「季世」是「末世」。但〈昭公六年〉這一節，卻又說「高辛氏有二子，伯曰閼伯，季曰實沉」。由這些段落可以看出，無論是兩位或四位，「季」都是末位，它並可以泛指「最後」之義。

但另外的秩序系統，卻又顯示「季」經常被用來指三位裡的最後一位。例如一年四季裡每季的最後那個月，即三、六、九、十二月，皆被稱「季」。而古代的三軍，有所謂前軍、中軍、後軍的陣列方式，後軍亦稱「季軍」。由上述這些不同的定義，可見不論二位、三位或四位，「季」都是指最後，這也意味著「季」可以視情況而稱之爲第二、第三或第四。或許因爲它和「殿」相比，「最後」的這種意義已非那麼嚴重，「季」遂成了繼「冠軍」、「亞軍」之後的第三。

與定位不是那麼明確的「季」相比，「殿」在「最後」這層意義上，遂確定多了。在《左傳》〈襄公二十六年〉裡曰：「析公奔晉，晉人置諸戎軍之殿，以爲謀主。」「殿」在軍隊用語上指的是「殿後」，而《晉書》〈王坦之傳〉曰：「孟反范燮殿軍後入，其自全如此。」這裡所謂的「殿軍」，指的是諸軍之最後。「殿」與「季」相比，它的「最後」之義顯然更為明確，「殿」遂排到了「季」之後。

不過，所有的秩序，經常難免出現一些混淆。一項比賽，設若祇取四名，依序為冠、亞、季、殿；但當祇計排名，而不是祇取四名，這個「殿軍」就難免叫得有點尷尬，「殿」怎麼是第四，而不是「殿後」？祇是在約定俗成的意義裡，這種尷尬已無人在意而已。

但無論如何，能夠將競爭性的行為，以冠、亞、季、殿來稱呼，將舊語言聯繫到新行為上，這仍然是極不容易的語言小發明。發明者必須對古代的秩序語詞有相當程度的理解，必須對新事務的本質不陌生。以「軍」稱之，足以凸顯其競爭性。由此亦可看出古人也未嘗沒有值得今人效法之處。

在漢語詞裡，秩序的語詞乃是一個獨特的領域，如倫理性的「伯仲叔季」，如等級性的「甲乙丙丁」，如勛爵性的「公侯伯子男」，如循環性的「子丑寅卯」，它的每個系統都各有其設定之邏輯。「冠亞季殿」所模擬的乃是軍隊，其他系統的邏輯將來俟機再論。

凸槌←值得研究的俗字

明代洪楩所刻的《清平山堂話本》故事集裡，收了一篇〈快嘴李翠蓮記〉，讓人不由得就會聯想到日本外相田中眞紀子。

〈快嘴李翠蓮記〉裡，李翠蓮是個勤勞能幹、美麗大方的民間女子，但她有個要命的缺點，那就是「從小生得有志氣」而且「口快如刀」，對任何虛僞和看不慣的事情，都會頂撞回去。她在媒妁之言後下嫁張家，但祇不過三天，即因頂撞公婆和夫婿，而被休回娘家，回到家裡她那種快嘴的本性並未稍改，因而被迫削髮爲尼。而她也對囉囉嗦嗦的世俗生活覺得厭倦，遂欣然出家。這個故事以非常生動有趣，帶著一點庸俗喜感的方式寫作，在古典小說裡占有評價極高的位置。它把一個人嘴巴又快又利，動輒脫口而出使別人覺得突兀且無法消受的話語之情形，表現得淋漓盡致。

這個故事說的是快嘴李翠蓮，藉著故事，也等於將什麼叫「快嘴」做了很好的定義：它指一個人完全依照本性而發言，對自己所講的話從不好好地思前想後，因而他脫口而出的話遂難免成爲麻煩的源頭。「快嘴」是一種率性，但同時也可能是一種愚蠢。《老殘遊記》第六回裡曰：「都是爲他的嘴快惹下來的亂子。」

但在福建，對這種嘴快的現象卻不稱「快嘴」，而稱「突喙」、「突觜」或「突嘴」。今天台灣的青少年不識之無，在網路上寫成聲音相似的「凸槌」，媒體也不辨正僞的襲用，儼然成了新的俗字。雖說語言文字爲約定俗成之事務，但我們卻也不能疏忽了，它並非完全可以根據人多、流行或權力而任意爲之，語言文字仍有它本身的法則，以「突喙」來形容人的快嘴和暴言，所依據的乃是會意的法則，設若許多字都以不相干的同音或近音字代替，在破壞造字造詞法則的同時，乃是對文字想像力的斷裂。宋代孫奕在《履齋示兒編》卷二十二裡曾查考各類俗寫之僞字，對造字法則的毀壞感觸極多，若他看到「很」變成「粉」、「突喙」則成了「凸槌」，豈不要去撞牆。

其實，有關「喙」、「觜」、「嘴」字，它本身即有一段造字的故事。最早在甲骨文裡出現的乃是「喙」，被寫成相當符號化的「⿰口乃」，它右邊乃是張著大嘴的豬形，用以指涉動物的「嘴」，到了秦代，始有「觜」和「嘴」的出現，它所指的乃是禽鳥尖角的嘴形，因而從「角」。在這樣的脈絡上，「觜」可以說是「嘴」的前身。縱使在宋代，「觜」的使用仍極普遍，這意謂著可能是到了明代，「觜」才被「嘴」完全取代，而不管禽或畜，都使用「嘴」

這個字。似乎祇有語言文字變動比較緩慢的福建，還繼續使用「喙」這個字。儘管「喙」與「嘴」並不同音，但近代在通俗用法上，「喙」、「觜」、「嘴」則早已被視爲相同的字，並延伸出許多與「快嘴」相同語法思考的字詞。

例如，「接嘴」、「插嘴」、「捋嘴」這種口語用法，都載諸宋代口語著作《五燈會元》。「接嘴」是指當別人講完，即接著別人的話乘機發揮，「接嘴」是個負面詞，「插嘴」指別人講話時，強行插入，也是個負面詞。而「捋嘴」則指捋起喉嚨，準備大大地逞口舌威風，也是負面意義的詞。

而在福建，類似的話亦多：

例如，「嘴尾」或「喙尾」指接著別人的話頭說話，有拾人口舌之意。

例如「嘴緊」或「喙緊」，它不是指口風很緊，而是指「緊急」的「緊」，因此它和「嘴快」同義。在福建，口風很緊用的是「嘴密」。

由「快嘴」和「突嘴」這種會意式的說人講話，動輒率性地脫口而出，就讓人想到過去幾個月來在國際外交圈裡令人側目的日本外相田中眞紀子。她是日本前首相田中角榮之女，由於田中角榮形同日本的「國王製造者」，對內對外皆有極強的人脈，因而田中眞紀子出任外相之初，曾極被看好。她就任之初，美國外交上正以「反中」爲軸，她公開抨擊美國「惡意播弄美、中、台關係」，接著又拒見到訪的美國副國務卿阿米塔吉，這雖然在外交上已極不得體，但至少還算是立場的表露。而接下來，她那種率性而為的脫口之言更增，最後終於造成國會決議，禁止她前往紐約參加聯合國年會與G八外長會議，必須停留在國內答覆國會質詢之事。要她留在國內應詢乃是表面理由，實質上是擔心她在國際場合繼續「突嘴」。當然，禁止她出席國際重要會議，也顯然是要替褫奪她的職務做準備。

田中眞紀子喜歡率性發言，事先未經愼思，事後亦從不反省，這種人活在祇適合她自己一個人的世界裡，她的發言已不具任何修辭與溝通的功能，每次講話都是新麻煩的開始。快嘴李翠蓮最後被迫削髮出家，而田中眞紀子則在不久的未來可望被更動，讓她回家去做自己的家庭主婦。由李翠蓮和田中眞紀子的故事，已可看出「快嘴」和「突嘴」與「突喙」的問題。

「突嘴」和「突喙」儘管是方言，但它由「突」的意象聯想到嘴的動作，從而根據會意法則造成新詞，基本上仍有其造詞之邏輯。但當它被隨便找個近音字替代，成為「凸槌」，這種「音近更代」的新俗字，卻和所有的字詞想像不再有任何關係。由此，我們倒是可以從俗字發生學的角度來做進一步的探討。

自古以來，任何社會都有新俗字的出現。在漢語裡亦然。有些新俗字會在開始的錯誤中重新爲俗字做出定義，俗字會逐漸變爲新的約定俗成，但若太過離譜，這種俗字在過了一段時間後，即難免會被淘汰。而在俗字形成的過程中，以近音字來取代，即是最頻繁的方式之一，當人們不知道那個字應如何寫，或嫌它的筆畫太多，找個簡單的近音字代替。

在「娘」代替「孃」這個例子上，顯示出它最後獲得了成功。「孃」最先是指母親，而「娘」則指少女，爲了簡化，隋唐時代遂在俗寫中以「娘」代替「孃」，而「孃」這個字則因被替代而逐漸廢用。而「娘」則成爲一個多義字，加上不同的形容詞，可以有不同的意義。如「老娘」指母親，「姑娘」指少女……等。

然而，以近音字替代，更多的例子則反而是成爲一則則的小笑話：例如，古代極早即有「塑像」之稱，但對識字不多者，「塑」這個字太過陌生且少用，遂以常用近音的「素」字來代替，後來覺得「素像」實在太過奇怪，又造了「𡊄」這個俗字，希望藉著加個「土」字偏旁來合理化「素像」之「素」。這個奇怪的「𡊄」字甚至還一度被收在正式的字書裡，而今這個奇怪的「𡊄」和「素像」，當然都已不知消失何方了。

再例如，舉東西爲「扛」，這個字雖然筆畫不多，但實在少用，算是冷僻的正字，因而對許多俗人，遂以近音的「剛」來替代，但「剛」和將東西舉起來的意象完全不符，因而又有了另造「掆」字，加上提手邊旁，俾使其合理化。到了今天，這種奇怪的俗字當然也消失了。

俗字乃是一個很值得研究的課題。

俗字之所以為俗，乃是它的造字造詞邏輯較為荒誕離譜，或者任意而為，或者借音拼湊，而這種俗字通常和階級與地域有關。識字較少的階級比較會造俗字，方言裡也會有較多俗字。在此，可以舉宋代周去非在《嶺外代答》卷四裡所談「俗字」一節，證明俗字有趣的荒誕性——「廣西俗字甚多，如𡘙音矮，𡚸音穩，言大坐則穩也；奀音勬，言瘦弱也；𣦚音終，言死也；𡥧音臘，言不能舉足也；仦音嫋，言小兒也；𡛀徒架切，言姊也；閂音櫳，言門橫關也；𥑮音磡，言岩崖也；氽音泅，言人在水上也；氼音魅，言沒人在水下也；㲀音鬍，言多髭；研東敢切，言以石擊水之聲也。」

而我們今日的「粉」、「凸槌」之類的字詞，將來是否也將成為同樣的字詞笑話呢？

風頭與鋒頭——存在許多矛盾

故國防部長俞大維之子俞揚和，以及蔣經國之女蔣孝章夫婦，由於中研院口述歷史涉嫌誹謗問題，已委由律師提出加重誹謗及誹謗死者之訴，同時還要求中研院負連帶賠償責任。

這起訟案，由於涉及權貴豪門之後，兼及風月傳聞；又和歷史記述是否能夠有聞必錄等「史德」問題，屆時開庭，必將轟動一時。可惜的是，俞揚和已表示，由於蔣孝章不喜歡「出風頭」，她將不會回台打這場官司。由於此案少了蔣孝章的露面，必將爲之減色不少。

由「出風頭」一詞，遂想到《清稗類鈔》裡的兩段記載：

其一曰：「出風頭，出其所長，以炫於人，因而得美滿之讚譽，以自鳴得意者，謂之出風頭。例如妖姬艷女，明妝麗服，招搖過市，途人矚目；以及夜入劇場，翩然下降，光艷照人，一座皆驚，皆出風頭之謂也。它如偉人演說，全場鼓掌，文士屬稿，一時紙貴，狎客豪舉，千金不吝，名優獻技，四席傾倒，亦皆出風頭之謂也。是以出風頭爲最榮譽之名詞，亦人所極願自出，而深妒他人之大出也。」

根據《清稗類鈔》的該則敘述，「出風頭」乃是吳語方言，而後向全國擴散，成了人們普遍的口頭語。另據清末著名狹邪小說，又稱社會人情小說，以吳語方言寫成的《九尾龜》所記，「風頭」在吳語中有「風韻」和「風致」等涵義。故該書第二十七回遂曰：「那林黛玉，雖然相貌平平，卻是個天生尤物，豐韻天然，那一顰一笑的風頭，一舉一動的身段，眞是姑蘇第一，上海無雙。」另外，說書第七十一回亦曰：「祇她年紀也有二十四、五歲的樣兒，風頭卻還甚好。」

其二，則是《清稗類鈔》在談到天津方言「吃抖」時，曰：「吃抖，猶上海所謂出風頭也。」由這段記述，平津一帶的人說別人很神氣，很出風頭，爲什麼會用「你很抖啊」、「抖什麼抖」，也就很容易理解了。平津一帶稱呼那些吊兒郎當的時髦青少年爲「小抖亂」，其道理也不難猜測。

然而，「風頭」與「出風頭」的這種吳語用法，在清代的前期或更早，以及其他地方，顯然並無先例。

例如，宋代的朱熹在《朱文公集》裡曰：「但見朋當此風頭，多是立腳不住。」在那個時代，所謂的「風頭」，代表了大勢所趨的趨勢，與後來所謂的「勢頭」，意義相當。這種代表了大勢所趨的「風頭」，長期以來，其意義多無變化，因此，《紅樓夢》第六回和第一一一回，遂相繼曰：

——「先試試風頭。」

——「看個風頭，等個門路，若到了手，你我在這裡也無益，不如大家下海去受用，不好麼？」

另外，則是《老殘遊記》第十九回亦曰：「見面連贏了兩條，甚爲得意。那就風頭好，人家都縮了注子。」

由於自宋代以降，「風頭」都代表了風向、趨勢和勢頭，後來的青幫與洪門在它們的「隱語系統」裡，「風頭」與「風」，遂延伸著「勢」的意義而持續發展。

如：

——「風頭緊」、「風緊」、「風硬」、「風大」，皆指情勢不佳。通常都是說警方緝捕得非常緊急。

——「避風頭」、「得風」。前者指暫時銷聲匿跡，以躲過這段不好的情勢。而後者則指有了奧援，得以逃脫追捕。

——「把風」、「防風」、「失風」。前兩項都指在作奸犯科之際，皆派人哨探，以防警察與生人發現。而「失風」則指運氣不佳，被警捕獲。

正因長期以來的「風頭」以及相關的「風」之意象，都對準了「大勢所趨」這樣的涵義，因而吳語方言將「風頭」解爲風韻、風致或風光，而「出風頭」則指在風韻、風致或風光上超人一等，它的造詞想像與造詞邏輯，遂難以被理解，或許也正因此，在許多地方，我們遂看到了諸如「他的鋒頭很健」、「鋒頭十足」、「出鋒頭」等書寫方式。這樣的書寫方式，似乎一定程度地顯露出了人們對「風頭」、「出風頭」造詞邏輯的某種迷惘。方言的書寫，經常會消失掉它造詞想像的思考痕跡。而我們怎麼知道「風頭」與「出風頭」裡的「風」，不是在書寫過程裡，發生了「同音假借」的現象，因而「鋒」被「風」所假借掉了？

在古代漢語裡兵刃器皿裡最重要突出的那一點爲「鋒」，因而由「鋒」的想像，遂延伸出許多與「出類拔萃」相關的意象。如「鋒芒畢露」、「誰與爭鋒」、「鋒發韻流」……等。《史記・留侯世家》曰：「願上無與楚爭鋒」；「爭鋒」者，在最關鍵要緊之處，一較長短，以求勝出與出人頭地之謂也。由古代的「爭鋒」，也讓人想到吳語方言裡與「爭風吃醋」密切相關的「爭風」。吳語方言裡，凡男女爲了風月之事而爭面子，鬧事端，皆稱爲「爭風」。而「爭風」是否亦「爭鋒」的「同音假借」？

然而，語言，尤其是方言的書寫裡，約定俗成的習慣約束力最強，因而儘管對「風頭」與「出風頭」多有疑惑，但代表了情勢的「風頭」，如「避風頭」和「風頭緊」，以及與它多少都有點矛盾，代表了場面風光的「風頭」，如「風頭健」、「出風頭」，卻就這樣矛盾地一直並存著，並將繼續並存下去。

山頭和門派

佛教語言穿透我們的生活

佛指舍利到台灣，乃是極度盛事。主其事者表示，佛教界的「四大山頭、九大門派、五大團體」，在這次迎接佛指舍利的過程中，彼此通力合作，顯示出整合的契機。

台灣佛教界是否眞的會因爲迎接佛指舍利而整合？或者，目前所謂的整合，祇不過是在佛指舍利光芒籠罩下的短暫現象，等到恭送之後，就仍然回到本來的狀態？這些問題目前都無答案，但卻値得佛教界自我惕勉。不過，主事者所說的「四大山頭、九大門派、五大團體」，這多多少少仍然顯示出，台灣佛教界想要做出更大的整合，仍有很長的路要走。而由「山頭」及「門派」這兩個用語，則有許多問題可堪進一步的討論。

所謂的「山頭」，指的乃是「一方勢力」之謂。《晉書》曾提到，東晉初期，軍閥自雄，當時的蘇峻擁兵自恣，不服朝廷，深爲所忌。蘇峻曰：「台下云我欲反，豈得活耶，我寧山頭望廷尉，不能廷尉望山頭。」因而稱兵造反，後被陶侃、溫嶠所平定。在這裡，「山頭」即指「一方勢力」。

而「山頭」的這種意義，《水滸傳》第三十五回亦曰：「江湖上聽得說對影山有個使戟的，占住了山頭，打家劫舍，因此一徑來比畫戟法。」

近代「山頭」一詞日益盛行，甚至已成了一種口頭禪，主要乃是「文革」時期的影響，「文革」時毛澤東爲樹立一己的絕對權威，遂將其他次級權威一律打爲「山頭主義」。他在〈學習和時局〉一文指出：「山頭主義的社會歷史根源，在中國小資產階級特別廣大和長期被敵人分割的農村根據地，而黨內教育不足，則是其主觀原因。」一九六七年五月十五日的《人民日報》在抨擊「山頭主義」時，也聲稱：「有的甚至講排場，比闊氣，裝飾自己的小山頭。」「山頭」和「山頭主義」一詞，經由「文革」時期的擴散，不但影響到全中國，甚至至台灣亦不能免。

因此，「山頭」原本祇是用來指「山」，但它結合了「占山爲王」的特性，遂延伸成了指「一方勢力」的「山頭」之意。而由這裡，遂牽涉到另一個有趣的語詞形成的課題了。

近年來，有關古漢語的研究日廣。而在新興的研究領域中，佛教經典的語詞問題則最有進展。根據這方面的大陸學者之著作，如朱慶之的《佛典與中古漢語詞彙研究》，梁曉虹之《佛教與漢語詞彙》，我們已很清楚地知道，佛典的翻譯大大地豐富了漢語的詞彙。許多我們今日仍在使用的漢語詞彙，都脫胎於佛典。這些佛典詞彙裡，有一種乃是另加字尾，使一個字被雙音化：

有些加上一個「家」字，如種田的稱「田家」、屠夫稱「屠家」、仇家對頭稱「怨家」等。

有些加字尾「師」字，如船夫稱「船師」、教書的稱「教書師」、畫匠稱「畫師」、管帳的稱「算師」、做餅的稱「餅師」、醫生稱「醫師」等。具有專業技藝的被附上師之名，即始於佛典。

而對許多物體或動植物，則加上「子」字。如刀稱「刀子」、鑷稱「鑷子」、身體稱「身子」、麥稱「麥子」、稻穀稱「穀子」、柑橘稱「橘子」、瓜種稱「瓜子」、蚊稱「蚊子」、狗稱「狗子」、廚房掌廚的稱「廚子」等。

而在這種型態的詞彙裡，有一種則是加個「頭」字，如上面稱「上頭」，下方稱「下頭」、前方稱「前頭」、後面稱「後頭」、路上稱「道頭」、裡面稱「裡頭」、鼻稱「鼻頭」、指稱「指頭」、木材稱「木頭」、骨稱「骨頭」、蓋子稱「蓋頭」、除此之外，今日我們說「頭頭是道」裡的「頭頭」，也同樣出自佛典。

因此，佛典中的漢語詞彙，乃是一個特別值得研究的課題。以「頭」這個字尾來表示方向位置有關的詞彙，遂衍生出諸如山上指「山頭」、樹指「樹頭」等詞彙。有理由相信，

「山頭」這種用法，隨著「占山爲王」現象的出現，「山頭」遂漸漸地往「一方勢力」這個意義方向發展。由於毛澤東深受《水滸傳》造反思想的影響，他會用「山頭」這個詞彙來指「一方勢力」，也就不足怪異了。在這樣的脈絡下台灣的佛教界，每方勢力皆各有其山，因而以前的寺院外門稱「山門」，以前的寺院住持則稱「山主」，而僧侶則自稱「山僧」。以山爲名，「一方勢力」當然也就成了佛教裡的「山頭」。

因此，由「山頭」一詞，已可看出佛典詞彙影響到中古漢語的痕跡，從而成爲近代漢語裡的主要成分。

而這種情況，在「門派」一詞裡亦然。近代漢語的口頭語裡，可能受了武俠通俗小說的影響，「門派」一詞已成了國民語彙之一。但若深入地加以考掘，或許會發現，今日意義的「門派」，主要乃是出自佛教裡的禪宗，而後再影響到儒家，接著才由儒家而通俗化。也正因此，《佛學大辭典》遂曰：「門派，一門之法流也，多指各禪宗之派別。」

「派」乃是極早的甲骨文字，指的是「水支流」。因而左思在〈吳都賦〉裡遂曰：「百川派別，歸海而會。」至於「門」字，在它的諸多意義裡，也有一種意義是指「分類」或「宗派」。例如，王充在《論衡》裡即曰：「論者皆云：孔門七十子之才勝今儒。」

不過，「門」、「宗」、「派」等漢語漢字雖極古老，但將其合而爲一，並藉著大量著述，而將「門派」和「宗派」建構成一種認知，一種注重淵源的價值，則仍然是佛教。佛教這種強調「門派」和「宗派」的著作，即是所謂的「宗系類著作」，數量最多的，乃是禪宗的各種「燈錄體」作品，如《景德傳燈錄》、《天聖廣燈錄》、《建中靖國續燈錄》、《聯燈會要》、《嘉泰普燈錄》、《五燈會元》、《五燈會元續略》、《禪燈世譜》、《指月錄》、《續指月錄》、《佛祖宗派世譜》、《緇門世譜》……等。

隨著佛教進入中國並日趨鼎盛，佛門的各個分支為了端正其淵源師承，並各自建造其合法性，大約從南北朝開始，各種敘述其傳承和統緒的著作即告大量且持續地出現。這種著作，有的以傳記方式表達，有的以語錄方式呈現，但無論哪一種方式，皆主要的是要將它的統緒關係做完整的交代。

而這種「宗系類著作」，當它成為佛教主流之後，接著即影響到儒家，從宋朝開始，儒家的「學案體著作」逐漸大量出現，模仿佛教而將儒家每個不同派別的師承淵源加以交代，如朱熹的《伊洛淵源錄》、明代周汝登的《聖學宗傳》、清代孫奇逢的《理學宗傳》、黃宗義的《明儒學案》、《宋元學案》、江藩的《漢學師承記》、《宋學淵源記》、唐鑒的《清學案小識》、熊賜履的《學統》、萬斯同的《儒林宗派》……等。

因此，「門」的多重意義裡，儘管早已有「分類」和「宗派」的內涵，但將它更加凝固的，仍是佛教。清代學問家龔自珍曰：「夫佛一代時教，立此一門，顯此一境，標此一諦。」「門」指的是一種分類上的差別概念，同時也是一種「通達」的概念，以今日的話語來表示，它指的即是一種追求通達的方式，因而人們遂曰「儒門」、「佛門」、「道門」。

由「山頭」和「門派」，我們已可看出這兩個今日已極爲平常的詞彙，其實都有不平常的來源。它是佛教語言穿透進入人們生活世界後的痕跡與沉澱，而這種佛教語言留存在人們日常語言中的例子，還多著啦！而由這些例證，顯示出藉著佛典的翻譯，中古漢語在詞彙、語法、語言構成上，的確曾出現過一次大改變。近代學者研究佛典語言者日多，這不是沒道理的。

左右──

時代變遷出現的矛盾

在台灣、福建、廣東、浙江等許多地區，人們不說「右手」，而說「正手」；不說「右腳」，而稱之為「正腳」。有些書寫的方言，則將「右左腳」寫為「正倒腳」，以「正」代替「右」，把「左」念成「倒」，這是個有趣的方言問題，同時也是個重要的文化問題，值得做語言文字的歷史文化學討論。

每一個民族，在語言文字的形成過程中，除了藉此描述表意之外，也都試圖藉著語言文字的設定和衍生，替紛亂的現象和行為建構出一組秩序與目的。而古代中國，溯自殷商甲骨文發軔之時，透過對語言文字的想像和借喻，一種合目的性之總體行為概念「德」這個字即告出現。根據古文字學家李玲璞等人在《古漢字與中國文化源》一書裡的考證與論述，甲骨文裡的「德」，其實也就是「徝」，它們都是與「道路想像」有關的概念。「德」這個字的「道路想像」除了顯示在代表了道路的邊旁「彳」之外，也顯露在談論「德」的各種比喻裡，如《尚書》裡的「王道正直」，《詩經》裡的「高山仰止，景行行止」、「周道如砥，其直如矢」等之中，後來我們的語言裡，如「道德」、「德行」、「品行」、「行爲」、「遵行」……等，皆圍繞著「道路想像」而展開，其實也等於是「因決定著果，果反證了因」的注解了這種「道路想像」。

在甲骨文裡，「德」與「徝」同源同音同字，都是「道路想像」所產生的借喻，意思是指人們做事做人必須「直」——它是一種秩序的概念，《詩經》所謂「申伯之德，柔惠且直」，以及許多其他證據，都顯示出，「德」是一個極早就已被高度抽象化和總體化的概念，而後遂以許多其他字辭和概念來注解它與附著它，而「直」即是其一，「正」也是其一。《尚書》裡的「王道正直」，《左傳》〈襄公七年〉的「正直爲正」，〈莊公三十二年〉裡的「神，聰明正直而壹者也」，都顯示出「正」即「直」，而「直」亦「正」的道理。

這時候，我們遂必須來討論「正」這個字與概念了。在甲骨文裡，標準的「正」字書寫形態爲「」或「」，它是一個象意字，根據近代各主要古文字學家的解釋，多半都認爲它所代表的，乃是人往預定目標走去之意。這個字的上方所代表的是目的地，而下方的那個記號即是簡化的腳步向前之形狀。由甲骨文的卜辭裡，顯示出它有後來的「征」與「正」的兩重意義。近代古文字學家吳其昌即指出，甲骨文的「征」與「正」，乃是一種指導性的行爲和儀式，俾使有錯的能被改變，這些行爲和儀式包括了征討做了不對事情的諸侯、巡視邦國和巡狩部畿等。在殷商時代，每年開始的第一個月，天子都會舉行巡狩之禮，乃是每年的盛節，因而一月又稱正月，而吳其昌並引證說，有些鼎彝的銘文，也把「正月」寫為「征月」。足見在早期，「征」與「正」乃是同一個字的不同寫法，到了後來始完全的分化開來。原本具有指導作用的「正」，逐漸被定義為一種行為的範疇，它是指不對的行為之反面，《左傳》〈莊公二十二年〉所謂「征伐以討其不然」，《論語》所謂「子帥以正，孰敢不正」皆屬之。「正」在古代道德秩序的建構過程裡，成了「德」的項目之一，並具有極為優先的地位。後來的「正直」、「方正」、「剛正」、「嚴正」，……等無數的辭類，都是在替「正」添加實質的內容。

由「德」而到「正」，「正」又有極大的優先性與崇高性，遂使得「正」的概念在古代的秩序建構過程裡，向諸如官職、方位、親屬關係等方向延伸，從而使得世界的道德意義與秩序更為明確。例如春秋時代的官職有所謂「五正」，指的即是「五官之長」；親屬關係裡的「嫡庶」被稱為「正支——旁支」，「妻妾」成了「正妻——偏房」……等。「正」代表了在秩序上更高階的位置。

於是，「正」的概念也進入了「左」與「右」的這種相關位置與對比中。

例如，廣東揭陽的諺語曰：「正耳聽，倒耳溜。」它等於一般所說的「右耳進，左耳出」。「右」是「正」，「左」是「倒」。

例如，《爬山歌選》裡記載「正手風箱左手拉」以及「左眼流淚正眼跳」之句。在這裡，「右手」即「正手」、「右眼」即「正眼」。

例如，應鍾在《甬言釋詁》裡指出：「凡二手持作，右重于左，故引申爲尊上義，慈溪山北人稱右手爲正手，正即尊之轉音。」這也就是說，在浙江鄞縣一帶的方言裡，有人稱「右」爲「正」。

例如，在我們的方言裡，即以「正」來說「右」，「倒」來說「左」，因而遂有「正手」、「正腳」、「正邊」，或「倒手」、「倒腳」、「倒邊」等。

綜上所述，可知在漢語文裡，以「右」爲「正」，「左」爲「倒」。「右」顯然優於「左」。由正式典籍亦可證明。

例如，由《史記》裡的許多敘述，如「漢廷臣無能出其右者」，「以相如功大，拜爲上卿，位在廉頗之右」，「此左遷也」……等。足見官制上，在「右」者爲大，當官員被降調，即稱「左遷」。

例如，《禮記》有曰：「執左道以亂政殺。」「左道」即是「正道」的反面，並延伸出後來的「左道旁門」。而在人們的口語中常說「別想左了」，意思是「別想歪了」。再如人們說「左袒」，即指偏袒不對的一方。

因此，在「左」「右」對照的關係裡，我們的語言系統存在著太多例證都顯示出「右」是「正」、是「好」，而「左」則是「不正」與「不好」。古代朝儀有所謂「右文左武」之說，這也反映出了「重文輕武」的一面。

不過，古代中國眞的都以「右」爲「正」爲「尊」嗎？如果以「右」爲「正」爲「尊」，爲什麼自古而今，大家都說「左右」，而沒有人說「右左」，足見「左」又高於「右」，那麼，歷代的「左右論述」到底如何？

對此，清代大學問家趙翼在《陔餘叢考》卷二十一裡，倒是做了稀有的懷疑與考辨。他指出古代的「左右」曾不斷變化。在戰國時代之前，大體上皆以「左」爲大，到了戰國時代以迄於兩漢，則又變爲以「右」爲尊，右丞相高於左丞相。及至南北朝，又變爲以「左」爲尊，這種「尚左」的習慣一直延續到唐代與宋代。

但元代卻又變爲以「右」爲大。及至明代，它最初延續元代習慣，以「右」爲大，但很快地又調整爲以「左」爲大。這種「尚左」之習，經明清一直到現在。舉凡並肩走路、乘車、座位排序，也都以「左」爲大爲尊。

由趙翼的考辨，顯示出古代的「左右」問題實在複雜多變，就時間的長短而論，「尚左」

的時代甚至多過「尚右」的時代。由於變化不定，使得「左」與「右」的問題難免矛盾極多，我們延續《詩經》、《尚書》等遠古的記載，稱「左右」而不稱「右左」，這是遠古時代「左」大於「右」的遺留痕跡；我們的遠古神話裡，認爲開天闢地的盤古死後，「左眼爲日，右眼爲月」，這也是「左」大於「右」的證明。但就在同時，我們也大量使用著兩漢時代貶「左」揚「右」的典故，稱貶官爲「左遷」，稱偏袒壞人爲「左袒」，稱人才爲「無出其右者」。

但儘管古代的「左右論述」有著由於時代變化而出現的矛盾。但南方的浙江、福建、廣東卻在方言裡保有大量尚「右」貶「左」的元素，如稱「右手」爲「正手」、「左手」爲「倒手」，合理的推斷是，兩漢之後中國曾出現人口的大遷徙，人口的南下，也將漢代語言所塑造的價值秩序帶了下來。從這樣的角度來看，我們稱「右」爲「正」，「左」爲「倒」，可以說是漢代語言文化所遺留的痕跡。

公共←

我們的社會並不存在！

我們常說「橘逾淮成枳」。種橘子時，當它過了淮河，就會長成枳。橘子的種並沒有變，變了的乃是風土。

同樣的道理亦可適用於語言和概念。一個外來的語詞和概念，它的形成通常都有著一個龐大的脈絡背景，這些背景定義了這個語詞和概念。但我們在引用這個語詞和概念時，或因知識的怠惰，或因不求甚解，遂經常衹看到它最表層的字面意義，而將其深層的脈絡意義完全棄而不顧，並根據我們自己的經驗，一廂情願的做出自以爲是的重新定義。這是語詞和概念的占用，它會造成一種奇怪的結果，那就是當我們在談某個語詞和概念時，儘管字面相同，但意義卻走了樣。根據被曲解的語詞和概念所做的事情，當然也就成了某種異形。全球社會占用「民主」的結果，各種「民主的異形」不斷：共產黨式的集中民主、納粹式的民主、民粹式的民主等皆屬之。曾有前代學者做過歸納，即指出「民主」的意義被衍生出大約一百多種。由這也顯示出人類在語詞概念上瞎掰，使它像癌細胞般有無限孳生的本領。

由語詞概念的占用和使它變成異形，就必須來談所謂的「公共」和「公共化」這兩個近年來經常被討論、最近甚至已到氾濫程度的語詞了。「公共」和「公共化」由於在我們的觀念裡是個「好語詞」，於是遂大家都搶著去占用。有些新御用說，媒體不能民營化，因爲民營化就是「財團化」，會破壞媒體的「公共性」，似乎由他們控制才是「公共」，別人控制就不是「公共」。有些媒體董事派了一堆新御用做爲犒賞回饋，這就是「公共化」的最好見證。早幾年，一群人叫囂「黨政軍退出三台」，而昨天叫囂的，今天則又以「公共」爲名反對自己過去的主張。爲了媒體問題，我們在「公共」、「公共化」、「財團化」這一波新口水裡再度糾纏扭打。

近年來，台灣喜歡奢談「公共」這個語詞，而毫無疑問的，我們使用這個語詞，乃是起源於當代德國思想家哈伯瑪斯（Jürgen Habermas）討論媒體的「公共領域」（Oeffentlichkeit, public sphere）。他在一九六二年仍年輕時最先著作了《公共領域的結構轉換》，接著於一九六四年應《費雪辭典》（Fischer-Lexikon）之邀，將該書核心觀念寫成〈公共領域〉一文。這是篇極重要的文獻，對當代政治及社會思想史發揮了極大的影響。這篇小論文，後來於一九七四年秋季號的《新德評論》上首度被譯爲英文。

哈伯瑪斯主要是根據文化史、法律史、媒體理論和實證的社會科學研究，而提出了他的

「公共領域」概念。他指出，西方從十八世紀開始，由於封建制度逐漸瓦解，王室、貴族和教會的支配角色也告陵替，而與此同時，則是以私有財產爲基礎的資產階級開始興起，他們爲了制衡並監督絕對王權，遂形成了所謂的「公共領域」。哈伯瑪斯這樣說道：

——「公共領域的第一要義，指的乃是我們社會生活的領土，某種得以變爲公共意見的東西在此形成，並確保所有公民都可以接近。它是經由言談而讓『私個人』（Private Individuals）形成『公共體』（Public Body）。他們不像做生意或專業人士討論私人事務，也不像政府官僚在憲政秩序下受到法律之約束。公民們以『公共體』的方式行動，在集會結社和言論自由的保障下表現及發表關於一般利益之意見。對大的『公共體』，這種溝通即需要特定的方法來傳布消息和影響接收到消息的人，今日的報紙、雜誌、廣播和電視，都是公共領域的媒介。」

因此，所謂的「公共領域」乃是一種場域，它由「私個人」形成的「公共體」所組成。但它的範圍究竟應包括哪些呢？哈伯瑪斯指出，由十八世紀的歷史顯示出「政府」不算在內，它的另外一種「公共官署」（Public Authority），與政府相關的君主、貴族及貴族代議士，甚至教會也都不算。「公共領域」乃是對既有體制的繞行與對立面。以今天的術語來說，「公共領域」乃是「非政府意見形成的場域」。「它的目的乃在於反抗王權的幽晦政策，經由此，政府活動的民主控制始成爲可能。」

因此，哈伯瑪斯綜合他對歷史的研究，而將它抽離出「公共領域」這個語詞和概念，其實是有深意的。學者霍亨達爾（Peter Hohendahl）即指出，哈伯瑪斯藉著對歷史的研究，乃是要讓人們理解到「公共領域」在它對抗王權與政府的過程中，將古代王權與政府的任意性權力大舉裁縮，政治與社會的客觀理性，以及法律的客觀化等，都是以「公共領域」爲中心延伸而成。而除此之外，哈伯瑪斯也注意到近代許多社會，由於政府角色擴大，在干預媒體後，已出現了所謂的「公共領域再封建化」（Rofeudaligation of the Public Sphere）。今天出現在台灣的現象，可以說即是一種新的「再封建化」。

由哈伯瑪斯所謂的「公共領域」與媒體角色，他其實已很明確地勾勒出了一條進步的軌跡。那就是任何一個社會若要對政府進行民主監督，並使政治法律與社會擺脫舊王權和新王權，並重建社會的客觀性，祇有藉著非政府媒體力量始足以致之。所謂的「公共」，乃是一個介於家庭等「私領域」和政府等「公共官署」間的範疇。政府的媒體角色，祇會讓「公共領域再封建化」，那是讓一切又都回到古代。

哈伯瑪斯的學說裡，「私個人」、「公共體」、「公共領域」、「公共領域的再封建化」等層次分明，它最核心的論旨，即在於指出媒體這種「公共領域」的媒介，其天職即是在於監督和拒絕相信「公共官署」。當它失去了監督與批判的角色，甚至淪爲新封建化的一環，也就是「公共」的消失。

除了有關「公共領域」這一組概念外，哈伯瑪斯所謂的「公共領域」，其實也很可以拿來和台灣也頗流行，但經常同樣糾纏的「公民社會」（Civil Society）這個語詞及概念來參照比較。

「公民社會」首見於十八世紀。英國改革理論家佛格森（A. Ferguson）最先用這個語詞，它應當被翻譯爲「斯文社會」，他用這個語詞和東方專制主義的野蠻社會做對比。到了十九世紀，德國思想家黑格爾在《法哲學原理》裡，將它視爲由家庭過渡到國家的一種狀態，並認爲「公民社會」乃是一個人們自謀其利的存在狀態，祇有過渡到具有神聖目標的國家，人的存在意義始得以完成。在黑格爾的觀念裡，「公民社會」不是什麼好東西。而後，馬克思在《德意志意識型態》裡將其意義再加修正，視之爲一個場域，「公民社會乃是所有歷史的泉源和劇場」，所有有關政治事項、法律變遷和文化發展的解釋，都必須到「公民社會」的結構中去尋找。他所謂的「公民社會」和通常所稱的「社會」相當接近。而眞正賦予「公民社會」新義，並影響到近代的，乃是義大利思想家葛蘭西（A. Gramsci）。他指出，介於政府的強制角色和生產的經濟領域間存在著「公民社會」，它乃是意義和同意產生的領域，「國家」（政府）與「公民社會」的對應關係，以及賦予「公民社會」較正面的意義，使得他的理論成爲近代威權專制國家反對運動的主要依據之一。「公民社會」在某個意義上，和「公共領域」有相通之處。

而無論「公共領域」或「公民社會」，它們在近代都被視爲一個外在於國家機器掌控範圍的領域。近代理論家之所以特別喜歡強調政府權力範圍之外的體制，這一方面是民主觀念的深化發展，同時也和政府濫權、國家權力日益擴張有著密切的關係。要民主更好，它的希望永遠不會在政府黨國機器這一方。談媒體而不談它對政府的批判與監督角色，在西方是不可思議的事。要求黨國機器的髒手遠離媒體，也就成了顚撲不破的道理。近代由於媒體私有化和商業化，的確出現了許多人們不欲的現象，但私有化再大的缺點也大不過黨國機器化。庸俗之惡，不可能超過意識型態機器之惡。這乃是自由模式的媒體無法被「公共化」所取代的原因。

在西方，由媒體的發展史，顯示出「公共領域」的外在於政府之特性。這是西方自由主義深厚的傳統之一，但在許多非西方社會，由於缺乏深層的價值反省與抽象的思維，人們的本能裡仍有著強烈的王權時代之殘餘，仍相信聖君賢相的古老價值。當人們仍囿限在這樣的思考方式裡，他們的選擇遂祇剩下擁護這個王或擁護那個王之分，自己擁護的王永遠是對的，別人擁護的王則永遠都錯。對這樣的社會，人們已不會把社會看成是個有機體，也不會從「公共領域」或「公民社會」的角度思考問題，這也就是說，這樣的社會其實早已沒有了「公共」，怎麼會有「公共化」？台灣爲了媒體的「公共化」與「財團化」，在那裡胡扯一氣，它眞正暴露的，不就是沒有「公共」在作祟嗎？美國學者阿蒙德（Gabriel Almond）及佛巴（Sidney Verba）最先提出「公民文化」（Civic Culture）的概念，並據以說明美國的政治體制及其運作。所謂的「公民文化」指的是一種對體制正當性有共識，並認爲可藉著平等參與而改善的分享文化。在這種「公民文化」下，政治與社會的客觀化得以建立。但像台灣這樣的社會，則是在王權思想的殘餘籠罩下，一切的討論都不可能，衹剩下互扣帽子和互吐口水。由「財團化」與「公共化」的新口水戰爭，不正說明了一切以「公共」帶頭的語詞，如「公共領域」、「公民社會」、「公民文化」、「公共體」，在我們社會裡並不存在嗎？

鮑魚←演變出自己的故事

最近讀書發現清代中葉的著名學問家郝懿行，在所撰《曬書堂筆錄》裡，有一則乍看雖小，但卻可能很重要的記述：「今京師市肆及苟苴問遺，鰒魚也通作鮑魚，文字假借，古人弗禁也。」

因爲，他的這段說明，已指出了一個人們習之已久，因而不察的錯誤。那就是，今日我們所謂的「鮑魚」，在清代以前皆稱爲「鰒魚」；同時，清代以前的確也有一種叫做「鮑魚」的東西，但那乃是鹽漬曬乾的臭鹹魚，並不是我們今日所指的「鮑魚」。由郝懿行所述，我們知道這些錯誤是在清代中葉左右所發生的，於是，錯久了就變成對，一直沿襲至今。

首先就「鰒魚」而論。《說文解字》稱它爲「海魚」。後來晉代郭璞解釋：「鰒似蛤，一偏著石。」而《廣志》則曰：「鰒無鱗，有殼，一面附石，細孔雜雜，或七或九。」它的發音爲「薄」。由此可知，今日所謂的「鮑魚」，在漢代即已被稱「鰒魚」。

而由《漢書》〈王莽傳〉所記：「莽軍師外破，大臣內畔，左右亡所信，莽憂懣不能食，亶飲酒，啗鰒魚。」唐代顏師古注曰：「鰒，海魚也，音雹。」另外，《後漢書》〈伏隆傳〉曰：「張步遣使伏隆詣闕，上書獻鰒魚。」也注曰：「鰒似蛤，一偏著石。」由上述這些記載的描述，漢代的「鰒」，已很清楚地可以得知即今日的「鮑魚」。

但由宋代陶穀所撰《清異錄》曰：「鰒名新餐氏。令新餐氏，爾療饑無術。清醉有材，莽新妖亂，臨盤肆餐，物以人汙，百代寧洗，爾之得氏，累有由矣，宜特補輔庖生。」由陶穀的這段遊戲文章式的敘述，可以看出由於「鰒」因王莽而有名，這種「污名化」的結果，遂使得後來的人一直對「鰒」缺乏正面的評價。古代中國人一向講究美食，卻長期獨漏「鰒」這個項目，未成爲美食主流，不是沒有原因的。

今日的「鮑魚」，一直到明代都還是被稱爲「鰒」。李時珍在《本草綱目》中曰：「石決明形長如小蚌而扁，外皮甚粗，細孔雜雜，內則光耀。背側一行有孔如穿成者。生於石崖之上。……吳越人以糟決明，酒蛤蜊爲美品者，即此。」「鰒魚乃王莽所嗜者，……海人亦啖其肉。」「主治目障醫痛，青盲。久服，益精輕身。」由此可知「鰒」又名爲「石決明」。

但值得注意的，乃是到了清代，「鰒」開始被稱爲「鮑」，有下例爲證：

清初的桂馥在《札樸》中曰：「登州以鮑魚爲珍品，實即鰒魚也。」

《清稗類鈔》則曰：「鰒亦稱鮑魚，殼爲橢圓狀，長二寸許，亦稱石決明，有吸水孔

八、九個，殼薄，外爲淡褐色，內即眞珠色，附著海底巖石間。」

綜上所述，古代所稱之「鰒」，可能涵蓋了小粒的「九孔」與大粒的「鮑魚」，但其爲同種則無疑。由此也證明了郝懿行所述的正確。這種名稱的錯亂，乃是發生在清代的北京，原因可能是將音近但筆畫較簡單的「鮑」代替了筆畫較多的「鰒」；但也有可能是那個時代人們送禮喜歡用「鰒」，而送禮又稱「苞苴」——「苞」是指一種可以用來編織蓆子和容器的草，而「苴」則是可以編成容器的麻，於是遂將「苞」字的音與形，轉借到了「鰒」的身上。

因此，今日所謂「鮑魚」，實爲古代的「鰒魚」；而在古代當然也有一種東西稱爲「鮑魚」，但它的意義卻和今日完全不同。古代的「鮑魚」，指的是臭鹹魚。

有關古代的「鮑魚」，最早的記載似乎見諸《周禮》〈天官〉，有一種飲食職官稱爲「籩人」，其職司爲「朝事之籩，其實麷蕡，白黑形鹽，膴鮑魚鱐」。漢代鄭玄注曰：「鮑者，於煏室中糗乾之，出於江淮也。」由此可以看出，古代的「鮑」，乃是一種被烘乾了的鹹魚。

由於鹹魚有著極重的鹹魚臭味，因而在古代的倫理教化中，「鮑魚之肆」遂長期以來都一直是個重要的譬喻，它最早似乎出諸《大戴禮記》：「與君子游，苾乎如入蘭芷之室，久而不聞，以與之化矣；與小人游，貸乎鮑魚之次，久而不聞，以與之化矣。」

「鮑魚」指的是臭鹹魚，但它究竟是乾的臭鹹魚或濕的臭鹹魚，由於加工方法不同，遂有著定義上的差異。例如，《說文解字》則曰：「鮑，饐魚也。」所謂的「饐魚」，指的乃是濕的臭鹹魚；而唐代顏師古則認爲它乃是「鮑魚」，「鮑」由「浥」字轉用而來，也是指濕的臭鹹魚。

不論古代的「鮑魚」指的是乾鹹魚或濕鹹魚，但其爲臭鹹魚則一。在歷史裡，有關臭鹹魚最有名的故事，乃是《史記》〈秦始皇本紀〉裡所記載的，秦始皇在巡行時道崩，由於天熱屍臭，胡亥遂用一石「鮑魚」，以臭鹹魚之臭來混淆屍臭。唐代常楚老詩句：「祖龍一夜死沙丘，胡亥盲隨鮑魚轍。」它所說的即是這個故事。

由於古代「鮑魚」是臭鹹魚，因而除了前述《大戴禮記》有關臭的道德譬喻外，這個譬喻還散見於其他各處：

例如，漢代東方朔《七諫》曰：「聯蕙芷以爲佩兮，過鮑肆而失香。」

例如，北齊顏之推在《顏氏家訓》中即曰：「與善人居，如入芝蘭之室，久而自芳也；與惡人居，如入鮑魚之肆，久而自臭也。」

例如，唐代李群玉有詩曰：「巴歌掩白雪，鮑肆埋蘭芳。」

因此，古代的「鮑魚」和現代的「鮑魚」不同，它是臭鹹魚的通稱。由於它的臭味，在祭奠時不得使用；但自從清代誤「鮑」爲「鰒」，「鮑」已成了美味，這時候再談什麼「鮑魚之肆」的道理，就顯得有點奇怪了。因爲從清代以後，現代「鮑魚」的定義已逐漸取代了古代的「鮑魚」，沒有人再用「鮑魚」來指乾或濕的鹹魚。反倒是現代意義的「鮑魚」日顯。清代李元在《蠕範》中稱：「鰒，鮑魚也，石鮭也，石華也，石決明也。」

古代官宦及知識分子，由於王莽嗜「鰒魚」，因而對它有「污名化」之偏見，但晉代的陸雲在〈陸士龍答車茂安書〉裡，倒是有一段絕佳之描述。車茂安的外甥石季甫當時被派爲鄮縣縣令（即今日之浙江鄞縣），一家人都對被派到這個偏僻地區十分擔心。陸雲遂致書給予鼓勵。信裡指出，鄮縣極其富裕，當年甚至秦始皇南巡時到達這裡後，都流連三十餘日。這裡漁產豐富，「鱠鰡鰒，炙鱉鯸，烝石首，臛鮬[illegible]，眞東海之俊味，肴膳之至妙也。」陸雲的這段敘述，乃是對今之「鮑魚」最早肯定之文獻。

古人對「鰒魚」有所保留，清代將錯就錯的誤稱爲「鮑魚」後，它的行情日漲。據稍早前澳大利亞的統計，它每年出口「鮑魚」（Abalone）約澳幣兩億元，絕大多數都在華人地區，當然還包括日本。另據當代法國女歷史學家Maguelonne Toussaint-Samat 在近著《食物史》裡所述，法國自己生產的「九孔」（Ormer）、「鮑魚」（Abalone），以及「大鮑」（Earshell），在一九七〇年代前早已絕跡。一九七〇年代初布列塔尼海洋研究中心開發出人工養殖方法後，遂開始重現市面，大西洋岸的法國人也嗜鮑如命，特別喜歡鮑魚沾Vinaigrette醬料，或用奶油烘烤而食。而日本自己年產四千噸仍不敷需要，必須自美國加州、墨西哥和澳大利亞進口，華人地區亦然。

所有人們知道的事物都有「名稱」。「名稱」是一種聲音，也是一種字形，而有音有形後，這個「名稱」就會脫離事物本身，而演變出屬於自己的故事。指鮑魚那種東西的「名稱」，由「鰒」而「鮑」，在被叫做「鰒」的那個時代，由於和王莽的關係，遂使它不受重視，但錯誤的被易名爲「鮑」後，卻被吃到瀕臨絕種。這是幸與不幸間的沉浮，也是考據訓詁之學如果找對題目，常使人興致盎然的道理。因此，郝懿行的那段記述，意義眞是非同小可！

謊言永遠不會結束

連續兩天，發生三起事情，都在考驗著台灣人的智商。

其一，乃是李登輝爲台聯站台，宣稱自己「祇有一百多萬元存款」。他從總統職位卸任時，猶有七、八千萬元的財產，而後皆快速轉移到女兒孫女等名下，而今卻敢義正辭嚴地東拉西扯，儼然將自己說成是個清廉的人。他的胡扯被媒體揭發後，緊接著，他更宣稱「過去的老賊及其子女拚命要翻」。李登輝所有的話，全都是近來學者所謂的「深思熟慮的謊言」（Deliberate Lies），這種謊言出自卸職總統之口，固然使人遺憾，但從另一個角度而言，則毋寧更是台灣人民的悲哀。

其二，則是呂秀蓮的官邸預算風波。據媒體報導，六月份時，副總統辦公室要求總統府第三局編列副總統官邸搬遷的家具預算，而後雙方爲此有過多次會商與簽呈，及至副總統要求編列紅木家具之事曝光，這邊的反應卻是非常本能的「完全不知情」。台灣的新貴們，過去一年多以來，明明公開講過的話，到了第二天都會立即否認，這種事早已司空見慣，因此，紅木家具之事，其實也沒有什麼大不了的嚴重性。如果李登輝可以被歸爲「深思熟慮的謊言」，那麼紅木家具之事，則祇不過是「習慣性的謊言」。但由這兩起事端，卻讓人想到馬基維利（Niccolo Machiavelli, 1469-1527）的這段名言：

——「長期以來，我從未說過眞話，也從不相信我所說的。縱使很偶然我會講眞話，我也要把它藏匿在一堆謊話裡，讓眞話看起來像謊言。」

在此引用《馬基維利書信集》裡的這段名言，所想表達的，乃是馬基維利生存於中古時代的後期，當時的政治祇有權術與詐術，唯說謊者始能長存。而今日的台灣，我們的政治所反映的，不正是中古那種唯權術與唯謊言的歷史再現？

其三，則是當紅節目主持人吳宗憲毆打同居女友事件。吳宗憲在打人之後，召開記者會稱「打的尺度還好」，除了這種掩飾性的謊言外，他甚至還編造出許多似通非通的理由，替亂搞女人找合理化的基礎：「我承認自己的感情分數祇有三十分，感情的事，我太優柔寡斷，提得起放不下，我總想對人有情有義。」此外，他甚至連打人也都可以找到理由：「我不是會動粗的人，實在是氣不過了。」吳宗憲的上述這些談話，東拉西扯，鐵定將成爲「年度名言」。

三起名人的事件，三個大謊言，儘管類型不同，但爲謊言則一。它們的共通點則是，這三個人都是有政治權力和票房權力的人。無論任何社會，若有權力的人缺乏了羞恥之心，謊言就必將隨著權力而出現。此刻的台灣，其實已進入了一個新的「謊言時代」。而讓人擔心的是，當說著政治謊言的人反而有可能因說謊而權力更增，說著感情謊言的人反而票房更增，這個「謊言時代」就永遠不會結束。謊言能成爲一個時代，不是說謊的人出了問題，而是甘心接受謊言的人在智商上出了問題。有了白癡的群眾，說謊者就會受到鼓勵而非懲罰。

近代西方學者早已指出過，說謊是一種語言行爲，它有兩種土壤：

一種土壤是前現代的土壤，在前現代的社會裡，人們的啓蒙程度不足，於是，伴隨著權力的擴大與濫用，各式各樣的謊言遂告出現。有權力者爲了合理化自己想到哪裡就做到哪裡的任意胡爲，遂總是在那裡說謊，藉著說謊而使自己成爲永不犯錯的偉人，前現代社會的低智商人民，以及他們的「權力崇拜症」，遂使得他們成了謊言的扈從。許多新生的民主體制，會走到民主的反面，所印證的即是這種前現代的性格。在這樣的社會裡，當說謊成爲慣性，舊野蠻的種籽也就悄悄地溜進了它的後院。

而另一種土壤則是後現代。隨著媒體的發達，文明所賴以維繫的公共論壇與公共價值遂告逐漸被侵蝕，甚至蕩然無存。於是，惡質的作秀、詭辯、挑唆、說謊等遂有了再起的縫隙。它會創造出另一種新型態的社會，那就是「有了言論自由，但卻失去了思想」。赫胥黎

（Aldous Hurley, 1894-1963）在《美麗新世界》裡即如是說道：

——「以此種或彼種方式，政治人物無論生猛有力或是個仁慈的家長，他們都必須有魅力。他必須是個使觀眾永不厭倦的娛樂業者。觀眾習慣於電視後，他們即本能的容易分心，而不再喜歡用比較耗時的智性來追究或集中於問題上。這些娛樂業者型的政治人物，他們講話必須簡短並快速滑動。任何大問題，最多祇能用五分鐘，最好祇用六十秒。」

除了赫胥黎有著獨特的先見之明外，當代美國總統研究的首席學者巴柏（James Barber）也這樣說過：

——「他個人化了他的修辭術，說話必須用影視的文法，任何話都要講得好像很自然，在各種說辭間滾轉，並將任何犯下的大錯或悲劇，翻譯成一點也不重要的弱拍子。」

而說得更徹底的，可能是科林斯及史可弗合著的《論述之死亡》。他們指出，在媒體時代，政治已注定將還原爲更本能性格的「巴夫洛夫政治學」（Pavlovian Politics）——巴夫洛夫（Ivan P. Pavlov, 1849-1936）乃是前蘇聯的生理學家，專門研究動物的本能與習慣反應，獲一九〇四年諾貝爾醫學獎。所謂的「巴夫洛夫政治學」，指的是一種被制約下的慣性政治學，人民像狗一樣的被制約，被白癡化，從而隨著政客的謊言而起舞。在「巴夫洛夫政治學」下，「影像已取代了觀念，個人風格則取代了政策，而虛構與事實則糾纏在一起，並趨於含混。」當虛構與事實已愈來愈難分，眞與假即趨漫漶，謊言也就更像是眞理。近年來的政治，說謊與胡說八道逐漸成爲新的習慣，本能化的亢奮與挫折也更普遍。當然，本能式的痛恨、厭憎、謾罵、撒賴，也就成了時代的走向。「巴夫洛夫政治學」已在台灣興起。

因此，柯林斯與史可弗遂在《論述之死亡》中指出，以往那種嚴正的公共討論，現在已正在一點點死去。文明與自由已使得人類走到反面，成爲新的低智商族類。美國CBS主播克朗凱（Walter Cronkite）即痛切地說道：「現在，已沒有任何有意義的討論可以超過九．八秒。」美國主要專欄作家喬治威爾（George Will）也說道：「反射已取代了反思。」《論述之死亡》裡，兩位作者並以《一九八四》和《美麗新世界》這兩本經典小說做爲對照，前者是用粗暴的方式來取消思想，而《美麗新世界》則以消費式的方法來瓦解公共討論，兩者表象不一，但共趨則相同。前者是舊野蠻，後者則是新野蠻，舊新兩種野蠻，在某些條件改變時，未嘗不可能混而爲一。

也正因此，兩天之內，三起政要和影視名人的說謊與胡扯，人們在當做鬧劇或八卦新聞看待時，在排遣解悶的同時，可能也不應疏忽掉它們所顯露出來的眞正意旨——此刻的台灣已進入了一個新的「謊言時代」，有權和有錢的人已更加地肆無忌憚。這不但是政治的墮落，也是社會的墮落，甚至還是人性的漸趨淪喪。他們之所以對說謊無所羞恥，眞正的原因乃是我們社會的智商已出了嚴重的問題。這些人有權力和金錢，他們已經以身作則地向台灣人民做著示範。在自然環境的土石流漫延之際，我們心靈的土石流業已開始。如果我們還不能對這些說謊行爲停止支持，台灣更荒蕪的未來，正在前頭等待！

清呆← 不是賣青菜

最先是立法院長王金平放話，宣稱李登輝將在選舉時，替某些國民黨候選人站台；接著，記者問李登輝，媒體報導稱，李登輝的答覆是：「青菜啦！」

近年來，隨著本土化程度的增加，媒體上的閩台方言愈來愈多。然而，令人懊惱的是，由於長期以來我們在方言書寫上均缺少整理、研究和教育，於是到了此刻，每次一有人講了方言，媒體就各自胡寫一氣。稍早前，陳水扁表示要勇往直前，用了「蹽落去」的說辭。竟然有人把它寫成用扁擔打人的「撩落去」，就堪為反面教材。而今，竟然又有媒體將閩台方言說「隨便啦」的話，寫成「青菜啦」，這眞是太離譜了。如果今後我們一直這樣亂寫胡寫下去，我們的本土方言眞的非被摧毀不可。

近代漢語，有一大組形容態度的述辭，例如：「隨分」、「隨便」、「將就」、「馬馬虎虎」……等。這一組述辭，都是在說那種隨遇而安，不必過分計較的態度。

先說「隨分」和「隨便」，它們都起源甚早，唐代即已是口語的一部分。白居易的詩句：「能到南園同醉否？笙歌隨分有些些」，杜荀鶴的詩句：「糲食粗衣隨分過，堆金積帛欲如何」，都是「隨分」的證明。而《敦煌變文集》裡的〈燕子賦〉故事裡曰：「見一空閒窟，破壞故非新，久訪原無主，隨便即安身。」由上述例證，「隨分」和「隨便」，其意皆爲隨遇而安，不必計較。

而「將就」則出現得較晚。元代關漢卿的戲劇《竇娥冤》裡有句曰：「我是你親爺，將就著你。」另外，《西遊記》裡的對話也有「將就曉得幾個變化兒」之句，在這裡，「將就」都指不得不自我勉強、遷就現實之意。「將就」這個詞，在近年來已再度復活。現在這個時代，人們受到愈來愈多的束縛和制約，凡事都更難隨心所欲，「將就著吃」、「將就著穿」、「將就著工作」、「將就著過這一輩子」，「將就」已成了現在的主流生命態度。

「隨分」、「隨便」、「將就」這些辭語皆有典可考。而「馬馬虎虎」就比較難了。人們無法想像到由「馬」和「虎」所組成的這個詞，和「馬馬虎虎」所指的意思有任何可以聯想到的關係。那麼，未曾見諸典籍的「馬馬虎虎」，到底由何而來？

對此，《清稗類鈔》卷四十三〈方言類〉裡，倒是提出了一個重要的線索。它指出，「馬馬虎虎」乃是清代的上海方言音，「馬馬虎虎，顢頇也，實即模模糊糊之轉音耳。」它的意思是說，上海人用上海腔來唸「模模糊糊」時，會唸成「馬馬虎虎」這樣的音，而後即以訛傳訛地產生了「馬馬虎虎」這個詞，並隨著上海的文化影響力而擴及全國，甚至成了漢語裡的重要套語。《清稗類鈔》對「馬馬虎虎」所做的解釋，極具參考價值。

而相對地，在這一組辭語裡，祇有閩台方言中在使用的「清采」、「清清采采」、「清仔采」、「清采采」，則知道的人可能就非常稀少了。

首先就「清」字而論。此字甚古，《說文解字》曰：「清，寒也，仌從，青聲。」而《廣韻》則曰：「去聲勁韻，七政切。凊清。」這個字的讀音，用注音表示即為ㄑㄧㄥˋ。它指的意思是「凉」。《曲禮》曰：「凡為人子之禮，冬溫而夏清。」注曰：「溫以禦其寒，清以致其凉。」另外，《唐書》亦載：「太宗避暑，欲遷九成宮，馬周上疏謂，上皇留熱處，陛下居凉處，溫清之義，臣所未安。上善之。」

由上述記載，可知所謂「清」，指的乃是與「溫」對比的「凉」。它是古禮古字的一部分。祇是到了後來，此字已極少用，形同廢弛。

但值得注意的，卻是此字此音卻在閩粵被完整地保留了下來。

因此，清道光十九年所纂之《福州府志》遂曰：「謂寒曰清。」光緒丁酉年之《重纂邵武府志》亦稱「冷日清」。近代人陳鴻儒所著《莆田方言本字考》亦指出：「清，微寒不熱也。」

而在廣東方面，當代人翁輝東在《湖汕方言》裡亦指出：「俗呼天寒爲清。」因此，閩粵方言裡，遂稱剩下的殘羹冷飯爲「清飯」；而剩下的冷粥爲「清糜」。根據這樣的語言邏輯，並有了「清粥清飯」、「清頭清面」等。後句指的是臉色冷淡、臉色不好看之義。

而另外需要討論的，可能就是「清清采采」、「清采采」、「清仔采」、「清清采」、「清采」等代表了將就、馬虎、隨便等意思的這一組辭語了。而在此，必先就「采」與「采采」而論之。

「采」字在古漢語裡，最先指的意思，乃是後來分化出來的「採」。而後，由此而延伸出後來的「彩」與「綵」之義。在這樣的脈絡下，遂有了《詩經》〈秦風〉與〈曹風〉裡的「蒹葭采采」與「采采衣服」等。在這些句子裡，「采采」疊字，所指的意思是「華麗」。它和「清清采采」的「采采」並沒有關係。

然而，值得注意的，乃是在「采」的意思不斷孳乳繁衍的過程裡，它到了後來開始出現「運氣」、「造化」等意思。

例如，南宋許棐有詩曰：「縱有黃金無好采，也難平白到公卿。」「采」在這裡是指「好運氣」。

例如，《董西廂》裡有許多句子：「得後，是自家采；不得後，是自家命。」「不來後，是眾僧大家采；來後，怎當待。」「君瑞恩情試想，自家倒大采。」在這裡，「采」與「大采」，也都是指「好運氣」與「好造化」。

而由「采」與「大采」，又延伸出「十分采」和「大古裡采」、「大古來采」等裝飾性的說法。例如，《李逵負荊》裡曰：「怎擘劃，但得個完全屍首，便是十分采。」《來生債》裡則說道：「這便是風送王勃赴洪都的命彩。」《抱妝盒》裡則說：「太子也，但得個屍首完全，是大古裡采。」《合汗衫》裡則說：「我今日先認了那個孫兒大古來采。」在這些句子裡，「采」這個字由於開始往裝飾化的方向不斷強化，因而有些也同時被寫成「彩」和「唻」，那是一種有「自我稱慶」意涵的裝飾性說法。例如，「我今日先認了那個孫兒大古來采」這句話，它的意思就是說，能夠認孫子，就已經很好了。

由「采」所代表的好運氣、好造化這層意思，或許始可以理解「清清采采」、「清清采」、「清采采」、「清仔采」、「清采」等辭語的意思。它們都是用「采」來注解「清」，能夠「清」，就已經很不錯了，當然，諸如「將就」、「隨便」、「馬馬虎虎」等意義也就在其中。而根據元曲明劇的語法，這些辭語裡的「采」，當然也似乎可以寫爲「彩」或「唻」。

根據古代有關「清」與「采」的語言使用紀錄，儘管以前那種用法現已消失，但可以似乎合理地推論出，它留存在閩粵與台灣方言裡的痕跡。由「清采」，已可看出，將它寫成

「青菜啦」，不但字亂寫，甚至連聲音也都錯得極為離譜。

近年來，我們的公眾人物使用閩台方言者日多，但儘管政治人物好用方言，他們祇不過是根據習慣在使用而已，並不必然知道方言方音的來源和寫法，而媒體在報導時，由於缺乏教育和訓練，當然也就隨意亂聽亂寫。這種亂聽亂寫的結果，鬧出笑話還是小事，語言的豐富內涵等更重要的面向，遂都在亂寫中失去。

或許，由這次「青菜啦」的大笑話，眞到了我們好好去思考這個語言問題的時候了！

泡蘑菇←

人和人的互相折磨

最近，經發會開得一副氣息奄奄的樣子。由於主政者一開始就打算盤，要把經發會變成自己的橡皮圖章，因而會議從成員的選擇、遊戲規則的設定，以至於會場的操控，無一不斧鑿畢現。

因此，遂有媒體稱，這是一堆人在那裡「泡蘑菇」。其結果要不是一事無成，就是哪一天開得太離譜，有些人憤而離席，甚至退出。經發會一開始就已被政治化，因而無法也無理阻止它繼續政治化下去。

媒體稱這種目的不在解決問題，雞鴨同籠，話不對口，純屬耗時間的會議爲「泡蘑菇」；這時侯，就讓人想到毛澤東以前發明的一種「蘑菇戰術」。他稱那種敵來我就退，敵退我就進，死命糾纏，但就是拒絕正面交手的戰術爲：

——「這種辦法叫蘑菇戰術，將敵軍磨得精疲力竭，然後消滅之。」

從「蘑菇戰術」的觀點看經發會，或許即可看出各方人馬在那裡「泡蘑菇」的眞正意旨。他們都明明知道是在「泡蘑菇」，但大家還是寧願繼續泡下去，目的或許就是在等待時機，展開「蘑菇戰術」，將會議失敗的責任推給別人，從而獲得失敗中的勝利。

由「泡蘑菇」及「蘑菇戰術」，這時候，就讓人想到今年農曆春節前，台北國家劇院所演出的老舍所著的《龍鬚溝》。它的原著裡，至少有兩個地方用到了「泡蘑菇」：

——「我那口子沒毛病，就是不好好地幹，拉不著錢，他泡蘑菇；拉著錢，他能一下子都喝了酒。」

——「捨不得北京，又嫌這兒髒臭，動不動就泡蘑菇，你算怎麼回事呢？」

「泡蘑菇」，近代北京之方言，而後轉爲通俗口語者也。今日我們所謂的各種「菇」，古代皆稱之爲「蕈」、「菌」、「菰」等。到了明代，始逐漸改稱爲「菇」。對此，有若干紀錄可堪爲證。

例如，明儒方以智在《通雅》中即有過甚詳的論述：

——「芝栭，菌蕈也。在地曰芝，在木而栭香者曰香蕈。爾雅中馗菌，郭璞曰江東名土菌，曰馗廚。孫炎曰地蕈，亦曰地雞。獐頭蕈出閩粵，北方有蘑菰、羊肚、天花、猴頭、曰肉蕈。韓退之言樹雞，成式言猢猻眼，即猴頭。鍾山孝陵有松蛾，雲南有雞㙡，或曰菌，或曰蕈，皆高脚繖頭也。邊上有榆肉爲最，榆之瘿也。[illegible]、地耳也。桑耳曰桑黃，桑臣；

槐耳曰赤雞，説文萸，木耳也，一曰葪茈。内則芝栭，除作芝檽、㯮當作蔆，宋陳仁玉作菌譜。平西有斷椿榆構，斧其皮，從雨爛之，以米瀋湊之，雷則出蕈矣，不雷則大斧擊之亦出蕈。」

由這段記載，已可知「蘑菇」乃是一種北方生產的蕈類。另外，中研院重印，由李家瑞所輯的《北平風俗類徵》中亦曰：

——「蘑菇，以口外牛羊骨生者為勝，故稱口蘑。今本土產者，士人通稱為口蘑，鮮時可充茹，其乾者有大口蘑、小口蘑、口蘑丁之分。」

而《本草綱目》亦曰：

——「蘑菰蕈，一名肉蕈，埋桑楮諸木於土中，澆以米汁，待菰生采之，長二三寸，本小末大，白色柔軟，其中空虛，如未開玉簪花，俗名雞腿菰。」

綜上所述，可知至少在明代，北方出產的蕈，已被稱為「蘑菇」或「蘑菰」，張家口一帶集散的通稱「口蘑」，被販售至北京，因而《北京通覽》裡遂有「口蘑鍋巴」這樣的菜名：

——「口蘑鍋巴，北方傳統名菜。以京北稻、京西稻米所製鍋巴炸香，烹入京北張家口集散之白蘑鮮湯而成，為廣濟寺香積廚名菜。」

由於有了「蘑菇」，遂有了「泡蘑菇」——它指的是將乾蘑菇以水泡開，並將蕈褶縫裡的細沙等洗滌乾淨的手續。它需要較多的時間，因而「泡蘑菇」遂被用來指涉人的拖拖拉拉，時間耗得多，但眞正做的事卻少。「泡蘑菇」一詞，在北京作家的作品裡經常可見。前引的老舍的《龍鬚溝》乃是例證。台灣並不陌生的楊沫在《青春之歌》裡亦曰：「咱們不用泡蘑菇啦，乾脆你跟我到局子裡去。」

由於有了「蘑菇」和「泡蘑菇」，從而引申出北京俗語裡的「蘑菇勁兒」、「窮蘑菇」、「窮泡蘑菇」等，它們都被用來增強「泡蘑菇」的語言效果。《漢語方言大辭典》即指出，「蘑菇勁兒」，即是指人的拖拖拉拉，不爽快，泄泄沓沓，一逕糾纏等。

由「泡蘑菇」，就讓人想到在辭意上有相通之處，同樣也是北京方言裡的「磨洋工」。民國初年，以庚子賠款建協和醫院暨協和醫學院，占地二十二公頃，爲當時最重要的醫學先驅計畫。由於此項工程的要求規格極高，在施工時遂用中國傳統建築工法裡的「磨磚對縫」的工序，非常細膩而緩慢地施工，整個工程由一九一七年開始，一九二一年竣工，「磨洋工」一詞開始出現。它原本是個褒辭，用來稱讚施工的嚴謹，但到了後來，卻逐漸往貶辭的方向移動，舉凡動作緩慢，拖泥帶水，磨蘑菇菇，皆被稱爲「磨洋工」。

由「泡蘑菇」到「磨洋工」，就讓人想到語言發展過程中另一個有趣的課題。

前面業已提到，「蘑菇」一詞乃是北方的方言名稱，因而在書寫時遂借音選字，以「磨」爲音，加草字頭而成了「蘑」字。這個字在漢字裡因而出現得極晚。但因「蘑」爲借「磨」而成，遂使得它們在後來的發展中，有著相當接近的關係。例如，在「磨」字這一邊和「泡蘑菇」的意思，即經常相遇。例如：

在明末馮夢龍的《醒世恆言》故事集裡，〈賣油郎獨占花魁〉這一則，即有「然而好事多磨，往往求之不得」之句，在這裡，「磨」有糾纏、不明之意。

例如，《西遊記》第十八回，有「祇這個怪女婿，也夠他磨得了。」在這裡，「磨」也代表了死纏活賴，混沌不明的關係。

例如，《金瓶梅》第六十三回即曰：「你叫下畫童兒那小奴才，和他拿去，祇顧還挨磨什麼？」在這裡，「挨磨」和「泡蘑菇」的意思已可謂完全一樣。

再例如，《兒女英雄傳》第十二回有句曰：「一時抓不住話題頭，又挨磨了一會子。」在這裡，「挨磨」也和「泡蘑菇」差不多同義。同音字有時候，會在意義上相互靠近，「磨」、「蘑」或許可做爲例證，由此而孳生出來的如「挨挨磨磨」、「磨人」（糾纏別人）、「磨人精」（罵小孩子喜歡哭鬧糾纏），「折磨」，……等，也是證明。

因此，由「泡蘑菇」到「挨磨」、「折磨」，可以說是一條語言的通道。「泡蘑菇」的糾纏泄沓，對人對己都是一種「折磨」。一堆人在那裡「泡蘑菇」，意味著一堆人在那裡相互的「折磨」，並等待演出「蘑菇戰術」。基於此，或許經發會眞的該好好重新考慮一下了。

蹽落去←

有路沒路都要向前走

首先來說甲骨文的「𤊾」、「朩」、「𡨄」這三個字。前兩字是「尞」，後面的則指「尞」。

古代中國在殷商時代，有一種祭祀之禮，稱爲「朩」或「𤊾」。它即是後來所說的「尞」。殷虛卜辭裡，所謂的「其又上甲尞六羊」、「王賓上甲尞五牛」，所說的「尞」字，所指的即是這種祭祀之意。《說文解字》曰：「尞，柴祭天也，從火從昚，昚古文慎字，祭天所以慎也。」《說文解字》這段解釋，前一半還算正確，後一半則近乎瞎掰。這一點可以稍後再論。關於前一半的部分，近代古文字學大師羅振玉也在解釋「朩」和「𤊾」這兩個字時表示：「從木在火上，木旁諸點像火焰上騰之狀。」

因此，「尞」的甲骨文「朩」和「𤊾」，乃是同一個字的不同寫法，「木」的旁邊有兩個點，代表的火焰和煙氣。它的本義是祭祀，除了文字本身的象形與會意之外，還有許多其他旁證：

例如，《爾雅》〈釋天〉曰：「祭天曰燔柴。」

例如，《周禮》〈大宗伯〉曰：「以禋祀祀昊天上帝，以實柴祀日月星辰；以槱燎祀司中司命，風師雨師。」

而《呂氏春秋》〈季冬紀〉則曰：「牧秩薪柴，以供寢廟及百祀之薪燎。」而高誘注曰：「燎者，積聚柴薪，置璧與牲于上而燎之，升其煙氣。」

因此，中國古代是有一種被稱爲「朩」和「[古文字]」的祭祀儀式，它把柴薪堆起來燒。但這個甲骨文字，爲何到了後來被寫成「尞」和「燎」呢？

《說文解字》曰：「昚古文慎字，祭天所以慎也。」這種解釋沒有任何證據，可算是純屬附會。而眞正解釋得合理的，或許要算近代古文字學家吳其昌、王輝、李孝定等人。他們的解釋都涉及「[古文字]」這個字。

他們指出，最早的「朩」或「[古文字]」，都在戶外或曠野舉行，到了後來這種聚柴燒火之事普及化，開始進入室內，於是遂有了「[古文字]」或「[古文字]」。而到了金文的矢方彝，將它寫爲「[古文字]」，而到了毛公鼎，則將後面的「○○」移到中間，寫成「[古文字]」，而到了小篆，又寫成「[古文字]」，它和現在的「尞」已變得有點相似了。綜合這樣的字形變化，我們已可得到這樣的結論：

其一，乃是後來的「尞」或「寮」等字，它最後的那個「小」，其實都是訛變，原本應當從「火」。

其二，當聚柴燒火進入室內後，原本的「𡘇」這個字，除了多出一個屋頂形的「冂」象形符號外，還多了一個「〇〇」形狀的符號，這個符號在矢方彝上被寫在下方，但到了毛公鼎，則被搬到了中間，這個「〇〇」的符號，後來成了「尞」字中間的「日」，問題是聚柴燒火和「日」字八竿子打不著，因此中間的那個「日」，顯然是另一種訛變。古文字學家徐中舒與王輝因而認爲金文裡的「〇〇」，應當是室內聚柴燒火所挖的火塘。也正因此，《說文解字》在解釋「寮」字時曰：「從穴，尞聲。」這種解釋顯然也錯了。「寮」字和「穴」完全沒有關係，它祇不過是「尞」在室內進行而已。這也就是說，「尞」與「寮」除了室內室外之別外，並無任何不同。

經由上述討論，可知「尞」字的「𡗜」，乃是「朩」的滑變，而其中間的「日」則是「〇〇」的訛變，而最後的「小」則是「火」的誤變。而當錯成了習慣，當然也就一錯幾千年，直到今天。

當「尞」與「寮」的意義比較清楚後，後來房屋裡的「寮」，它的意義也才可能比較清晰。王輝在《古文字研究論文集》裡指出，最初的「寮」，乃是多人共居，中有火塘的處所。到了後來，火塘移出，「寮」遂成了多人共居的房子。李孝定和王輝並指出了重要的兩點論證：

(一)後來所謂的「同僚」，與「同寮」應屬同字，指的是在一個「寮」裡共同居住做伴之人。到了後來，始將「僚」這個新字分化出去。

(二)在中國人的社會裡，早期的「寮」這種居住形式已普遍的不再存在，「寮」字似乎祇有台灣還繼續使用。因而李孝定遂稱：「今台灣猶多以寮名屋者，蓋古義之僅存者。」所謂的「寮」，它最基本的定義要求乃是群居，如「僧寮」爲和尚之共同宿舍；學生群居之處所爲「學寮」；乞丐收容所爲「乞丐寮」，工人臨時群居以利上工的住所爲「工寮」，以前，官吏出差時群居的招待所，則稱「寮宷」。祇是到了近代，「寮」字的使用漸趨不嚴格，簡易的臨時建物也稱「寮」，如「草寮」即屬之。

當「寮」和「尞」的造字邏輯及其訛變清楚之後，我們即可發現由「尞」這個字，遂開始孳乳發展出一個龐大的近親字系。例如，「燎」乃是「尞」字的直接繼承，「僚」是「寮」的分化。而除了這些直接的關係字之外，還有更多靠著聲音的借用而形成的新字。以前有人譏笑別人誤讀，說是「有旁讀旁，有邊讀邊，沒邊讀中間」，這雖是笑話，但有許多字「有邊讀邊」卻的確有其道理，許多「尞」而成的新字，讀爲「尞」音的確不會錯，在方言裡亦然。

日昨，陳水扁在民進黨臨全會致詞時表示，政黨輪替還未百分之百成功，因為民進黨尚無法以過半的多數掌握立法院，因此他遂宣稱：「阿扁會與大家一起拚下去，Liáo落去。」對此，媒體報導有的寫「撩」，有的則寫「蹽」，它們都讀為「尞」，但到底哪種寫法才是正寫？

首先就「撩」而論。其本義為「整理」和「處理」，而後其本義部分被「料」借去，而成為「料理」，而「撩」則日益往形容動作的方向發展，如「撩撥」、「撩亂」等。而除此之外，它也是被各地使用得極為廣泛的方言字，用以形容各種動作。例如，江南一帶用長棍子或長竹竿在水裡勾取東西，即稱「撩」。而在北方或四川，則用「撩」來形容拋、丟、甩等動作，如「他把東西一撩就走了」，「他撩下一句狠話」。另外，許多地方也用來形容縫縫補補的動作，例如，「他的褲縫裂開了，撩幾針就好了」，在這裡，「撩」和另外的方言字「緁」和「緶」意思相同，都是在說「縫幾針」。而比較值得注意的，乃是在閩南台灣，「撩」也指打的動作，當人們用長的棍子如扁擔打人，就說「撩」。在這樣的脈絡下，「撩落去」很有一點不計後果、不管死活、孤注一擲的況味。在台灣鄉下長大的，對打架時的「撩落去」，應該都不會太陌生。祇是總統講話，以打架的「撩落去」做譬喻，大概太離譜了一點。因此，陳水扁的「撩落去」，可能不宜寫成「撩」。

我們已指出，與「尞」有關的近親方言字與方言音多得難以盡述。其中還有一個也普遍使用，同樣讀爲「尞」的，則是「蹽」，它主要是用來形容人的跨開大步走路的動作。例如「蹽開步伐走去」，「他一蹽腿，就跑了」等皆屬之。

而在閩南，「蹽」這個方言字與音使用得極爲廣泛，凡是不宜行走的地方卻偏偏要走，即通稱爲「蹽」。例如，踩著水過河，即稱「蹽水過河」；踩著屋頂跑，即稱「蹽厝頂」；硬是不走地板，而要踩過蓆子走，即稱「對篾席頂蹽過去」。

「撩落去」，讓人想起以前鄉下莽漢拿著扁擔打人的畫面；而「蹽落去」，則或許可以解釋成不管有路沒路都往前走之意。在這樣的對照下，阿扁的講話，寫成「蹽落去」或許才像個體統，而打人的「撩落去」，就免了吧！

屁
——各種氣味的政治失格

近年來，世道淩亂，權術縱橫，於是，政治要人的胡說八道，夾三扯四遂告盛行。這種場景，就讓人不由得想起「放屁」這句罵人的髒話。清光緒初，張南莊撰《何典》一書，開宗明義即說道：

不會談天說地，不𡃤文嚼字，
一味臭噴蛆，且向人前搗鬼；
放屁放屁，眞正豈有此理。

「放屁」者，當有人在那裡自得其樂的胡言亂語，旁觀者實在看不下去了，即可以鄙斥之曰「放屁放屁」。例如，《紅樓夢》裡第七回，鳳姐被尤氏一頓搶白後，即啐罵說：「別放你娘的屁了。」當人們說了不得體、無價値、無意義，甚至心術不良的亂話，皆可稱之爲「屁」或「放屁」。

而對於「屁」，我們可以做一番小小的字詞、語意，或文化上的考據。有關「屁」字，出現得似乎甚晚，正式的辭書，似乎首見於宋代。例如，《集韻》將「屁」、「⿸尸𣬈」、「穼」、「⿱穴氣」「⿰米賁」等五個字視爲同樣的字的不同寫法，意思都是「下出氣」也。

例如，《廣韻》則將「屁」，「⿰米賁」視爲同一個字的不同寫法，皆爲「匹寐切，氣下洩也」。

另外，由明代張自烈的《正字通》，我們還知道在以前的俗字裡，「⿸尸囟」和「⿸尸鹿」也都被當作「屁」來使用。《正字通》在「屁」的俗字裡，也將「⿱穴氣」和「⿰米賁」收錄了進去，意思都是「下出氣」和「氣下洩」。

綜上所述，或許我們可以這樣認爲，「屁」是可能到了宋代才出現的新字，正因爲它是一個藉著「比」音而造的新字，遂在初期有過一陣子字形不統一的階段，「屁」、「⿸尸𣬈」、「穼」、「⿱穴氣」、「⿰米賁」、「⿸尸囟」，「⿸尸鹿」等隨意通用，到了後來始定「屁」這個字於一尊，其他的字則由於邊緣化而成了「俗字」，後來逐漸消失。

那麼，如果「屁」是宋代以後才有的新字，在此之前，人們又是怎麼去說「放屁」這件事情呢？由隋代侯白所著的《啓顏錄》殘卷，以及宋初龐元英所著的《談藪》，可以知道那個時候，人們是用「放氣」來說後來的「放屁」這件事情。

侯白乃是隋代初期的重要官吏之一，他曾奉旨修史，未完成即歿。他所著的《啓顏錄》

記載了許多雋事軼聞，被視爲笑話書的先驅之作。該書記載了一則趣事，這則趣事後來也被收錄在《太平廣記》卷二五三之中，被認爲是「放氣」最早的記載。

這則故事說，隋代初期，當時南朝的陳國派了一個使者前來，爲了摸清這個使者的能耐，隋朝皇帝遂派侯白假扮成僕人，侍候這個使者。由於他是僕人，這個使者遂輕視之，「乃傍臥放氣與之言」。對於這個躺在那裡，一方面和他講話，同時還一直放屁的使者，侯白當然一下子就看穿這個人的手腳，並伺機好好地將對方修理了一頓。當對方知道他就是大名鼎鼎的侯白之後，也立刻嚇得慌忙道歉。

由《啓顏錄》的這段記載，已清楚可知當時稱「放屁」爲「放氣」。而由宋代龐元英的《談藪》，可知一直到了宋代初期，仍稱「放屁」爲「放氣」。《談藪》所說的故事，也收在後來的《太平廣記》卷二四六裡。該故事指出，當時的司徒長史張融有次和另一臣子共同晉謁太祖，「融於御前放氣」。

由《啓顏錄》和《談藪》這兩則有關「放氣」的記載，已可看出，從使用「放氣」這個詞開始，人們就已把它定位成是一種沒有價值、沒有體統的行爲。「放氣」的惡臭乃是人的不欲，這種「不欲性」，使得舉凡一切胡亂的發聲與發言，都可稱爲「放氣」。例如，侯白就指桑罵槐地說那個「傍臥放氣」的使者，像是一匹馬，它「尾燥蹄絕無伎倆，傍臥放氣」。

將「放氣」做出這樣的定義，其實也是人類文明的共通性之一。例如，中古歐洲的許多禮儀書裡，也把「放屁」視爲一種低等的行爲。

因此，在「屁」這個字或這一組字出現之前，人們稱「放屁」爲「放氣」，但到了宋代，「屁」這個單獨的專屬字開始出現，並逐漸地固定了下來，許多其他的同義同音但寫法有異的字則被淘汰，於是，「屁」遂漸漸地成了口語的重要成分。在明清白話小說裡，有關「屁」的使用至爲頻繁，明代嘉靖年間洪楩所編之《清平山堂話本》所收的故事〈快嘴李翠蓮記〉裡，即有諸如「爹娘且請放心寬，舍此之外直個屁」等語。「屁」字使用得廣泛，幾乎在各本小說裡都可找到證據。

「放屁」、「講屁話」，稱沒有價值的行爲與事情爲「屁」，一直到當代青少年胡扯的「打屁」。「屁」在我們的俗民文化裡，其實是扮演著極爲重要的批判角色的。在明清以降的各種笑話書裡，可以找到有關「屁」的批判文化材料。

舉例而言，明代趙南星的《笑贊》、清代石成金的《笑得好二集》，以及清代方飛鴻的《廣談助》等書裡，都記載了那個著名的「拍馬屁」的故事。一個無品無行的秀才，死後見閻王，閻王偶放一屁，該秀才立即獻〈屁頌〉一篇，有句曰：

「伏維大王，高聳尊臀，洪宣寶屁，依稀絲竹之音，彷彿蘭麝之氣，臣立下風，不勝馨香之至。」藉著這個有關「屁」的故事，將社會裡那種阿諛奉承，拍馬諂媚的惡習，做了最好的描繪。

舉例而言，《笑得好二集》裡，有兩則罵「放屁」的故事：

——「群坐之中有放屁者，不知爲誰，眾共疑一人相與指而罵之，其人實未曾放屁，乃不辯而笑，眾曰：『有何可笑？』其人曰：『我好笑那放屁的也跟在裡頭罵我。』」

——「有人在客座中偶然放一響屁，自己愧甚，因將坐的竹椅子，搖拽作響聲，有一人曰：『這個屁響，不如先一個屁響得眞。』」

上述這兩則有關「放屁」的故事，將它所引起的奇特反應模式做了極好的觀察與敘述。「放屁」是一種不潔的行爲，而人類的發展規律之一，即是將不潔的事物和行爲視之爲「垃圾」一樣，排除於平常的生活範圍之外。因此，不當的談話遂和「垃圾」與「放屁」相同。清代獨逸窩退士在所編《笑笑錄》裡，遂藉著一則故事指出，不當的意見表達形同「放屁」，別人都規規矩矩地談論問題，有一人胡說八道，那就是「放屁」，因而他遂曰：「吾弟眾皆在說話，吾弟卻在此放屁。」

而對「放屁」問題，談得最尖銳的，厥爲《清稗類鈔》裡所說的諷刺故事。有個人胡亂寫詩，被某詩翁批「放狗屁」三字於其上，人們問道，爲何要作如此兇惡的評語，他答說：

「此爲第一等之評語，尚有二等，三等者。……放狗屁者，人而放狗屁，其中尚有人言，偶放狗屁也。第二等爲狗放屁，狗非終日放屁，屁尚不多。第三等爲放屁狗，狗以放屁名，則全是狗屁矣！」

因此，「放狗屁」、「狗放屁」、「放屁狗」乃是三種類型的「放屁」，儘管彼此之間有異，但終究莫若「不放屁」。而當今台灣政治人物裡，在這三種類型裡，究竟應歸爲哪一類呢？

政治人物的言談或其他表達，都應當有一定的規矩和自我期許，那是一種最低限度的格調。當政治人物有格調，則他自己不會沉入心靈地獄，整個國家社會也才不會被拖曳著向下沉淪。如果一個政治人物，今天恨這個，明天又恨那個，自己恨還不夠，還想要拖著老百姓也跟著他一起來恨，如此失格，那就已經不再是「放屁」而已了。對於這樣的人，還能要求他什麼呢？

荔枝←從離支到麗枝

廣東增城拍賣荔枝，珍稀品種「西園掛綠」母樹所長的十顆，計售得人民幣三十一萬八千元。其中最貴的一顆高至人民幣五萬五千元，合台幣二十三萬元。如此天價，實在誇張到了極其離譜的程度。

荔枝是否有如此高的價值，的確見仁見智，不過，如果對中國的荔枝史略有理解，則當不至於覺得突兀。畢竟，荔枝乃是中國傳統裡唯一被傳奇化的水果。任何事物當它被傳奇化之後，傳奇即會使它的價值被無限提高。全世界的郵票孤品多不勝數，爲什麼就是那張奎亞那郵票會貴到百萬美元以上的身價？有些法國葡萄酒也會貴到一瓶數萬美元的價位。它們那種沒道理的道理，即是「傳奇」。

有關荔枝的傳奇，自古即輾轉相傳，並凝聚在歷代的詩與畫之中。而宋代大書法家蔡襄，特地撰寫《荔枝譜》，清代初期廣東重要文人吳應逵則寫《嶺南荔枝譜》。蔡襄之著，是在替福建的荔枝爭取地位名分；而吳應逵則是爲廣東的荔枝發言，前後兩書，既有唱和之意，同時也是隔著時空打擂台，有什麼樣的水果，能得到如此青睞與殊榮？中國古代，對植物的品題，花的方面祇有牡丹、菊、芍藥、梅等；而水果方面則以荔枝最得榮寵，正是這樣的背景，始可能造就出一顆荔枝二十三萬元的價位。而那個豪客在買這顆荔枝時，其實已不是在買荔枝，眞正所買的乃是它所代表的全部傳奇與記憶。

荔枝中的「挂綠」品種，最早見諸吳應逵的《嶺南荔枝譜》，而後被不斷品題。清代廣東番禺出身的大學問家屈大均在《廣東新語》卷二十五裡，即對「挂綠」如此記曰：

——「挂綠者，紅中有綠，或在於肩，或在於腹，綠十之四，紅十之六，以陽精深固，至秋而熟，生祇數十百株，易地即變爽脆如梨，漿液不見。去殼懷之，三日不變。」

另外，《清稗類鈔》卷八十七亦曰：

——「荔枝……種類名目甚多，其核細如豌豆，殼赤如丹砂，上有綠線一條者，謂之掛綠，尤珍貴。」

因此，「挂綠」者，荔枝中特別的風土種也，由於遺傳品質不固定，易地而植，即風味盡失。由於其稀有性，遂使得它成了荔枝傳奇中的傳奇。

有關荔枝的傳奇，最重要的當然仍是《國史補》裡所敘述的那一段：唐代的楊貴妃爲四川人，嗜好荔枝，由於嶺南的荔枝勝於巴蜀，於是，當時遂以快馬馳遞，七日七夜至京，由於人馬疲累，常有斃於路上之事。這則傳奇後來衍生出許多文學，以唐代詩人杜牧的〈華清宮〉一首最爲知名。詩曰：

長安回首繡成堆，山頂千門次第開，
一騎紅塵妃子笑，無人知是荔枝來。

而蘇東坡的長詩〈荔支歎〉，則由荔枝談到治國者的恤民精神，它的起首四句曰：

十里一置飛塵灰，五里一堠兵火催，
顛坑仆谷相枕藉，知是荔支龍眼來。
飛車跨山鶻橫海，風枝露葉如新採，
宮中美人一破顏，驚塵濺血流千載。

由蔡襄的《荔枝譜》所述，荔枝衹生產於閩粵、南粵、巴蜀等地。漢代初期南粵王尉佗將它做爲貢物，始通於中原。另據晉代嵇含所著《南方草木狀》以及六朝時的著作《三輔黃圖》，可知漢武帝元鼎六年在征服南越之後，曾建扶荔宮，從南方將荔枝樹一百多棵移至京城的宮中，但無一存活，後來屢死屢栽，多年後有一棵活了下來，但卻不會結果。因此，漢代荔枝遂都以貢品方式送至長安。東漢和帝永元年間，當時的臨武長唐羌，有鑑於這種兼程趕路獻貢荔枝的方式有失爲德，遂上書勸止，並蒙採納，可算是古代仁君賢臣的一則佳話。唐羌在奏摺裡有如下一段：

——「臣聞上不以滋味爲德，下不以貢膳爲功，伏見交趾十郡，獻生荔枝龍眼等。南州土地炎熱，惡蟲猛獸不絕於路，至於觸犯死亡之害。此二物升殿，未必延年益壽，詔敕大官，勿復受獻。」

有關荔枝的傳奇已多，無法一一舉述。荔枝的傳奇裡，有美人、有帝王與名臣、有不斷的荔枝賦與荔枝詩，而嶺南派畫家又極喜歡以荔枝入畫；再加上一直又有福建荔枝與嶺南荔枝孰更爲優的爭論，遂使得荔枝被一層層的傳奇所包裹。祇是嶺南荔枝有蘇東坡、張九齡、楊貴妃等背書，尤其是蘇東坡〈食荔枝詩〉有句曰：「日啖荔枝三百顆，不辭長作嶺南人」，更使得嶺南荔枝氣勢爲之大盛。

有關荔枝的故事與傳奇裡，較少受到討論的問題，乃是荔枝爲什麼被稱做「荔枝」？所有事物的命名，皆必然基於某種想像或指涉上的用意，那麼，荔枝之名緣何而來。

有關荔枝之名，明代余庭璧《事物異名》記載它的各種稱呼，計有荔支、紅皺、福果、十八娘、黃支顆、海山仙人、絳衣仙子、側生、赬虯珠等。清代厲荃所著《事物異名錄》所記，則有離支、柘枝紅、側生、壓枝天子、釘坐眞人、丁委子、奇賓、紅雲、赤蚌殊、紅犀角、冰蠶繭、火鳳冠、晚紅、水精丸、皺皮生、赬虯珠、海山仙人等。

上述有關荔枝的各種名稱裡，絕大多數都是荔枝的品種名（如十八娘、水精丸、冰蠶繭等），而另外的許多則是文學性的描述，如「黃支顆」見於白居易的詩，「海山仙人」見蘇東坡詩，「側生」則見左思〈蜀都賦〉。扣除這些，在荔枝這個總名的項下，幾個發音相似的名稱，如「離支」、「離枝」、「麗枝」、「欐枝」、「荔枝」、「荔支」等，可能最值得注意。

我國的古代典籍，由於歷代不斷重校出版，好處是典籍得以一直延續，而壞處則是在經過校正修改後，有些事物的原來名稱及其變化的痕跡即告消失。但儘管如此，我們有時候仍可以在典籍的縫隙裡找到一些痕跡，從而可以藉此來研判過去。而有關荔枝之名，即可做爲一個例證。

根據早期典籍的記載，我們知道西漢初年曾闢建規模極大的上林苑。漢代劉歆在《西京雜記》卷一裡即指出：「初建上林苑，群臣遠方各獻名果異樹。」於是，接下來，他遂詳細臚列了上林苑裡的奇樹異果，其中即有「麗枝」一項。但該書卷三，則又提到：「尉陀獻高祖鮫魚荔支，高祖報以蒲桃，錦四疋。」由古代學者的記述，我們可以知道，早期《西京雜記》的這一段，所謂的「荔支」或「荔枝」，可能都是後來隨著時代腳步而校訂的結果，因此其早期的用法可能是「麗枝」或「欐枝」。

而在西漢初年司馬相如的〈上林賦〉裡，他在描繪上林苑的果樹時，有「答遝離支」之句，所謂「答遝」，指的是來自四川的一種李樹；而「離支」則很清楚指的就是今日的荔枝，古代的注解「離支」曰：「離支，大如雞子（蛋）、皮麤剝去，皮肌如雞子，中黃味甘多酢。」

由上所述，可知在西漢之際，「荔枝」或「荔支」之名尚未出現，而是用同音的「離支」、「麗枝」、「離枝」、「欐枝」等稱之。對此，合理的推斷，乃是這個音乃是當時百越土著的在地名稱，在被傳到中原後，遂以漢字來寫其音，於是，同音而不同的寫法遂告出現。問題在於，有關荔枝的名稱問題發生在西漢初年，距今已超過兩千年，加以南方的百越也早已被同化進了漢文化體系，語源的痕跡大概也無法可考。

或許正因爲「離支」、「離枝」、「麗枝」、「欐枝」，以及後來被「荔枝」與「荔支」等統一的語言軌跡已不可考，於是，後來的人在解釋時，遂難免過分的牽強附會。

例如，唐代白居易在〈荔枝圖序〉一文中即曰：「若離本枝，一日而色變，二日而香變，三日而味變，四五日外，色香味盡失矣。」後來即有許多人據此而作文章，認爲這乃是「離枝」或「離支」之本義。這種說法乍看有理，其實則不過是胡亂湊合。

而更離譜的，則可能是屈大均在《廣東新語》卷二十五裡的各種說法：

他指出，荔枝由於本頭較硬，因而採收時必須連枝一起斫取。因此，所謂「離支」，乃是離開樹幹的枝條。至於後來稱爲「荔枝」，這個「荔」字不應當是三個「力」字組成的「劦」，而應是三個「刀」字合成的「刕」，因而「荔」字應寫爲「23」。這顯然也是聯想力太過豐富所造成的結果。

此外，他更將陰陽五行之說往裡套，曰：

——「南方，離火之所出。荔枝得離火多，故一名離支，亦曰麗支。麗，離也，從兩日，天地之數，水一而火二，故麗從兩日。日爲五行之華，月爲天氣之精，日麗乎支，猶之乎日出於扶桑也。麗支乃震木之大者，震木以扶桑爲宗子，而麗支其支子，故曰麗支也。」

屈大均乃是清代極爲傑出的學問家，但在解釋荔枝的字源時，卻顯然離譜了一點。

事物的名稱，凡屬在地者，都會被根據本身的想像力，賦予它一個名字；而凡是外來者，則常會借音造字或借音選字，如葡萄、檸檬、芒果（檬果）等。荔枝對中原而言，乃是外來的水果，用借音選字的觀點，來解釋「離支」、「離枝」、「麗枝」、「欐枝」，一直到「荔枝」和「荔支」這一連串名字，或許才比較講得通吧！

智慧田　好評發售中

智慧田 021

語言是我們的海洋

◎南方朔　定價 250元

南方朔先生的「語言之書」已經堂堂邁入第三冊，在浩瀚廣闊的語言大洋中，他把「語言」的面貌提出宏觀性的探討，我們身邊所熟知的流行語、口頭禪：「小氣鬼」、「耍帥」、「格格」、「落跑」、「象牙塔」、「斯文」等等，南方朔先生亦抽絲剝繭、上下古今，道出語言豐碩的歷史與文化價值。

獲聯合報讀書人2000年最佳書獎

鯨少年

◎蔡逸君　定價 200元

《鯨少年》創想於九六年，靈感來自一份零售報紙的贈品，——一張錄製鯨群歌唱的CD。小說細細密密鋪排出鯨群的想望與呼息，在大洋中的掙扎搏鬥、情愛發生，書寫者時而以詩歌描繪出鯨群廣闊嘹亮的豐富生氣，時而以文字場景帶領我們墜入了寂寞的想像之島，如今作品完成鯨群遠走，人的心也跟著釋放，一切在艱難之後，安靜而堅定。

聯合報讀書人每周新書金榜

智慧田 022

智慧田 023

想念

◎愛亞　定價 190元

《想念》透過時間的刻痕，在文字裡搜尋及嗅聞著一點點懷舊的溫度，暖和而溫馨，寫少年懵懂，白衣黑裙的歲月往事；寫「跑台北」的時髦娛樂，乘坐兩元五毛錢的公路局，怎樣穿梭重慶南路的書海、中華路的戲鞋、萬華龍山寺、延平北路……在緩慢悠然的訴說中，我們好像飛行在昏黃的記憶裡，慢慢想念起自己的曾經……

秋涼出走

◎愛亞　定價 200元

《秋涼出走》，原刊登於中國時報人間副刊「三少四壯集」專欄，內容雖環繞旅行情事種種，但更多部分道出人與人因有所出走移動，繼而產生情感，不論物件輕重與行旅遠近，即使小至草木涼風、街巷陽光、路旁過客，經由緩慢閒適的觀看，身心視野依然會有意想不到的豐富體會。

聯合報讀書人每周新書金榜

智慧田 024

智慧田 025

疾病的隱喻

蘇珊・桑塔格◎著　刁筱華◎譯　定價 220元

翻開疾病的歷史，我們發現疾病被眾多隱喻所糾纏，隱喻讓疾病本身得到了被理解的鑰匙，卻也對疾病產生了誤解、偏見、歧視，病人連帶成爲歧視下的受害者。蘇珊・桑塔格讓我們脫離對疾病的幻想，還原結核病、癌症、愛滋病的眞實面貌，使我們展開對疾病的另一種思考。

聯合報讀書人每周新書金榜。中國時報開卷一周好書榜。

智慧田　好評發售中

智慧田 026

閉上眼睛數到10

◎張惠菁　定價 200元

張惠菁在時間與空間的境域裡，敏銳觸摸各種生活細節。在這些日常事件裡，發生了種種人與人之間的關係。關係中充斥著隱喻，在其中我們摸索人我邊界。《閉上眼睛數到10》寫在一個關係中與位置同時變得輕盈的年代。

中國時報開卷一周好書榜。聯合報讀書人每周新書金榜。

昨日重現—物件和影像的家族史

◎鍾文音　定價 250元

是一杯茶的味道，勾起了多少往事的生動形象；是一盞燈的昏黃，讓影像有了過往的生命；是一個背影，使荒涼的情感哭出了聲音；是一件衣裳，將記憶縫補在夢中一遍又一遍；是家族的枝枝葉葉、血液脈動交織出命運的似水年華……鍾文音以物件和影像記錄家族之原的生命凝結。

聯合報讀書人每周新書金榜。

中國時報開卷一周好書，誠品書店誠品選書

智慧田 027

智慧田 028

最美麗的時候

◎劉克襄　定價 220元

《最美麗的時候》爲劉克襄十年來之精心結集。打開這本詩集，你發現詩句和葉子、種子、鳥類、哺乳動物、古道路線圖融合在一起。隨著詩和畫我們彷彿也翻越了山巓、渡過河川，一同和詩人飛翔在天空，泅泳在溫暖的海域，生命裡的豐饒與眷戀，透過詩集我們被深深地撞擊著。

無愛紀

◎黃碧雲　定價 250元

人爲什麼要有感情，而感情又是那麼的糾纏不清。在這無法解開的夾纏當中，每個人都不由自主。無愛紀無所缺失、無所希冀、幾乎無所憶、模稜兩可、什麼都可以。本書收錄黃碧雲最新三個中篇小說〈無愛紀〉與〈桃花紅〉、〈七月流火〉，難得一見的絢麗文字，書寫感情生命的定靜狂暴。

智慧田 029

智慧田 030

在語言的天空下

◎南方朔　定價 250元

「語言不只是音與字，而是字與音的無限串聯，所堆疊起來的天空，它罩在我們的頭頂上，遮蔽了光。」《在語言的天空下》解除這遮蔽的重量，南方朔先生一個字、一個字去考據，他探究字辭間的包袱，敲敲打打，就像一位白頭學者，或是田野考古家，將語言拆除、重建，企圖尋找埋在語言文字墳塚裡即將消失的意義。

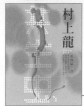

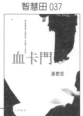

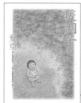

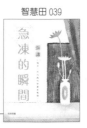

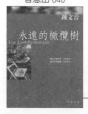

你如何購買大田出版的書？

這裡提供你幾種購書方式，
讓你更方便擁有一本眞正的好書。

一、書店購買方式：

你可以直接到全省的連鎖書店或地方書店購買，而當你在書店找不到我們的書時，請大膽地向店員詢問！

二、信用卡訂閱方式：

你也可以填妥「信用卡訂購單」傳真到 04-23597123（信用卡訂購單索取專線 04-23595819 轉 230）

三、郵政劃撥方式：

戶名：知己實業股份有限公司　　帳號：15060393

通訊欄上請填妥叢書編號、書名、定價、總金額。

四、通信購書方式：

填妥訂購人的資料，連同支票一起寄台中市 407 工業 30 路 1 號知己實業股份有限公司收。

五、購書折扣優惠：

購買單本九折，五本以上八五折，十本以上八折，若需要掛號請付掛號費 30 元。（我們將在接到訂購單後立即處理，你可以在一星期之內收到書。）

六、購書詢問：

非常感謝你對大田出版社的支持，如果有任何購書上的疑問請你直接打服務專線 04-23595819 或傳真 04-23597123，以及 Email：itmt@ms55.hinet.net

我們將有專人為你提供完善的服務。
大田出版天天陪你一起讀好書！

歡迎免費訂閱《大田電子報》，請到「奇摩電子報」（http://letter.kimo.com.tw）
每週五出刊一次，最新最熱的新書資訊及作者動態都可以在裡面看得到，而且有任何的活動都會第一手發布在電子報中，歡迎希望得到固定書訊的讀者朋友訂閱。
想要了解大田最新的作家動態嗎？

我們也幫朵朵辦了**朵朵小報**！每週四出刊。其中報長留言版更是朵朵會定時出沒的地方，喜歡朵朵的朋友可以到 Gigigaga 發報台的名人特報區看到朵朵小報 http://gpaper.gigigaga.com/default.asp

國家圖書館出版品預行編目資料

語言是我們的希望／南方朔著.－－初版.－－臺北市：大田出版；臺北市：知己總經銷，民91

面；　公分.－－(智慧田；041)

ISBN 957-455-232-2(平裝)

802.19　　　　91008677

智慧田 041

語言是我們的希望

作者：南方朔
發行人：吳怡芬
出版者：大田出版有限公司
台北市106羅斯福路二段79號4樓之9
E-mail:titan3@ms22.hinet.net
http://www.morning-star.com.tw
編輯部專線（02）23696315
傳真（02）23691275
【如果您對本書或本出版公司有任何意見，歡迎來電】
行政院新聞局版台業字第397號
法律顧問：甘龍強律師

總編輯：莊培園
主編：蔡鳳儀
企劃：樊香凝
美術設計：純美術設計
校對：陳佩伶／耿立予／蘇清霖／南方朔
製作印刷：知文企業（股）公司・(04)23595819-120
初版：2002年（民91）7月30日
定價：新台幣 260 元

總經銷：知己實業股份有限公司
（台北公司）台北市106羅斯福路二段79號4樓之9
電話：(02)23672044・23672047・傳真：(02)23635741
郵政劃撥：15060393
（台中公司）台中市407工業30路1號
電話：(04)23595819・傳真：(04)23595493

國際書碼：ISBN 957-455-232-2 /CIP: 802.19/91008677
Printed in Taiwan

廣　告　回　郵
北區郵政管理局登
記證北台字11049號
免　貼　郵　票

大田出版有限公司　編輯部收

地址：台北市106羅斯福路二段79號4樓之9
電話：（02）23696315-6　傳真：（02）23691275
E-mail：titan3@ms22.hinet.net

＊請沿虛線剪下，對摺裝訂寄回，謝謝！

地址：

姓名：

TITAN
大田出版

智　慧　與　美　麗　的　許　諾　之　地

＊請沿虛線剪下，對摺裝訂寄回，謝謝！

閱讀是享樂的原貌，閱讀是隨時隨地可以展開的精神冒險。

因為你發現了這本書，所以你閱讀了。我們相信你，肯定有許多想法、感受！

讀 者 回 函

你可能是各種年齡、各種職業、各種學校、各種收入的代表，
這些社會身分雖然不重要，但是，我們希望在下一本書中也能找到你。

名字／＿＿＿＿＿＿ 性別／□女 □男 出生／＿＿年＿＿月＿＿日

教育程度／＿＿＿＿＿＿＿＿

職業：□ 學生 □ 教師 □ 內勤職員 □ 家庭主婦
□ SOHO族 □ 企業主管 □ 服務業 □ 製造業
□ 醫藥護理 □ 軍警 □ 資訊業 □ 銷售業務
□ 其他 ＿＿＿＿＿＿＿＿

E-mail/＿＿＿＿＿＿＿＿＿＿＿＿＿＿ 電話/＿＿＿＿＿＿＿＿

聯絡地址：＿＿＿＿＿＿＿＿＿＿＿＿＿＿＿＿＿＿＿＿＿＿＿＿

你如何發現這本書的？ 書名：語言是我們的希望

□書店閒逛時＿＿＿＿＿書店 □不小心翻到報紙廣告（哪一份報？）＿＿＿＿＿

□朋友的男朋友（女朋友）灑狗血推薦 □聽到DJ在介紹＿＿＿＿＿＿＿＿

□其他各種可能性，是編輯沒想到的＿＿＿＿＿＿＿＿＿＿＿＿

你或許常常愛上新的咖啡廣告、新的偶像明星、新的衣服、新的香水……

但是，你怎麼愛上一本新書的？

□我覺得還滿便宜的啦！ □我被內容感動 □我對本書作者的作品有蒐集癖

□我最喜歡有贈品的書 □老實講「貴出版社」的整體包裝還滿 High 的 □以上皆非 □可能還有其他說法，請告訴我們你的說法

＿＿＿＿＿＿＿＿＿＿＿＿＿＿＿＿＿＿＿＿＿＿＿＿＿＿＿＿

你一定有不同凡響的閱讀嗜好，請告訴我們：

□ 哲學 □ 心理學 □ 宗教 □ 自然生態 □ 流行趨勢 □ 醫療保健
□ 財經企管 □ 史地 □ 傳記 □ 文學 □ 散文 □ 原住民
□ 小說 □ 親子叢書 □ 休閒旅遊 □ 其他 ＿＿＿＿＿＿＿＿

一切的對談，都希望能夠彼此了解，否則溝通便無意義。
當然，如果你不把意見寄回來，我們也沒「轍」！
但是，都已經這樣掏心掏肺了，你還在猶豫什麼呢？

請說出對本書的其他意見：

大田出版有限公司編輯部 感謝您！